U0934993

谋杀喜剧之13人

[日] 芦边拓 著
李雨萍 译

文化发展出版社
Cultural Development Press

◇千本樱文库◇

◇前言 PREFACE

文库，原本是指收纳书物的仓库和书库，也指收纳书与记事簿，以及不常用物品的小箱子。以前者为例，京浜急行线的“金泽文库站”就是以前镰仓时代北条氏用来收藏汉书用的，“金泽文库”名字的由来便是如此。东京都的世田谷区也存在收集珍贵汉书的“静嘉堂文库”。后者则更多地被称为“手文库”。

江户时代以来，可以放入袖袂的小开本书籍逐渐流行起来，被称为“袖珍本”。明治三十六年（1903年），富山房发行了小开本的丛书，起名“袖珍名著文库”。随后，明治四十四年（1911年），讲述战国时代的猿飞佐助和雾隐才藏系列故事的讲谈社“立川文库”发行出版。讲谈是日本民间艺术，以口语化的方式讲述历史故事的形式。而“立川文库”则是将讲谈收录成册集中出版的丛书，据统计，当时刊行量为200册左右。从那时起，文库就脱离了原本的释意，逐渐演变成了现在的类书集丛。

文库说法借鉴了日本出版业界的传统说法。而千本樱源自日本奈良县吉野山樱花盛开的奇景，世人皆以“一目千本樱”来形容樱花美景。千本樱文库的纳入作品皆为日系作品，题材包括推理、悬疑、幻想、青春、文化等类型，正如千本樱满山盛开的绝景。

现代日本，以“文库”命名刊行的丛书系列有200种以上，所谓“文库本”只不过是统称而已。日本传统的“文库本”常用的是A6尺寸的148mm×105mm，也叫“A6判”。千本樱文库的所有书籍将在“文库本”

的基础上提升，达到 148mm×210mm 的开本标准。追求还原的前提下，力图带给读者更清晰的阅读体验。

从二十世纪 70 年代以来，日系推理小说逐步进入中国读者的视野。随着时代更替，涌现出一大批不同风格的作家。日系推理能够长久不衰的原因之一在于设立的各种奖项，这些奖项能为日本文坛输送新鲜血液，不断地创作优秀作品。一九五四年设立的江户川乱步奖，是最早以作家个人的名字命名的推理奖项，其次就是一九八零年设立的横沟正史奖（现横沟正史推理大奖），紧接着便是本书《谋杀喜剧之 13 人》荣获第一届大奖的鲇川哲也奖（一九八九年设立）。

本书的单行本在一九九零年由东京创元社付梓出版，一九九八年十月，讲谈社文库版问世。此次引进的创元推理文库版是第二次发行的文库版，而且是时隔二十五年再度由最初的出版社发行。作者在讲谈社文库版的基础上进行了重新修订，希望读者能够愉快地阅读这部最新版本的《谋杀喜剧之 13 人》。

本书是作者以芦边拓的名义发表的首部作品，同时这也是名侦探森江春策首次亮相的作品。

从书中也可以看到作者对推理小说的狂热，不过这一点并没有反映在人物设定方面，而是反映在主人公十沼对先行作品不厌其烦的提及上。包括森江在内的登场人物们全都是精神上尚未成熟，但又即将迈入社会的青年，这个设定和他们内心世界的坍塌，不光给了这个故事独特的苦涩余韵，还为各个人物与事件之间的关联性赋予了心理层面的必然性。这一点也请诸位读者在阅读的过程中不要错过。

千本樱文库编辑部

◇作家 WRITER

鲇川哲也奖作家系列

◇ 相泽沙呼

◇ 城平京

◇ 芦边拓

◇ 柄刀一

梅菲斯特奖作家系列

◇ 天祢凉

◇ 西尾维新

◇ 井上真伪

◇ 殊能将之

◇ 木元哉多

◇ 北山猛邦

其他作家系列

◇ 深木章子

◇ 三津田信三

◇ 乙一

◇ 仓知淳

◇ 横关大

◇ 野崎惑

登场人物

十沼京一	D** 大学迷你杂志社“ON THE ROCK”成员，推理小说爱好者，泥泞庄居民
锖田敏郎	“ON THE ROCK”成员，少女漫画爱好者，泥泞庄居民
小藤田久雄	同上，落语爱好者，泥泞庄居民
堂埜仁志	同上，性情温厚的组织者，泥泞庄居民
海渊武范	同上，全国性报刊编辑部的兼职编辑助理，泥泞庄居民
蚁川曜司	同上，尖酸刻薄的泥泞庄居民
野木勇	同上，社团的良心，泥泞庄居民
濑部顺平	同上，电影爱好者，泥泞庄居民
须藤郁哉	同上，腼腆，易动感情；泥泞庄居民
日疋佳景	同上，轻浮、雄辩
水松美里	同上，社团的偶像
堀场省子	同上，十沼的恋人
乾美树	同上，蚁川和日疋的爱慕对象
加宫朋正	D** 大学法学系三年级学生，美里的恋人
森江春策	“ON THE ROCK”的特邀撰稿人，十沼好友

谋杀喜剧之13人

“你是否愿意庄严地发誓，绝不向读者隐瞒重要线索？”

这是位于地球彼端的侦探作家俱乐部的入会誓词。面对这个经典的问题，笔者可以毫不犹豫地回答：“我发誓。”

然而，无论如何公平，读者无疑处于不利地位。例如，不去现场实地勘察，就无法锁定犯罪路线，太机械的诡计，推理就无从下手，更何况还有一些无法借登场人物之口说出的背后的真相。

本作品便试图消灭此类问题。在进入故事之前，我会将这些不利条件单独拎出来，为读者提供解谜的线索。名曰——

五个 flash back
——抑或是装订错误的断章

陈旧的门吱吱作响，正在被缓缓关闭。

四个年轻人死死地盯着它。他们神情专注，仿佛被任命为某个极其重大的瞬间的见证人。

门终于彻底闭合，一个诡异的机关暴露在他们面前。一根鱼线从下面的门缝向上延伸，又绕回门下。这根鱼线便是整个把戏的主角。

黯淡无光的黄铜门把手上方有一个门闩，或者说横向滑动的插销，更上方钉着一个锈迹斑斑的图钉。

鱼线从下端延伸到右斜上方的图钉上，掉头向下，在插销的把手上绕一个小绳结，将其挂住后，又绕过门把手底部向门下延伸。没错，这正是在推理小说黄金时代中暗自发光的“鱼线与插销的密室”。

“准备好了吗？我开始了。”

自门后传来一个含混不清的嗓音。

“开始吧。”

四人异口同声地应道。少顷，鱼线的两侧被缓缓拉动。连接图钉、门闩与门把手的“く”字形的鱼线渐渐被拉直，插销在鱼线的推力下开始向右滑动。

在“く”字形即将被彻底拉直时，插销缓缓插入门框的插孔中，最终静止不动。

就在这时，绕过门把手的那端的鱼线突然被用力一拽，插销的把手瞬

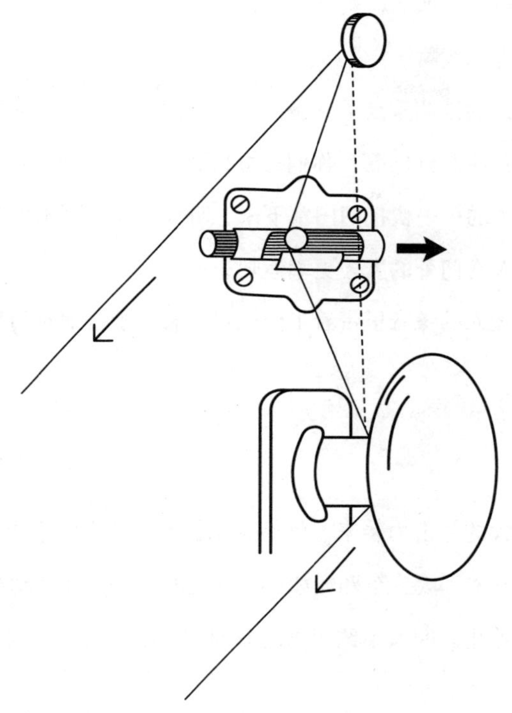

间嵌入门锁前方的缺口里。

图钉那端的鱼线蓦地一松，门把手上的绳结松开了，然后被徐徐地往下拉去。片刻后，鱼线自门下露出一端，经过图钉与门把手消失不见……

一时间无人出声。门这边冷不防有人凉凉一笑，打破沉默。

“也就是这房龄好几十年的破房子，才能搞这样的把戏。你说呢，堂埜？”

“蚁川说得对，如果房子建得严丝合缝，大概就不能实施如此巧妙的机关了。总而言之，这就是……”被问者摸着下巴，继续道，“这就是第七桩谋杀案的机关。那么，剩下的图钉……”

“第七桩谋杀案啊……”

蚁川用戏谑的语调重复了一遍，突然从门后传来不耐烦的敲门声。

“喂，赶紧给我开门啊！你们打算把我一个人关在外面吗？你们让我出主意我才帮忙的……快把门闩拿下来。听到了吗，野木！”

“其实被关在门外的人才更幸运吧……”

第三个年轻人的嗓音里带着半分认真，有些羡慕地对门后的人说道。

× ×

咣当！巨大的冲击力袭来，仿佛有无数冰块灌入四个男学生的心脏。尖锐的刹车声刺透耳膜，车厢宛如一个摇动器，剧烈地晃动起来。

晃动总算停止，四人不约而同地看向同一个地方——与他们同乘一辆车的美貌少女。

少女——他们那任性的偶像已经基本陷入呆滞状态。不光是精神，仿佛连那柔软的肢体也丧失了全部生气，整个人瘫坐在座位里。

“……喂！”

良久，恐惧的尖叫声在车内响起。

发出尖叫的人挣扎着把手伸向车门把手，推门的动作生硬至极，仿佛有生以来第一次那么做似的。

“快、快、快点……”

他嗓音嘶哑，从车内探出半个身子。这时，从少女口中突然爆发出凄厉的哀号。那是与她的身板极不相称的、宛若小女孩一般的哭声。

“让她闭嘴！”从其他座位传来低沉的嗓音，满是汗水的手掌猛然扑

向她的嘴。

粗大的手指掐住她的脸颊，硬生生地截断了那刺耳的号叫……实在想让她闭嘴的话，明明可以勒住其他部位的。

——开车的人再次启动汽车引擎，手忙脚乱地掉转车头往前开。那是在市郊的空地上紧急刹车后，三分多钟的时候发生的事。

× ×

“你是说从窗户？”

他们皆是一副难以理解的表情，齐声反问业余侦探。

“原来是从窗户啊。”

堂埜低声重复了一遍。

“他不是都说了吗，是从窗户！”

蚁川有些不耐烦地高声催促，野木缓缓地将钢笔重新拿起来。

“我听到了……也就是说，第四桩谋杀案的凶手是从窗户闯入的。不过，这样好吗？我们玩这种侦探游戏……”

“闭嘴。”

业余侦探的语气第一次这么粗暴，但转瞬间又怯怯地添道：“别这么说……你以为我干这种事就不害臊吗？”

× ×

“……据推断，案发时间是下午六点左右，随后，凶手立刻给受害者家里打了刚刚提到的第一通勒索电话。哦，忘了介绍，受害者的父亲在那家众所周知的影视出版集团担任统筹制作人，同时也是人事部长。好吧，这无关紧要。从刚刚提到的案件经过判断，估计这是一桩以赎金为目的的绑架勒索案。”

府警总部的刑事部长说到这里，闭上满是唾沫星子的嘴，环顾四周。

这是总部办公楼的记者室。折叠椅上坐满了记者俱乐部各个会员社的成员，他们的疑问如箭矢一般飞来。毕竟经历过高级职称考试的洗礼，刑事部长从容不迫地应付过去，换上更加闲适的语调继续道：

“那么……接下来，希望诸位媒体朋友能够签署一份协议，承诺在协议期间内不进行任何采访或报道，而且需要尽快签署。”

“您是要求我们签署《报道协议》[1]吗？正式的？”

记者委员会的一名资深记者起身提问。

“也可以这么理解。”

刑事部长点了点头，对宣传负责人递了个眼色，指示他根据报社数量派发协议。

“诸位都是资深记者，比我经验丰富，如今应该不用我多作解释了。如诸位所见，在协议签署后，关于逮捕凶手、找到受害者等搜查进展，未经本人或一课课长批准，不得进行任何采访或报道活动。至于这段时间内的案件经过，则不受此限——”

× ×

照着脖子毫不留情的一击，从口鼻处灌入甜腻的药味……以及黑暗。

---

1 日本发生绑架案时，在可能威胁到人质生命安全的情况下，新闻媒体会根据警方的要求签署报道协议，对采访和报道进行限制。

救命！空气黑暗而混浊，她躺在冰冷的地板上睁开双眸。然而，嘴被堵住了，呐喊被封在口中，无论如何挣扎麻木的身体，紧紧捆绑住她的绳子都不愿施舍她哪怕一厘米的自由。

耳边突然响起有节奏的声音，唤回了她远去的意识。脚步声远了，不，近了——地板突然亮起一线白光。隔壁的灯开了。终于，敲门声响起，震动声愈来愈大，并且有力……

谋杀喜剧之13人
I

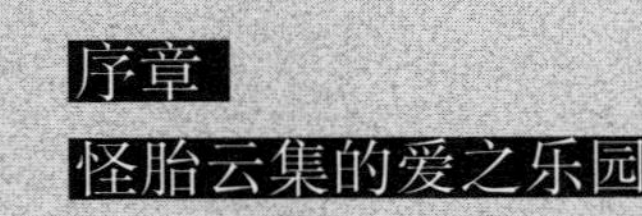

序章
怪胎云集的爱之乐园

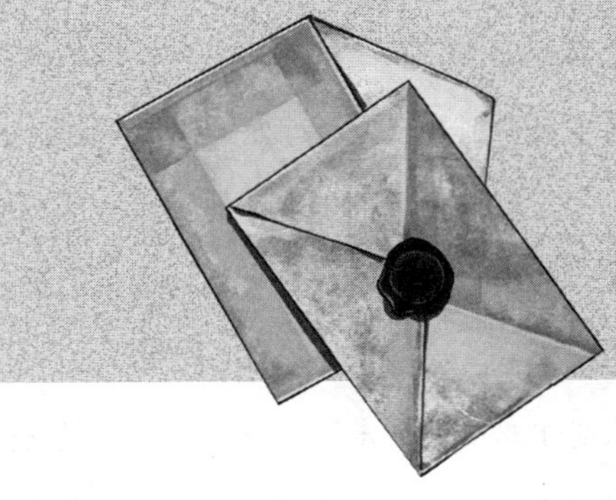

回荡在地下餐厅一角的歌声变成了女声。

（是《若能歌唱而死》吗？）

我喃喃自语，侧耳倾听。我很喜欢这首歌。虽说略带少女感的嗓音与歌曲不太协调，但也有可爱之处。

当然，演唱者并非专业歌手。这家餐厅位于京都市上京区河原町的今出川，请不起专业歌手。我们D** 大学迷你杂志社也没那个闲钱，只是包下了这家餐厅的一角，开一场小型忘年会。

（不过，瞧瞧这打仗一样的吃相……）

我抬起惺忪的双眸将餐桌环视一圈，暗暗抱怨。彩色拉炮的碎屑上下翻飞，如同交叉炮火，香槟瓶子扔得到处都是，宛如子弹耗尽的枪支。

不过，这已经是停战状态了。今天虽然不是今年的最后一场聚会，但也是大家回老家之前最后一次大快朵颐。“美杜莎号”的乘客们暂停了狼吞虎咽，都一脸餍足地沉浸在歌声里。

此时正背对着圣诞树的人是水松美里，她到场没多久，手里就被人塞了个麦克风。走运的是，她是我们学校屈指可数的美少女，更走运的是，她还是我们内部实验文艺杂志社“ON THE ROCK”的正式成员。

只有一点颇为遗憾，她已经名花有主。幸好她的男友加宫朋正的身影并未出现在这里。那个装模作样、头脑机敏、幸运过头的臭小子加宫。

（此时此刻，他应该在神户和姬路附近吧。）

我看了下腕表。（那小子好像说过，他回家总是乘坐“彗星3号”——

那辆 19 点 57 分从新大阪出发，开往都城方向的蓝色列车[1]……）

我叼上一支七星烟，这已经是今天的第二盒了。这时，有人在我身边的空位坐了下来。——头发乱糟糟的，倭瓜脸上有淡淡的痘印，原来是锖田敏郎。他自然也是迷你杂志社的成员。

“怎么来得这么晚？收工晚了吗？”

“啊。不，遇上点事。”

锖田闪烁其词。大概跟他是北方人没什么关系，他本来就沉默寡言。

我冷笑一声，继续揶揄他：“你肯定又去搜罗少女漫画的新刊了。不会是四条河原町的骎骎堂吧，被我说中了？”

“不，还要远些……”

锖田的回答转瞬淹没在热烈的掌声中，美里的演唱结束了。

这种时候，负责插科打诨的小藤田久雄肯定要站起来。我原以为他会接着表演适才炫耀的珍稀古典艺术——立体连环画剧，谁知他却走到墙边，打开了灯。

“各位，助兴节目和游戏都玩得差不多了……接下来我们有请会长致辞！”

“谢谢！”

在小藤田的男高音和舒缓的低音大提琴的伴奏声中，堂埜仁志如同一匹异常沉着的骏马，一边闲适地开口，一边起身。

这位正是我们性情温厚的社长和组织者，他德高望重，刚刚创立同好会时，甚至有人提议干脆为他设立一个“象征”性的职位。

“……再过三个多月，我们就要成为大四学生了。这是我们第一次举

1　日本JR夜间特快卧铺列车，因车身为蓝色，故被称为“蓝色列车”。

办这种形式的派对，下一次不知道要等多久了。不过，时间还很充裕，请大家畅所欲言，尽情地……嗯？海渊，我不是说时间还很充裕吗？”

在会长说话期间，有人缩着身子打算离开，被会长喊住了。他的脸如同民间工艺品中常见的雕塑，粗壮的身躯在那张刀刻斧凿般的脸的衬托下显得很和谐。

“不，那个……”

海渊武范一边单手作揖，一边回头看向堂埜，冲他眨了眨一只小眼睛。

“是我要赶时间。”

“哦……是报社的兼职吗？”

小藤田久雄贴心地替他解围。

海渊立刻点点头：“是啊，有个同事非要我跟他换班！”

没错，雕塑君在某家全国性报刊的编辑部打工。

职位的正式名称是“编辑助理”。过去则称为“童子”“小哥”，如今似乎都叫“打工仔”。虽然有些煞风景，但海渊确实与“童子”“小哥”二词扯不上什么关系。

“我先告辞了，祝大家过个好年！”

“喂，说得好像不会再见面了一样！”

蚁川曜司眯了眯微醺的双眸揶揄道，平日里，这双眼睛总是瞪得滚圆。无论是廉价香槟的量、口味还是酒精度数，必然都满足不了他这个酒鬼，但似乎稀释了他一贯的尖刻。

是什么时候来着？有一次聚餐，这小子一坐下就说：“十沼（就是我）的菜钱必须另算，均摊太不划算……”

既然如此，你的酒水费就自己结——我极力咽下冲到嘴边的这句话。

闲话不叙。海渊在大家的掌声和剩余的拉炮的爆裂声中，离开这家名

为“春天”的餐厅。

接下来他可要折腾了。报社位于大阪北区，如果从三条*乘坐京阪特快的话，到淀屋桥要四十五分钟，如果多走一段路，乘坐阪急的话，那么到梅田需要三十八分钟，接下来可以考虑的交通方式是……算了，祝他早日打工回来。

（一、二……三。）

海渊武范离开后，我再次环顾这场接近尾声的宴会，慢条斯理地掰着手指头计算。包括我在内——共计十三人。

不吉利吗？倒也不是。我只是觉得这个数字莫名令人怀念，它会让人想起每个学校都有的鬼故事，还有那些曾经如痴如醉地阅读的少年杂志的恐怖特刊。

十三人。我不禁露出苦笑。铕田还在灌着从瓶底凑出来的香槟，我丢下他绕着桌子走动起来。他似乎很不痛快，我略有些担心，却没有过问。

“对了，濑部，你又邮购电影胶片了？你的钱怎么总也花不完似的？”

对面的野木勇，轻轻推了一下架在黝黑面孔上的眼镜，隔着一个座位跟濑部顺平搭话。

濑部得意地撩了撩有些长的刘海儿。

“我哪有什么钱啊，谁让我好这口呢！连我自己都觉得有病。一百一十九美元呢！这次的电影叫《狗园杀人事件》。”

“是部什么电影？”

水松美里在二人中间坐下。她耳尖地听到这句话，望着我的脸询问。——要是聊这个话题，那可就是我的强项了。

“《狗园杀人事件》，范·达因的菲洛·凡斯侦探系列的第六部作品。密室和双重杀人，被刀捅死后又用手枪自杀的男人，还有一条被殴打的狗……大概就是这样，你感兴趣吗？”

“谢谢，不过凶手的名字你可别剧透哦。”美里俏皮地笑道，“这个故事拍成电影了吗，濑部？”

“是啊！”

濑部顺平兴高采烈地点点头。

家里寄来的生活费和打工的工资，都被他花在了电影上，他嗜电影成瘾。不过，他所购买的，其实只是由影院用的胶片缩制而成的8毫米胶片[1]。他一直从遥远的海外电影业内人士那里订购。

“故事情节倒无所谓，导演可是迈克尔·柯蒂兹，这才是最让人期待的！其实我最近忙得团团转，还没来得及看呢！”

还真会充内行。既然如此，等到《特伦特的最后一案》的无声电影胶片**发售后，我再好好怂恿一下他吧。比如，我可以跟他说：“喂，你不买吗？那可是霍华德·霍克斯年轻时执导的作品！”

“你想看的话，得付费！十沼！”

濑部顺平似乎看透了我的想法，那双锐利的眸子向我投来刻薄的目光。他的语气里没有丝毫幽默的成分，这就是他收藏家的吝啬秉性。

“……好吧好吧。”

在我不情不愿地点头答应之前，野木由衷地钦佩道：“电影胶片？原来如此……要不我也找样东西收集吧！”

他的这句话缓解了不融洽的气氛。野木勇绝对是我们“ON THE ROCK”的良心。他性情随和，甚至称得上文质彬彬。美中不足的是有些龅牙，且容易受到酒精的影响。

1　8毫米电影是窄胶片体系中最小型的电影。可直接摄制，也可由16毫米或35毫米影片缩制。

蚁川曜司的刻薄表示出还不在状态，野木勇也没有要去横渡鸭川的意思，大概是酒还没有喝足吧。

不过话说回来，让这位在家乡有口皆碑的好青年变成酒鬼的罪魁祸首，不就是我们吗？我自己的酒量却始终没有长进。

（如果第一次联谊会的时候，没有往死里灌他的话，说不定……）

这莫名其妙的反省将我拖入回忆里。记得大一的时候，我也跟今天一样负责拍照……

我们这些人都不甘平凡，厌恶平庸的生活，半数以上的人都复读了一年，才在大学相聚。看到内部升学[1]的学生们一个个趾高气扬，我们忍辱负重，搞了各种各样的活动。如今想来，那副争强好胜的模样别提有多可笑。

不过，我们的活动都不值一提。比如举办前面提到的联谊会、在校园艺术节摆摊、旅游、创办杂志等，这些都没有什么新花样，最值得一提的大概还是我们合租的公寓“泥泞庄”。

无意中说出口的点子，立刻就被付诸实践。确实是那个时期的事，不过，当时的我其实非常意外。

当我在炎热的京都皇宫的操场上，被体育实操搞得精疲力竭时，有个声音突然犹如天启般在耳畔响起。

“关于之前提到的那件事……你忘了吗，就是大家一起合租的事，我找到了一个合适的地方！距离大学十五分钟，虽说原本是座小型医院，不过……今天回去的时候，要不要瞧瞧去？”

——咣当！什么东西打翻的声音将我从短暂的回忆中唤醒，我望向刚刚坐的地方。有个酒瓶子躺在那里，错田敏郎好像一直在往嘴里灌酒。

1　日本一些私立学校的附属学校，有本校生直升大学的制度，即内部升学，其难度比外校考入要简单很多。

“瞧他这副德性，喝过头了吧？”

留着三七分发型、宛如地藏菩萨的须藤郁哉说着，拿手帕给他擦了擦手，在他的旁边坐下了。

“地藏菩萨”这个绰号怪让人过意不去的，那我换个说法好了——他的脸令人回忆起“古老的白凤时代[1]”。毕竟这世上不会有嘴这么大的佛。

须藤捅了错田两三下，对方没有任何反应。他一脸不悦地从口袋里取出一个红色格纹的糖果盒，将里面不知是水果糖还是奶糖的东西塞到口中。

他终于放弃错田，转头听起了蚁川、堂埜和小藤田几个人聊天。

“你不打算买埃勒里·奎因的电影吗？”

又是来自水松大小姐的垂询。尽管关于推理我很自信，可电影胶片的话题我就是门外汉了。于是，我决定将一切回答都交给大收藏家濑部。

“其实啊……我挺想看奎因的。”

濑部的脸比平时还要油光发亮，他支支吾吾道：“电影啊……电视上应该会放吧。你想看的话只能静候播出了，哈哈。话说回来，十沼有一次不是很愤慨吗？因为关西地区不播出。”

没想到话题又绕回了我这里。濑部说的是由吉姆·哈顿扮演埃勒里·奎因，并由曾负责过《神探可伦坡》的威廉·林克和理查·莱文森担纲制作的系列电影。以前东京上映过，但完全没有满足关西一带的推理迷的渴望***。

“哈哈，那个系列我看过。”

我气定神闲地模仿着濑部的口吻回答。在日本屈指可数的传统推理俱乐部“完美不在场证明（P·A）协会”的例会上，可以通过全国的会员网，

1　645—710年，白凤时代以佛教文化为中心。

轻而易举地订购到想看的电影。我正是协会的会员。

“电影拍得相当精彩。不过，扮演埃勒里·奎因的演员身材过于魁梧，跟他父亲理查德·奎因警官以及推理的对手戏演员们不够协调，有些搞笑。尤其是遇到酷似菲洛·凡斯的对手……”

说到这里，我顿时惊愕地打住。一遇到推理的话题，我就会忍不住滔滔不绝，最终导致尴尬冷场。其实，我已经因为这个失去好几个朋友了。

“抱、抱歉。”

我瑟缩了一下。冒昧地说了这番话后，我再次绕起圈，想寻找一个舒服的地方待着。野木透过眼镜无语地目送我离开。

水松美里那双总是受惊一般的眼睛瞪得更圆了。

甚至曾有人提议，干脆把我们“ON THE ROCK”改组为经纪公司，推出正统派偶像得了，而她的可爱就是保证。一帮忠厚老实的男青年似乎都没有料到，她会被社团以外的人抢走，而且对方还是那种货色。

那种货色？很不凑巧，他本人并不在场。不过，就算是不认识他的读者们，这辈子应该也会在某处碰到他那种人吧。无论面对何人何事，总是报以冷笑，摧毁对方的意志，以此抬高自己的男人——加宫朋正。

加宫用尽各种手段将美里追到了手。搞笑的是，过去他总是穿得一丝不苟，目中无人地在校园里昂首阔步，自从跟美里好上，他的肩上就总是挂着由她精心制作的便当（每天早上她会将饭菜装在圆保温盒中送给他）。

我回到座位，看向锖田。他已经不省人事地趴在桌子上，纹丝不动。简直——简直跟死了没两样。

一只手突然轻轻扯了一下我的衣服下摆，身畔响起一个声音：“喂……十沼。京一……你在想什么呢？”

是堀场省子。她身高一米六（因为我的缘故，她好像尽量都不穿高跟鞋，这挺让我过意不去的。顺便一提，她比水松高三公分），体重 ×× 公斤（完全可以再重一些）。

还不如一开始不要抓阄决定座位，直接让情侣坐在一起呢，这帮人实在太没有眼色了！算了，不提也罢。省子从旁边的手提袋中拿出速写簿，说："插图我画好了……你要不要看一眼？"

"哦？已经画好了？你太厉害了！"

我不由得发出惊叹。没想到我请她帮我画的插图已经完成了。并不是平时我们迷你杂志用的插图，而是我的首部自费出版的侦探小说作品集的插图。实在是难能可贵。

不枉我在一点好几倍的竞争率中赢得了她的芳心。不过，我克制住立刻打开速写簿的冲动，对她说："以后再看吧。现在打开，要是弄上酒或呕吐物就太糟蹋了。"

话音刚落，就有人在我身后打开一瓶啤酒，飞沫正巧溅了我一头。我控制住表情，继续道："你瞧瞧。……喂，不许笑！"

十三这个数字果真有问题。我借省子的手帕擦拭着后脑勺，认真地想。

话说回来，我介绍几个人了？一、二……还有三个人的名字尚未出现。也罢，正如刚刚堂埜所言，时间还很充裕……

"各位，预订的时间差不多到了……"正在我这么想时，我们的会长堂埜仁志起身，郑重地宣布，"今天的派对就到此为止吧……十沼，合影就交给你了！"

既然是会长的请求，我只好接受。作为屈指可数的摄影师（大家都没有把相机带至京都），我不情不愿地拿起心爱的相机起身。

"好的，请大家排成一排……对，保持住。——好了，我去趟洗手间就回来。"

不愧是同为“电视一代”的伙伴，大家都不出所料地笑得东倒西歪。我丢下他们，一路小跑冲向洗手间。我并不是刻意搞笑，实在是摄入了过多水分。

“——！”

我风风火火地推开男女共用的厕所的门，霎时呆立在那里。

（什、什么情况！）

眼前的情景令人大跌眼镜。在角落里抱在一起的男女跃入我的眼帘。就算打扫得再怎么干净，这里也是厕所好吗？

女子圆润的身体（跟省子相比自不必说，比水松美里还要丰腴许多）歪了一下，二人的脸暴露在我面前。

男子的目光依旧停留在女子的脸上：“我说须藤，你怎么又回来了？是不是故意的？难道你忘了在厕所玩惯例的掷球游戏吗？”

他讥诮地说完，冷不丁抬起头来，透过花里胡哨的金属框眼镜，眨了眨那双色眯眯的下垂眼。

“原来是你啊……十沼！”

“到时间了，你这边也赶紧结束，日疋！”

连我都感到一丝尴尬，日疋佳景却浑然未觉似的轻轻一笑。

“行了，知道了。”

厚颜无耻大概是他的优点，倘若他能把同好会的会费或杂志费付了，哪怕只把今天分摊的费用付了，我也不会这么气愤……我提前替会计感到义愤填膺。

另外一位是乾美树（如此一来，介绍任务就又完成了两人！），也就是刚刚和日疋纠缠在一起的人。她申请加入同好会时，和水松美里一样，都是由我接待的。不过，我当时感觉，她很有可能是把我们社团当成了其他团体。

闲话不叙。即便是美树，此刻也不禁窘迫地扭过脸去。不过，那到底是出于羞耻，还是因为她觉得自己的本性被别人看到了呢……

三分钟后，我在列坐一排的众人面前，将拍完合影的胶卷收起来。

拍完纪念照以后，就是可喜可贺的收尾大合唱环节。歌曲相当老，不过，只要是同龄人合唱，总是会选这首《心旅》——无论是在高中的文化节上、露营地、和补习班的同学在一起时，还是在大学校园艺术节上、烧烤店……

当然，今夜，也就是十二月二十二日和二十三日之间，我们也忠实地履行了这个惯例。

歌词唱的是启程前夜与恋人在一起的时光。

衷心地希望，这里的每一个人都能找到那样的好女人。不提这个了，还有几百天，我们就要被赶出校园了。迄今为止，这首歌不知被我们唱过多少次。

（话说回来。）

我稍微有些伤感，想起了那天的事——

“这可真是老古董啊！”

第一次站在“泥泞庄”——当然，那时还没有取这个名字——门前时，蚁川曜司面带苦笑，这般评价。

他突然回过头，拧着又粗又浓的眉毛道：“说实话，这个地方真的不是十沼找的吗？”

“你、你什么意思？”

听到我反问，小藤田久雄的面上浮现出特有的谦谨微笑，代替他回答：“你不是对古董……或者直截了当地说，对猎奇的东西很感兴趣吗？”

“简直胡说八道！”我怒不可遏。

“那么，旧医院是谁的兴趣？偏偏诊疗科室还是妇产……”

“好了好了，这不是挺好的爱好嘛，仔细瞧瞧的话……”

须藤郁哉从旁打圆场，堵住了我的话。

野木接着道：“赶紧进去瞧瞧吧，趁着还没有聊崩之前。”

“那我开门了！”

堂埜仁志慢吞吞地从口袋中掏出老旧的钥匙串。——传说他一天要睡二十个小时，人送绰号“卧床老人”。说不定他才是那个对旧医院感兴趣的人。

我冷不防往旁边一看，发现濑部顺平正用左右手的大拇指和食指组成一个四方形，像是正在确定电影摄影机里的构图一样，凝视着玄关。这栋建筑的确像是画中的场景。

臼羽——玄关的屋檐上方，油漆斑驳的木制剪切字向我们自报家门。

黑黝黝的石墙边的立板上写着“臼羽医院”“内科”“儿科”等字样，大门上方有一个颜色古朴的扇形隔窗。

外墙上钉着已经模糊难辨的鱼鳞板，折线式的屋顶上还孤零零地立着一个戴着三角帽的塔屋，也可以称之为望楼。

就差一个疯狂科学家和机巧机关，或者说一桩谋杀案了。怎么可能呢？

——不知道是不是陈旧生锈的缘故，钥匙怎么拧都拧不动。以死脑筋和蛮力著称的海渊武范看不下去，搭了把手，依然没能打开。

“有没有缝纫机油？”

锖田敏郎抱着装着厚厚一摞漫画书的包，提出一个极为合理但不中用的建议。就在这时，门锁“咔哒”一声弹开了。

“开了！”

那便是我们崭新生活的开端。

——老歌终于结束。纵情高歌后，大家都有些兴奋，没有人立刻离开，仍然继续谈天说地。

大家还有四五天才会回老家，不过，这种氛围似乎格外令人难舍难分。

还没喝过瘾的酒鬼们、舞蹈瘾犯了的家伙……嗯？现在想去鸭川游泳了？——正在大家讨论要去下一家，差不多快要统一意见的时候，须藤郁哉的声音在嘈杂中格外亢奋地响起。

“对了，大家……”

白凤时代的佛像本人似乎完全没有意识到自己的嗓门有多大。

“过完年，很快就是第一次就业指导了，大家都是怎么打算的……”

这句话宛如一盆冷水兜头泼下，沉默瞬间蔓延开来。

这简直是最大的禁忌，就跟揭开不能回忆的伤疤一样。几秒钟后，精神上还没有长大的成年人们匆匆抓起外套，奔到夜空下。

“再见，过个好年。”

“啊，哦，再见！”

“再见了，各位！”

匆匆地寒暄过后，堀场省子来到我身后，问我：“去咖啡馆吗？”

没错，对于我们这帮不会喝酒的人来说，二次会[1]的咖啡才是最值得期待的。不过，我匆匆点头其实另有原因。毕竟我想起了比起就业指导更重大的事。

我回答省子：“啊啊，管它是咖啡馆还是哪儿……附近只要有厕所

1　在日本，一次聚餐结束后常常会换一个场所，继续举行下一次聚餐，即“二次会”，有时还会有“三次会”“四次会”。

就行！”

* 一九八九年十月五日，随着鸭东线的开通，京阪电车与叡电的出町柳接通。如果此时三条是终点站，那么故事就是在此之前发生的。

** 《特伦特的最后一案》（一九二九）。在一九九九年的国立电影中心举办的“霍华德·霍克斯电影节”上映。

*** 由吉姆·哈顿主演、美国NBC制作的该电视系列，自一九八三年四月四日起，开始在关西地区的SUN电视台播出。如果这个故事是在此之后发生的，那么故事的讲述者应该不知晓此事。另外，这里提到的“对手”指的是由约翰·席勒曼扮演的西蒙·布里莫。

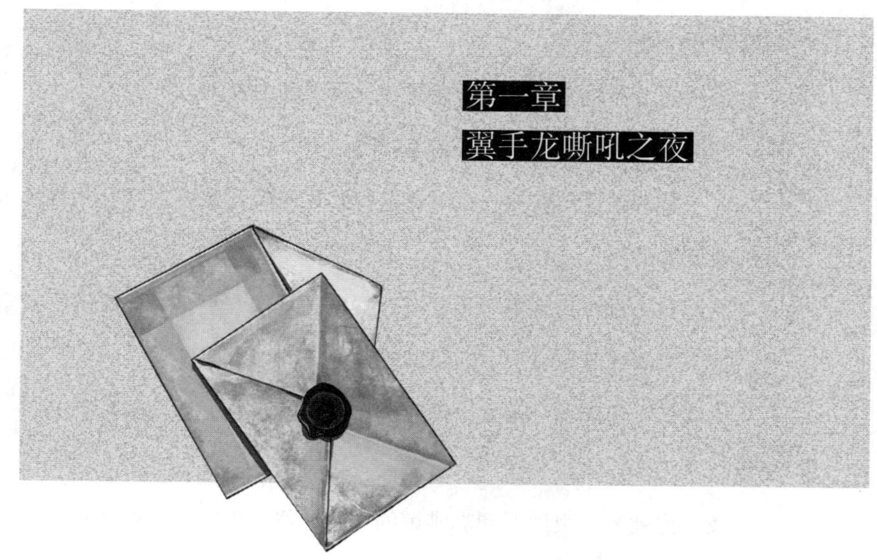

第一章
翼手龙嘶吼之夜

——首先映入眼帘的是波涛汹涌的海景。

一辆豪华游艇正鼓满船帆，破浪前行。

天色沉沉，绵延的浮云被高耸的桅杆和弧形的水平线分割……但仔细一瞧，那竟是一张人脸。原来这是一幅肖像图。画中人满脸忧郁，嘴角噙着淡淡的冷嘲。

插图的上部是字体清隽的标题——《惨剧之帆》。

圆润的手指恋恋不舍地翻着速写簿。

下一页的画风却陡然一变，那是一张古怪的建筑图，带着些许埃舍尔式的奇诡风格。

在诡异的哥特式尖塔旁边，有一群被画得像红豆饼一样的人，极富个性。这张图的标题为《空中庭院谋杀案》。

“嚯！”伴随着一声发自内心的赞叹声，手指的主人继续翻开下一个场景。

我无比神清气爽地回到咖啡馆的雅座，将皱巴巴的手帕塞进口袋，蹑手蹑脚地走到那家伙的身后，趁其不备，重重地拍了一下他的后背。

“嗷！”

对方怪叫一声，足足蹦起三厘米高。我对目瞪口呆的堀场省子面露不悦。

“这样不好吧？这么宝贵的插图，你竟然不让我第一个过目。”

没错，这正是我刚刚提到的那部自费出版的短篇侦探小说集的插图。

这小子竟然越过我，提前欣赏我女朋友精心创作的作品，这好比是侵犯jus primae noctis（初夜权）的重大犯罪……

“什么意思呀？你说的jus……”

省子歪着头，一脸茫然地望向我。——糟糕，我原本只是想在心里抱怨一下的，没想到激动过头说漏了嘴。

（何、何等失态……都是这小子的错！）

我为了催促侵权的罪魁祸首反省，狠狠地瞪了他一眼。可是，对方却笑吟吟地朝我眨了眨一只眼睛。

“抱歉，抱歉。这么难得，我必须得预订一本。上面务必要有二位的签名！”

对方——我最后介绍的这个人，“ON THE ROCK”杂志社特邀撰稿人森江春策，晃悠着那和我一样不怎么苗条的身躯，拢了拢乱蓬蓬的头发。

“不，不是这个问题……呃……”我有些粗暴地开口，望着森江那温煦的面孔，又改口道，“好吧，我是说，谢谢捧场。”

转移到这家咖啡馆的朋友们——堂埜、蚁川、日疋还有美树——都笑得东倒西歪。无论多少次，他们都跟约好了一样。

《惨剧之帆》	（海洋推理）
《空中庭院谋杀案》	（本格解谜）
《白色、黑色、黄褐色？》	（新闻题材）
《在黑暗中蠕动夜行》	（猎奇）
《兜率曼荼罗谋杀案》	（超逻辑谜团）
《努尔哈赤之盾》	（历史推理）
《搞错的不在场证明》	（倒叙）

《辉煌（キラメける）的魔都之死》　（城市幻想）

《犹格·索托斯的土地》　（克苏鲁神话）

《丑时剧场》　（捕物帐[1]）

《石枷》　（科幻推理）

《留声机馆的密室》　（不可能犯罪）

两栏十二开　约二百九十页　书名与定价待定。

“这些就是收录的作品吗？定价待定有点儿吓人啊……不会不能退订吧？”

森江春策单手握着咖啡杯，望着我递给他的笔记道。

“每个标题都很个性，尤其是第九篇的《辉煌（カガヤける）的魔都之死》……”

“是‘辉煌（キラメける）’的魔都！”

堀场省子立刻气势汹汹地纠正他的发音。

不过，我的女朋友立刻意识到，她那气势汹汹的架势不光吸引了堂埜等人的目光，还引起了整个餐厅的关注。她不禁满脸通红地垂下头。

森江被这突如其来的斥责吓愣了。

“喂，当心！咖啡要洒了！”

我提醒了他一句，向他介绍起《辉煌的魔都之死》的内容。

——这里是在荻原朔太郎的诗中出现的“愁容满面的侦探”的世界，应该也有读者能够从中感受到我对稻垣足穗的爱吧。在赛璐珞的夜空中，

1　日本的时代推理小说。

挂着一轮明胶纸的月亮，侦探在硬纸板的街道上狂奔……

“哎呀，原来是这样，让各位见笑了。”森江彬彬有礼却坚决地打断我，“我明白了。”

“你明白什么了？标题的由来吗？”

“不光如此，我还明白，刚刚堀场同学为什么会毅然决然地纠正我‘辉煌’的发音了。”

森江望向依旧满脸通红地垂着头的省子，继续道：“也就是说，第九篇作品的首字母是‘キ（ki）’，而非‘カ（ka）’……”

“哦？然后呢？”

我就像是被远山的金先生[1]责问的奸商一样佯装不解，实则却在腹诽。

（可恶，已经被他给破解了吗？）

森江从省子那里接过速写簿，慢条斯理地翻着页，道：“然后，按照《惨剧之帆》的‘サ[2]’、《空中庭院谋杀案》的‘ク’、《白色、黑色……》的‘シ’这样的顺序，把标题的首字母单独拎出来的话……”

（嘁，果然。又败给森江了！）

“サ、ク、シ、ヤ、ハ——サクシヤハトヌカキョウイチ，作者是十沼京一。确实排列得非常巧妙……”

看他的神态，似乎并没有因为猜中而扬扬得意，而是在赞叹我的巧思。

这次轮到我打断他的话：“得了吧，你再怎么恭维我也没用！”

幸亏对方是森江。我像个酒鬼一样发牢骚：“我这种写作风格的稿子，

1　日本江户时代的著名奉行远山景元，时代剧《远山的金先生》以其为主人公，讲述其以“游手好闲的金先生”之姿微服出巡，暗中调查不法之事并惩奸除恶的故事。

2　日语中“惨”的首字，后文的“ク”和”シ”等以此类推。

没有任何征文大赛愿意收。毕竟太过时了……”

“那倒是，不过……”森江一下子吐露了真心话，慌忙补救道，“那也只是暂时的。别忘了，不是有人这样说过吗？有朝一日，‘炫技推理’一定会复苏。”

“会有那样的一天吗……”

我抬起头来。

森江望着我，铿锵有力地说道：“会的！而且，那必定出自我们的同辈人之手。在名字复杂的馆中发生的诡异而又花样百出的连环杀人——有朝一日，书店里肯定会被这样的推理小说堆满！”

“是吗？倘若真的有那一天的话！”我特意提高嗓门，“——绝对无聊透顶！”

“啊？”

我继续对不知为何突然泄气的森江道：“你每次都能像这样破解我的诡计……说实话，我很羡慕你的脑子。”

“我反倒很羡慕你呢……算了，言归正传。”

森江看了一眼省子，留下一句莫名其妙的话后，突然起身。他披上银灰色的外套，背上挎包。刚刚我一直没有留意，这才发现他的包塞得格外鼓。

“我要出去旅行几天……”

“现在就去？”我惊讶地提高声音，“你还是这么爱吓人。还是坐那辆蓝色列车？”

“不，是普通的硬座快车……目的地嘛，就是去北方随便逛逛。”

森江春策难为情地笑笑，搔了搔乱糟糟的头发。

我苦笑着高高举起咖啡杯：“……又来了，你这心血来潮的毛病还是老样子。好吧，你注意安全。”

“一路顺风。”

省子说完，其他人也纷纷发表送别赠言。他的这场旅行太过突然，我们连饯别红包都来不及准备。当然，我也没那个闲钱。

（行了行了，赶紧走吧！）

森江春策是我上大学以来，与省子势均力敌的（遇到她以前唯一且头号的）忠实读者。不过，与省子不同，森江破解了我作品中的全部“诡计”和“套路”。鉴于这一点，我完全不庆幸拥有这样的朋友。

今晚，这小子也轻而易举地说中了我在作品集里夹带的私货。那可是我绞尽脑汁、倾家荡产才完成的作品集！

“作者是十沼京一”——确实如此，不过他大概是过于得意，并没有注意到另一个设计。我就说嘛，我的套路怎么可能那般轻易就被他猜中！

“啊，对了对了！”

我正窃笑，森江春策却突然去而复返。餐厅的自动门已经开了，他却步履轻快地回到席间，拿起桌上的笔记本。

“接着嘛，要是再提取标题末尾的音节……帆的‘ホ’、事件的‘ン’、后面的‘カ’‘ク’，连起来就是——本格侦探小说*。这个双重含义的设计同样令人折服！推理小说果然要有这个水平才行啊！十沼，你要是不能成为专业作家，我可是会生气的！好吧，我这次真的走喽！”

他和煦一笑，走进夜幕与寒风中，这一次是真的走了。

（混账，什么“啊，对了对了”！可伦坡系列早就完结了！）

我极力忍住捶胸顿足的冲动，最终却只是轻轻跺了下脚。

但凡他的语气里含有一丝歹意，我必定要用珍藏的诡计干掉他，并且制造出铜墙铁壁的不在场证明，将他的尸体处理得干干净净。这小子当真命大。

阿嚏！门外传来一声响亮的喷嚏。

我差点“扑哧”一声笑出来，忙点上一支新的七星烟。这小子当真命大，但也聪明得令人讨厌——听，远处又传来了他的喷嚏声。

目送那个心血来潮的男人踏上旅程后不久，我们也撂下几枚硬币，走出咖啡馆。

“你们接下来有什么打算？”

我环视着省子和其他四人问道。

“我们想再逛逛。”

堂埜仁志缓缓回答。

蚁川曜司接着说：“我还没喝过瘾呢！”

“……是啊！”

日疋佳景笑嘻嘻地表示同意，脸上突然划过一抹讶异。

从我的角度清楚地看到，他刚刚想把手放到美树的腰上，却被她躲开了。我顺便还看到了她与蚁川互相使眼色的那一幕。

“十沼，你呢？”

蚁川突然盯住我的脸问。我有种无意间撞见交换信息的现场，并被人当场逮住的感觉，心脏剧烈地跳了跳。

“我？我当然要去送堀场回家啦！而且，插图的稿费还没……”

“你打算用送她回家来抵插图的稿费吗？”

日疋露骨地嘲笑我，再次将魔爪伸向美树的身体。

下一刻，他便用另一只手抚了抚手背。并不是冻的，而是因为挨了一记打。

“行吧，那我们就慢慢往前走了。”

“要不，十沼……”堂埜道，“送完省子以后，你找个地方跟我们会合吧？”

面对会长的盛情，我诚恳地摇了摇头。我摄入的酒精和咖啡因已经足够了，而且，我也不想再在某家店的厕所里撞见荒唐的场面。

不知道美树的对象究竟是“ON THE ROCK”公认的蚁川，还是今晚被我发现的日疋，说不定我还会撞见她与这二位同时在一起的香艳场面。

堂埜要跟这处于意想不到的三角关系的三个人一起走，脸皮也是厚到家了。不过反过来说，有他在才不会出事。别看会长大人这副样子，其实凡事他心里都有数。

“对了，其他人去哪儿了……”

堂埜对我暗中的赞赏浑然不知，依旧慢条斯理地发问。

“估计又是老习惯，打麻将去了呗！”

“那帮家伙最近打上瘾了。”日疋嗤笑。

蚁川附和：“没错，天天都在打。开例会的时候，他们也在角落里热火朝天地商量去麻将馆的事儿。他们除了打麻将，难道就没别的乐子了吗？不过，我倒是偶尔也会打打麻将。”

从今年十月起，麻将瘾就在我们创作团队的内部疯狂蔓延，虽说以前也经常有这种事，但如今已经严重到影响社团活动的地步。

比如，濑部以前那么想拍自己的电影，可如今呢？他的兴趣就只剩下收集现成的胶片和打牌了。无比痛恨麻将、曾经发誓此生绝不碰麻将一下的我，不禁用神职人员斥责娼妇的尖刻口吻道：“不过，今天恐怕不行吧？毕竟加宫不在。他可是核心人物，万恶的根源！”

对，加宫朋正——那个面目可憎的内部升学浑蛋，只有出手阔绰这一点我愿意替会计表扬他。可是，他不光把别人白手起家建立的同好会，当成寻找麻将搭子的割草场，竟还抢走了我们的水松美里。

且慢，为最后这点愤愤不平的是其他人，可不包括我。

“这你就不懂了，三个人也有办法打麻将哦！”蚁川忍不住笑道。

“而且，野木还是须藤，不是跟他们一起去了吗？行了行了，别这么激动。”

“谁、谁激动了……”

我刚要出言反驳，省子便拉住我的衣服下摆。

她如此关怀备至，将来应该能扛起“著名推理作家夫人”的大任。我颇为欣慰地吞回犀利的言辞。不过，蚁川这小子……

“嗯？我怎么了？”

蚁川听到我的自言自语，一脸莫名其妙。在日疋和堂埜的催促下，他才罢休，三男一女往河原町大道的方向走去。

等到他们的身影消失不见，我才再次转向省子。

“谢谢，发自内心的。不，绝无虚言。”

再后来，我将堀场省子送到她位于京都市内的家，突然成为孑然一人。在数学上这是理所当然的，可是在心理上，我依然感到空落落的。

寒风如活物般发出呜咽，像是被逐渐变冷的地球驱赶的恐龙发出的幽怨低吼。如果能透过黑暗看到夜幕对面，说不定可以看到一边呼唤不存在的同类，一边从天空掠过的翼手龙的身影。

我过去写过一个短篇，叫作《冰冻的古都之犯罪》，我在里面说过，我并不讨厌在京都的夜晚独自漫步，哪怕是在远离繁华闹市，没有名胜古迹的乏善可陈的街头。

不过，这么凛冽的寒冷就让人吃不消了。我沿着夜间冷得出名的鸭川河畔，将外套的衣领竖起来，步履不停地往前走。

我并不是一个多愁善感的人，唯一会多愁善感的时刻，大概只限于想到那本销声匿迹的杂志的时候。某年的五月底，那本专业侦探小说杂志突然间音讯全无，我长达四年半的幸福时光宣告终结，也失去了遥远的写作目标，每当我想到这里……

（好了，不要哭，十沼京一！擦掉眼泪，顺便擤一下鼻涕吧。你还有更多的事要去想，比如……）

比如，想想一直悬而不决的“ON THE ROCK”特别刊的事如何？只是平版印刷手抄本实在太寒碜了，所以，这一期我们计划采用活版印刷，起码得采用打印。但是，这个无比合理的方案，却似乎要永远搁置了。

如今早已不是同人杂志可以随便印的时代。所有印刷公司都漫天要价，人工费高得离谱。最近两三年，文字处理机之类的机器要三四百万，能不能买得起另说，打出的字体还非常粗。

对了，记得我偷偷去过大学的地下消费合作社[1]，在那里见过一些体型超大的机器。

记得招贴上写着：“最适合印制迷你杂志！”——将机械臂伸到键盘上方，对准想打的字，一按按钮，就会“咔哒”一声将那个字印到纸上。打字原理就这么简单。说白了就是电动日文打印机。那种办公室里常见的老式手动打印机我不会操作，这种机器可难不倒我。不过，四十万日元的价钱委实有些……

（您就当成给社团学弟的礼物嘛！）好归好，我还想有个能送给我礼物的学长呢！

我刚刚说的是什么话题来着……总之，我是想感叹一下当前这种浑浑

1　一个区域的人为了提高生活水平，在区域内部自行进行生产、销售的组织。

噩噩的状态，只要碰到些许阻碍，一切都会烟消云散。真正的空虚莫过于此，我可不打算把我要投资到自己的作品集里的资金与劳力，转投到这部特别刊里。

想到这里，我突然打了一个巨大的喷嚏。寒意越来越逼人，我吸完了好几支七星烟，身体依旧无法得到温暖。

当我轻轻拭去眼泪与鼻涕的痕迹，抵达“泥泞庄”门口时，身体早已冻僵，几乎能产生超导现象。

泥泞庄里似乎还没有人回来。刚刚有一瞬间，我好像透过一楼的窗户看见一丝灯光，大概是过路的车灯的反照吧。

我从口袋里找到我们全体室友人手一把的钥匙，打开对开的大门。口袋底部还有另一把钥匙，是我自己房间的专属钥匙。

正对面是旧医院时代的候诊室，空荡荡的空间里，随意摆放着几张内胆裸露的破沙发。

门口的水泥地板的右边是原来的前台兼药房，里面则是诊室。家具之类的还维持着原貌，不过现在已经变成了我们的会议室。

我沿着诊室的外墙向右转，平时我会在走廊的中途左转，经诊室对面的楼梯回二楼的房间。不过，今天我却选择一直往里走。我打了个寒噤，嘴里念念有词。

（洗澡洗澡，得先洗澡……）

走廊的尽头，左边是带有厨房的餐厅，右边是人高马大的少女漫画爱好者镛田和去大阪打工的海渊的房间。我要去的浴室位于餐厅后方，整栋楼的东北角。我打开走廊尽头的那扇紧闭的门去开热水器。

门一开，刺骨的寒风便伴随着尖锐的呼啸声一涌而入。

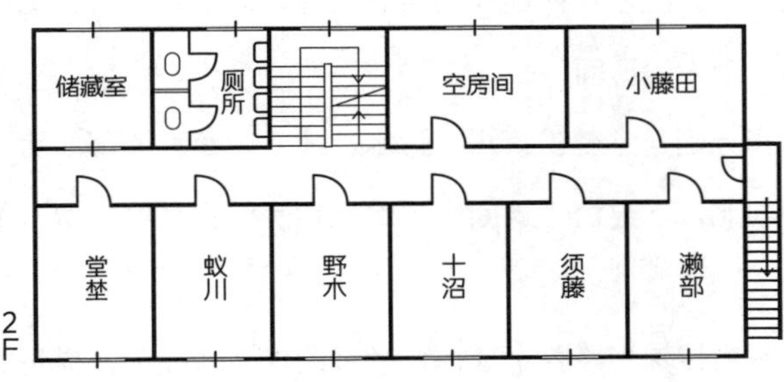
储藏室
厕所
空房间
小藤田
堂埜
蚊川
野木
十沼
须藤
濑部
2F

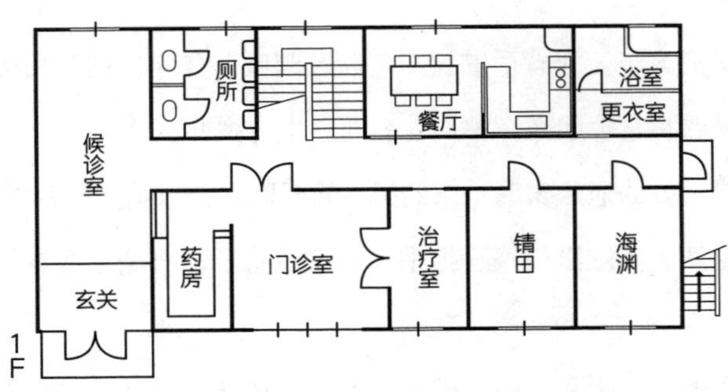
厕所
餐厅
浴室
更衣室
候诊室
药房
门诊室
治疗室
锖田
海渊
玄关
1F

我受不了地别过脸，看见通往二楼的木制室外楼梯正宛如活物一般在风中摇晃。在仿佛冻结的冬日星空下，楼梯像是要一路延伸到遥远的平流层。

我打开热水器后，从走廊折回，步履匆匆地跑上室内的楼梯。二楼和一楼的格局一样，在东西向延伸的走廊两侧，分别是厕所、储藏室以及包括我在内的七个人的房间。

从西到东分别是堂埜、蚁川、野木、我、须藤、濑部的房间。只有小藤田的房间朝北，不过由于这间屋子比其他房间宽敞些，所以他也没什么怨言。

另外，室内楼梯一路往上延伸，经过阁楼，通往前面提到的三角帽形状的望楼……一一解释太麻烦了，剩下的请看插图吧。

——半小时后，我踩着又冷又湿的浴室瓷砖，一口气跳进已经热气腾腾的浴缸里。

风似乎更大了，我背后的窗户“嘎吱嘎吱”作响。窗户用的是手柄状的锁扣，只要将它扳起来，窗户就会向斜上方弹开。

从窗户上方的通风窗漏进来的风，低低地吹着口哨。我多少有些介意，但完全懒得站上浴缸沿鼓捣窗把手。我扭过身子，将墙上的燃气阀开到最大档位。

五脏六腑终于暖和起来，即便如此，我依然觉得老建筑很有意思。就连这个浴室的门上也装有门闩或者插销。

如此一来，到浴室偷衣服的贼就插翅难逃了——不，这估计难不倒经常来洗免费澡的日疋。如此看来，插销应该安装在浴室外的那间一铺席[1]

1 日本面积单位，榻榻米的尺寸，一铺席约1.62平方米。

大的更衣室的推拉门上。

闲话不叙。又过了半个多小时，我终于拖着有些冷的身体钻进自己房间的被窝里。少女漫画的单行本在枕边堆积成山，这是锖田的部分藏书。嗯？你问我是不是背离了推理小说的初衷？

这事说来话长。本人曾经在自己的作品《二八七议席乃谋杀许可证》中写道，在一栋古老的建筑里有一个充满少女气息的华丽房间，“就好比是将《少女大丽花超豪华增刊》的卷首彩页插进一本发霉的法律书里……”我不过是随便写了个杂志名打比方，结果锖田敏郎却杀上门来表达不满。

“那是一本相对而言非常朴实的杂志。读者的年龄层也偏高，你真要举例的话，最好选别的杂志。比如……”

他开始为我讲解少女漫画的常识，试图消除我的偏见。他对少女漫画的热忱丝毫不逊色于我对推理的热情。

我不过是一时兴起，绝无投入少女漫画的怀抱的打算，但是在锖田的感动下，还是看起了某部共计两卷的作品。当然，我原本打算对它进行吹毛求疵的批判，趁机宣扬本格推理小说的优越性，不过……

“这是什么？”我读后却大惑不解。这不是正统的教育小说[1]吗？作者似乎才二十出头，我扪心自问，自己能够以从中学时代到复读时代的往事为素材，创作出这般优秀的作品吗？答案自然是否定的。

我一直以来到底在做些什么？经过这件事，我对他刮目相看，同时下定决心——我要暂时跟着锖田师父潜心研究这个领域。

所以……这些都是我问他借的漫画。本雅明曰：“书籍和妓女都能被带上床。”虽然不知少女漫画究竟是哪种妓女，却有一种想让人把它带上

1 又称教养小说，是在启蒙运动时期的德国产生的一种小说的形式，以一位主人公的成长、发展经历为主题。

床的独特魅力。

刚刚我好像听到了有人回来的动静。应该是喝得醉醺醺的酒鬼们——那帮被甩的男人们回来了。不过，我完全不想搭理他们，早早就蒙上被子。

23 点 40 分。此刻，加宫乘坐的特快卧铺列车“彗星 3 号”，应该刚刚从尾道出发。

* 被轻易看穿大概也是理所当然的。吉利特·伯吉斯(Gelett Burgess)早在七十年前，便在由“神秘博士阿斯特罗”担任侦探的短篇集中使用了这种诡计——若提取标题首字母即为THE AUTHOR IS CELLET BURGESS，提取最后一个字母即为FALSE TO LIFE AND FALSE TO ART。而且，还有很多诸如此类将标题排列当成密码的作品，比如火野苇平的《道歉字据》、筑波耕一郎的长篇小说等。

** 夏普在一九七七年，于商业展会上展出了首台日文文字处理机。第二年，东芝发布了初代“JW—10”，定价六百三十万日元。顺便一提，在本作品的背景下，文字处理机的年度上市数为两千五百台。

第二章

泥泞庄验尸官法庭

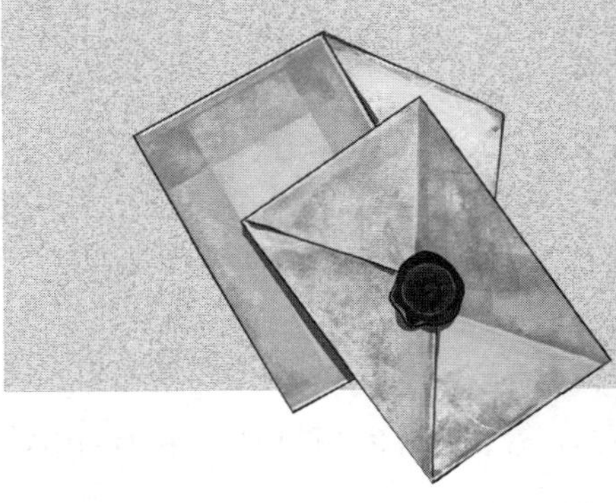

惺忪的睡眼里，倒映出一双如武士蟹般皱巴巴的脚掌。

“……”

望着那双随着寒风摆动的东西，我的喉咙发出不可思议的声音。地上摆着一双似曾相识的木屐。

“……吗？”

我总算挤出连自己都不知所云的声音，小藤田久雄却缓缓点了点头。

旁边的野木勇接着道：“是我发现的……早上我第一个上来透气……然后就……”

然后就看到它挂在这里。

我立在尸体前，垂死挣扎般对二人道：“我知道，可是，怎么会发生这种……喂，铕田他不会？”

——我还是从头讲起吧。

十二月二十三日天亮，上午七点，巨大的声响将我从睡梦中惊醒。我在急促而执着的敲门声中打开门，看到野木和小藤田诡异扭曲的面孔。大汗淋漓的野木沉默地抓住我的手腕，不容分说地将我拽了出去。

“脚、脚……有双脚挂、挂在半空……”

我瞥了一眼梦呓般重复着这几句话的小藤田。记得他是落语研究会的成员，他的保留剧目里有《梦八》[1]这出戏吗？我在满腹讶异中被拖上三

1　落语剧目，全名为《做梦的八兵卫》。

角屋顶的望楼，见到了错田敏郎。反常的早睡带来了灾祸，我穿着睡衣和短外套，怔怔地立在冷飕飕地击打着神经的凛冽寒风里。

锖田的装束却无比庄重。魁梧的身躯包裹在我没有买的立领制服套装里，以直立的姿势迎接我们的到来。

倘若说有什么瑕疵的话，那便是他正在风中轻轻摇晃，华丽的制帽上的校徽也古怪地歪倒在一旁。不过，这也是无可奈何的事。

在寒风的吹拂下，锖田正在缓缓旋转。在制帽的背面，有个在捆扎行李时会用到的草绳打成的绳结。

草绳绕过他颈部，从那个绳结垂直地延伸至三角锥（当然是内侧）的顶点。

——缢死。而且是典型到不能再典型的缢死法。绞刑？不，相较而言，这种死法更加凄凉，令人联想到西部片里出现的私刑。

“怎么回事……大清早的！”

背后传来一个声音。话音未落，堂埜仁志和蚁川曜司便推开地上的盖板，突然探出上半身。

我回忆起后者声如洪钟地演唱《大都市》时的情景，慌忙捂住双耳，但已经太晚了。比想象中高亢数倍的尖叫声打破了冬日清晨的宁静，响彻云霄。

“还没打119[1]吗……不，应该打报警电话，我去打！”

尽管声音嘶哑，堂埜会长仍旧向我们展现出了可靠的一面。他奔向一楼。这栋楼里只有一条电话线，不过，旧门诊室和附带厨房的餐厅里分别有一台电话，可以通过转换开关使用。

1　日本消防局电话，救护车也由消防局管辖。

我紧随其后，准备回自己的房间，在走廊的正中间撞见了濑部。

也不知他刚刚去了哪里。濑部顺平似乎终于注意到了这阵骚动，他盯着我，用一贯的语调问："怎么慌成这样？还有，你怎么穿成这副德行……"

我克制着怒火反唇相讥："骨肉至亲上吊的时候，你估计也忘不了装腔作势。此时此刻，锖田正在你的头顶快活呢！"

我撂下大吃一惊的他，正待冲进自己房间时，突然想起一件事。我叫住濑部，对这个平时绝不会听人命令的家伙道："等等！储藏室有一个小梯凳，赶紧帮我搬出来！"

我慌里慌张地换好衣服，避免了被冻死的命运，然后从依旧不明就里的濑部手中夺过梯凳，抱着它匆匆跑上楼梯。

——到了这个时间，走在前面的室友也纷纷注意到这幅清晨罕见的光景，有人还好奇地停下来看热闹。

（好！）

我一鼓作气，抬起有些发抖的腿迈上梯凳。

这是源自以作家为目标的人的好奇心？绝无此事！我还不至于有这种低级爱好。我只不过是难以忍受束手无策地仰望这个像钟摆一样摇晃的家伙罢了。

"喂，喂，没问题吗？"

我以手制止嗓音颤抖的小藤田。近在咫尺的锖田的遗容与他那原本魁伟的相貌重叠在一起，令人联想到诡异的荒诞漫画。他的嘴大张着，露出成排牙齿，双眸张大到极限状态，让人恨不得拿个盘子在他的面前接着。

我虽然爬上了脚凳，但是凭我一己之力实在无法将尸体放下来，而且必须注意保护现场，直到相应的处理完成为止。

就在我的脚即将落地时，一丝怪味隐隐约约掠过我的鼻黏膜。那是一

抹有些危险的甜香……

（乙醚？）

我总算从贫瘠的嗅觉记忆目录里搜寻到这个名词。下一刻，那缕香气便随着拂过我脸颊的风一道消失了。如同水中的沙从指缝间漏走一般。后来，无论我如何抽动鼻子，都再也嗅不到它的一丝痕迹。

我慌忙摇头，试图赶走某个危险的念头。

（不、不可能……肯定是他特意在赴死前喷了香水。他有独特的美学。怎么可能会是乙醚……）

"喂！上面的！！怎么了……"

从下面传来没头没脑的号叫，我偏过头，看见地面已经聚了一堆人。在人头攒动中，须藤郁哉正挥着手对我大呼小叫。

"赶紧上来，你这个蠢货！"

蚁川仿佛忘了，他自己才刚刚发出堪比本国首次亮相的男高音一般的尖叫。不，他多半是为了遮羞才会故意爆粗口。

不过，下面的人估计也在瞧我们的热闹吧。这里空间狭小，像是海盗船的瞭望台一样。在一眼望去如同鸟笼的三角屋顶下，几个年轻人挤在一起，守着一具上吊的尸体。这大概不是我们的校祖饭岛尧先生喜闻乐见的情景。

我从梯凳上下来，扶住锈迹斑斑、摇摇晃晃的望楼扶手，抬头仰望单调的街道上方那腐烂了似的天空。

终于，远方传来呼啸的警笛声，在黑瓦房林立的街道上出现了警灯的红色光芒。年关的尸体事件就此告一段落，每个人都是这么想的，然而……

在众人依次下楼的途中，我透过昏暗，看见了位于望楼正下方的阁楼内的光景。当然，不可能有任何人藏身在那里。

阁楼是电影狂濑部的“飞地”，借着透过山形墙的百叶窗的缝隙透进去的光线，能看到他引以为傲的8毫米磁力式光学放映机和他所收藏的胶片一起稳稳坐在那里，仿佛与这场骚乱全然无关。

“这具尸体可真干净啊！”

略有些秃顶的法医赞不绝口。我唯一印象深刻的便是这件事。然后，辖区的 × 京警署一行便离开泥泞庄。

不，我决非一言未发。只是，大家围着身穿破旧白大褂的法医你一言我一语时，我偶尔发出的夹杂着一丝苦笑的声音过于微弱，且充满了例行公事般的苦闷。

我不可能像在自己的作品——比如以不在场证明为主题的《傅科摆的偏差》，或者以连环杀人为主题的《段仓家的惨剧》等——中登场的业余侦探那样，在众人集中讨论时突然发表意见。

——颈部的勒沟有明显的皮下出血，与绳索的位置一致，是十分常规的缢死尸体。

——面部未见淤青，眼睛亦无出血点，因此，并不是将勒死伪装成自缢，可以认定是自缢。

——预估死亡时间为昨晚十一点三十分以后，误差应不到一小时。

尸体已经被运走，估计会在京都某处进行火葬，并被送回他的老家——位于日本沿海的某座小城吧。

接待从那里赶过来的家属自然是最痛苦的差事。

“动机吗？唉，我们也完全没有头绪……不，不，他看起来不像是有什么烦恼……对，他真的是个好人。敏郎总是专心致志地阅读法学书，在我们这群朋友里，有能耐挑战司法考试的估计只有他了……”

我们满头大汗，吞吞吐吐地组织语言。他的父母怔怔地听着我们说话，不住地点头回应，最终在我们的目送下离去。这件事刚发生没多久。

锖田既是少女漫画发烧友，又是民族博物馆馆长梅棹忠夫的拥护者，他一直在用后者的方法论对前者进行分析与汇编。

他将自己的研究成果整理为一整套“智识的生产技术[1]”用具，其中包括海量的开放文件、京大式信息卡[2]、档案柜等。然而，这些资料如今被一股脑儿地捆在一起，估计他的热情永远不会有重见天日的那一天了。

此时此刻，距离发现他的尸体已经过去了八小时。这是充满混乱与恐慌的八小时。

所以，每个人都精疲力竭、萎靡不振地瘫坐在已经失去主人的房间对面的餐厅的椅子里。

除了第一发现人野木和作为我们的代表去警局录口供的堂埜，聚在这里的人员基本上与昨晚的派对相同。当然，其中不包括去大阪打工的海渊和说走就走的森江春策。

大概是不忍目睹男人们的狼狈模样，水松美里和我女朋友堀场省子开始准备茶水。搞笑的是，连看起来完全不会做家务的乾美树，都慌里慌张地加入了帮忙的行列。没多久，热气腾腾的茶杯就被端到每个人的面前。

然而，靠这些温暖的液体恢复了一丝元气以后，他们所聊的话题，作为缅怀故人的致辞来说简直傻到了一定的境界。

“太可怜了。他上次还说他正在追的作品刚刚连载到精彩之处。在女主角的面前出现了一个酷似她父亲的人影……他还没有看到后文，应该死

1　《智识的生产技术》是一部由梅棹忠夫所著的书籍，在本书中，梅棹忠夫把卡片作为生产知识的“硬件”，把卡片的使用方法称为知识生产的“软件”。

2　指用来填写信息的B6尺寸的信息卡。

不瞑目吧？”

“要不咱们把他爱读的杂志供奉在他的墓前吧？”

“还不如给他看田渕由美子的新作品呢！毕竟是与上部作品时隔很久的新作。”

啧啧，一个个好像都是隐藏的漫画迷。我暗自担心起文化艺术的未来发展，照这架势，他们恐怕不会购买我即将出版的作品。

不过，也难怪他们会聊这些。没人愿意回忆起那凄凉的死状，都希望能尽量用轻松的话题来悼念朋友。

其实，一想起与他的尸体面对面时的情景，我也会不寒而栗。在悬挂在半空的那双脚的下方，摆放着那双他常年穿的木屐，还有……

还有？不，仅此而已。怎么，难道还缺什么东西不成？

缺什么东西——对啊！缺了用来上吊的踏脚凳！

不，等等。警察们尽管一副嫌麻烦的样子，但该问的都恪尽职守地问了。

草绳的来源（阁楼的角落里有一捆同样的绳子，已经确认就是从那上面剪下来的）、派对分别后的行动路线（他的路线无人知道）以及与锖田本人相关的各项资料。但是，他们好像并没有特别询问踏脚凳。

理由很简单，警察误会了，他们以为我带来的梯凳就是用于自杀的道具。

（如此一来……）我在脑海中默念。（倘若在我把梯凳搬过来之前，那里空无一物的话，锖田又是踩着什么东西上吊的呢？难道借用了扶手？）

我刚刚只是轻轻地扶了一下望楼扶手，它便晃得那般厉害，如此陈旧，肯定难以支撑锖田的体重。

（而且，倘若那股乙醚的残香……是他将脑袋套入绳圈里之前被迫吸

入的呢？）

我习惯性地怀疑这是伪装自杀。这是我在小说中读到无数次，也曾在自己的作品中描写过的情节。

然而，原本活在推理小说中的那枚被谋杀的棋子，突然拥有了一张我熟悉的面孔。说不定我自己也身在棋局之中。

但是，究竟是谁呢？能够将那般魁梧的身躯吊到那么高的位置，可不是一般人做得到的。假设凶手是用乙醚（尚不能断定）将他迷晕的，又是用何种方式让他吸入乙醚的呢？

哪怕他阅读少女漫画，力气也相当大，听说他还经常去某个拳法道场学打拳。他有可能被轻易制服吗？

“喂，大家……”

我如鲠在喉，强行逼迫自己把话咽下去，但还是忍不住发出了嘶哑的声音，连我自己听了都觉得可笑。

“大家听我说，有件事必须紧急商议……是关于锖田的事。”

责备的目光齐刷刷地落到我身上，仿佛我说出了一个令人忌讳的名字……

话音未落，突然传来一阵脚步声，有个轻蔑的声音毫不客气地响起。

“你们都在呢？锖田那小子在望楼上吊的事是真的吗？不过，外面倒是瞧不见尸体呢！”

来者是日疋佳景。刚刚我说“人员基本上和昨晚的派对相同”，就是“除了这小子”的意思。这位不折不扣的不速之客，自那浅色眼镜后的下垂眼中，流露出露骨的好奇与嘲弄。

“我火速赶来参观，好像还是略迟一步。太可惜了——女生们也都齐了啊？真不错，我也来喝一杯吧。”

日疋平时便狗嘴里吐不出象牙，大有不把人激怒誓不罢休的架势，但是，今天他却连二十秒都没有坚持到。

“你这个卑鄙小人！”

蚁川刚刚骂骂咧咧地开口，海渊那公认硬如磐石的拳头便朝嬉皮笑脸的男人脸上招呼了过去。

“别打了！”

乾美树发出尖叫，她的声音听上去很悲痛，事实上好像并非如此。我们则恰如其分地扮演起梶川与惣兵卫[1]的角色，慌忙冲过去拉架，不过动作略有些敷衍。

*

几分钟后，我们在冬日午后有阳光洒落的会议室就座。这里是白羽医院时代的诊室，周围都是泛黄的解剖图鉴、古色古香的家具、历经岁月已经失去色泽的医疗器械。

之所以提议换个地方，一来是为了给蚁川和日疋处理伤口，二来则是为了向他们阐述一下我刚刚的疑惑。无论是编辑会议还是集体评定会，但凡有些正式的会议，一贯都在这里举行。

“也就是说，锖田的死可能不是自杀——你是这个意思吧？”

我说完以后——不过，由于乙醚的气味一事我并不确定，所以没提——良久，濑部才深思熟虑地开口。

“所以，你想重新讨论一下昨晚每个人的行动？”

“不、不是已经对警察说过了吗？大家说呢？对、对吧？”

1　该典故出自赤穗事件，元禄年间，赤穗藩藩主接待天皇派来的敕使，却发生了刀伤事件，当时是梶川与惣兵卫拉住了行凶者。

小藤田久雄慌乱地环视周围，语气很急切。我非常理解他郁闷的心情，而且还得照顾女生们的情绪。

于是，我尽量换上欢快的语调，仿佛只是想邀请他们玩某个游戏一般，说道："说倒是说过了，不过，我们并不是完全了解彼此的行动吧？而且不光是回到这里前后，还有离开'春天'后的详细情况……调查不在场证明？没这回事，只是单纯地确认。对，确认。"

"说白了，就是验尸官法庭[1]嘛。"濑部顺平突然笑道，"希区柯克的《蝴蝶梦》里也这么玩过，说不定还挺有意思的。"

这很像是一个电影迷会说的话。关于德温特夫人的公审已经以自杀结案，那么，这一次会有什么样的发展呢？

"好，那就开庭吧！"

蚁川曜司轻轻敲了下桌子，向房间的一角投去讥诮的目光。

"你肯定不会有异议吧，旁听的这位大爷？"

"随便你们！"

日疋用手背擦了擦仍在往外渗血的嘴角，嘲讽地说。

"那……就先从我们说起吧。"

"不，我先来。"

濑部刚刚开口，蚁川就举手打断。

"也不是什么好事儿，我想赶紧说完得了！"

"啊？好吧……我没有异议。随便你！"

被抢占先机的濑部点点头。蚁川瞥他一眼，旁若无人地开口。

"十沼，你估计以为跟你道别以后，我们四个人是一起行动的吧？其

1　又名"死因调查法庭"。英国特有，专门对非自然死亡的尸体进行勘验、检查，以查明死者的身份、死亡的原因等问题。

实并不是。你去送省子走后，这小子——日疋突然说自己想起一件要紧事，提前走了。接着，我和堂埜带美树……不，乾同学去了以前光顾过的迪厅，但她也只待了半小时，就以‘门禁时间到了’为借口离开了。”

蚁川望向乾美树的目光不知不觉间变得很轻佻，色眯眯地在她的肉体上流连。原就充满讽刺的脸变得更加刻薄，像是冻住了似的，只有眼珠子在滴溜溜地转动。

“我要说的就这些。对了，濑部，锖田也没有和你们在一起吧？”

听到蚁川的问题，濑部摇了摇头：“没有……只有我和小藤田两个人，不过，后来我们跟野木会合了。须藤，野木一开始跟你在一起吧？”

“是啊，不过他半途走了。”

被濑部追问的须藤郁哉眯了眯那双像西瓜子一样的眼睛，从口袋里摸出之前的那个糖果盒。我也想拿一粒吃，但手指还没摸到盒盖，就被他“咔哒”一声合上了。

须藤捏起一粒糖扔进嘴里，意味深长地抱起手臂：“我们去木屋町一带的店里喝了几杯，然后就分开……不，说是走散了比较好吧。”

他边嚼边说，那副装模作样的神情委实可笑。

“别看那小子那副尊容，他对自己的模样还挺自负的。”有一天，当事人不在场时，忘记是聊到什么话题了，小藤田突然这般声称。在场的全体人员都发出“咦！”的尖叫，足足语塞了三分钟。顺便一提，包括我在内，至今没有任何人能从这个吝啬鬼手中抢走一粒水果糖或者一片口香糖。

“他撇下我走了，我无计可施，满世界找他，最后不小心在一家通宵营业的咖啡馆里睡着了。跟他走散的时间，应该是十一点之前……”

——关于须藤还有一些情况。素日里他一副腼腆的模样，就连一个老套的荤段子都不会讲。可他有个怪癖，那就是如果被逼到险境，他就会突

然装腔作势，连很久以前的日活[1]无国籍动作片中的角色见了他估计都会相形见绌。

顺便一提，逼迫须藤进入危险境地的两大元凶，就是他本人的“自作多情”和“铺张浪费”。

濑部却丝毫不觉得奇怪，点点头道：“这么说，野木和我们在四条附近的深夜咖啡馆会合时，就是在那之后了……原来如此。”

他回头看小藤田，又道：“他当时好像喝得挺高的吧？我记得已经过了十二点。”

“是吗……我记不清了。”

很不巧，原落语研究社成员的记性跟《喷嚏说书》[2]中的喜公一样不靠谱。小藤田原本就怯生生的脸上又浮现出一丝困惑。

“不过，他们三个一起回到这里时刚过一点，这点我能确定。”

“那就跟我差不多了。我也是那个时候回来的，应该是一点半左右。”

“等等，你刚刚说跟你差不多？”乾美树突然责问一般抬起头，“小蚁川，你不是跟堂埜会长一起回来的吗？”

“不，我是一个人回来的。怎么了？”蚁川若无其事地否定，“我提议回来，他却说‘抱歉，你自己先回吧’……他说想去那两三家麻将馆瞧瞧再回来。今天早上我问起他时，他说自己本来想跟濑部他们久违地一决胜负，结果没有找到他们，两点左右就回来了。”

蚁川回忆一般屈起手指，冷不丁嘲讽地望向旁边：“……堂埜也就罢了，这位中途随便跑到哪里找乐子的仁兄又不住这里，他的不在场证明有什么好听的！”

1　日本活动写真株式会社，简称“日活”，是日本第一家真正意义的电影公司。

2　落语剧目。

我顺着他那充满恶意的目光，望向嬉皮笑脸的日疋佳景。那件事情以后，他们之间果然发生了什么意外事件吧？

刚刚的争执多半也是因为……我刚产生这样的念头，就看到日疋的脸涨得通红。

“好了好了，先总结一下到目前为止的情况吧！”

我慌忙打圆场，再也没有哪个时刻，令我比此时此刻更强烈地感觉到名为堂埜仁志的男子的人品或者存在感。我很想说，他不愧是曾经的知名青年徒步旅行团的成员，但这好像与此事没有多大干系。

再说句题外话，据说堂埜用绳索登山的本事炉火纯青，实在是人不可貌相。总之，一旦在不在都行的人不在，就算众人凑在一起，也是一盘散沙，这就是日本社会的特征。

21：00　在“春天”解散

21：30　在咖啡馆解散，日疋离开

21：55　省子回家

22：15　十沼回泥泞庄

22：30　美树和蚁川、堂埜分别

23：00　须藤和野木走散

0：00　野木和濑部、小藤田会合

1：00　濑部等人、蚁川回来

2：00　堂埜回来

实际上我写得更加潦草。随着签字笔在传单背面沙沙移动，每个人都起身围了过来，仿佛这张表中隐藏着重大意义。

不过，我没有把女生们算在内。她们从头到尾都没有说几句话。

说实话，我原本是不希望她们参加这么郁闷的仪式的。结果我的建议却被他们否决了，理由是“她们和已故的锖田都是‘ON THE ROCK’的一员”……

还有件事我觉得很古怪，但不小心错过了开口的时机，昨晚入睡前，我曾听到某个人回来的动静。

如果没有人说谎的话，那么，那个人究竟是谁？是锖田？好吧，是不是有必要干脆加上这句话？

23：30？　锖田绞刑官抵达。即刻执行绞刑

这时，日疋佳景突然开口：“这么说的话……喂喂，大家别这么瞪着我啊，也得给我个发言的机会嘛！——这么说的话，事情就有趣了。我的意思是说，派对结束后立刻就单独行动的，不就只有小美里和锖田了吗……”

“太过分了。你想说什么？”

水松美里突然抬头，朝他大喊大叫。

她拼了命地向比她年纪大、个头也比她高将近二十公分的日疋抗议的模样，令人联想到跟体格庞大的野狗对峙的勇敢的幼犬。

“我没那个意思。”日疋讪笑，“只是突发奇想罢了。”

简直是故意找茬。真没想到，他竟然会把被蚁川质疑品行的不爽发泄在美里身上。

美里有何动机？最重要的是，如此苗条的她怎么可能将锖田的庞大身躯吊那么高？

（等等。）我突然沉吟。（现在我们只掌握了彼此的行动，却完全没有讨论那个关键的疑问。搬运尸体是采用了滑轮或绞盘，还是单纯依赖人力？对了，在我的旧作《迷宫的死角》中……）

“且慢。”

没想到打断信口雌黄的日疋的竟是堀场省子。她甩了甩齐颈短发，一副抗议的架势道：“很遗憾，日疋的话并不成立。听说美里在我到家之前给我打过电话，我便往她的公寓回拨了一个电话，她立刻就接了。”

瞧瞧这份友情，还有这番条理分明的解释，再瞧瞧正在一脸愉快地袖手旁观的乾美树等人，这就是做人的差距。

顺便一提，住在大阪的高档小区的大小姐美里，有一半时间住在自己家，另一半时间则住在京都的普通公寓。

希望加宫朋正不要使用那份“特权”，这都是为了她好。不过，那栋公寓似乎是专门的女生公寓，管理相当严格，所以目前应该不成问题。

“……谢谢。”

水松美里带着哭腔道。她应该也有一些不甘，要是阿朋（当然是指加宫朋正）在，她就不会被这种男人戏弄了。

不过，加宫性格恶劣，感觉日疋也有几分将平日的账算在她头上的意思。

总之，日疋的胡言乱语，最终也只是令所有人再次认识到了他的愚蠢。他的身上汇聚了无数道冰冷的目光，这当然是他自作自受。

“啧……”

日疋发出不知是咋舌还是咬牙切齿的声音，突然踢了一下椅子，迈着粗鲁的步伐离开了诊室。

窗外突然传来一阵动静。“怎、怎么了？”一个耳熟的声音隔着窗户传进来，似乎有人在大门口撞到了冲出去的日疋。

不久，水泥地板上便传来两组精疲力竭的脚步声。

脚步声刚到走廊，就伴随着“哎呀”的惊呼声戛然而止。下一刻，有两个人从门外探头道：“你们在搞什么名堂呢？”

在窗外蔓延开的淡淡暮色越来越浓。

把目瞪口呆的堂埜仁志和野木勇请进来以后，我们将到目前为止的大致情况陈述了一遍。

一提到踏脚凳的事，野木像是突然意识到了什么似的望向堂埜。然而，堂埜只是点燃了一支 Hi-Lite[1] 香烟，依旧是平时那副放空般的表情。

“是吗？”

他只是轻轻地点了下头。过了一会儿，野木仿佛因为缓缓升起的烟雾有些焦躁，开口：“其实，在从 × 警署回来的路上，我们被药店的阿姨给喊住了。她竟然说昨天晚上见过铕田……就是街角的那家药店。”

不用他提醒，我已经想起那家药店。记得招牌的上方是弧形排列的字母 PHARMACY，下方用隶书从右到左写着商号，是一家颇有京都风格的洋气的药店。当然，我还想起了店主那对老夫妇的模样。

“那个阿姨看到了铕田？”

小藤田几乎与我同时开口，他那双总是充满惊惧的眼睛眨了好几次：“那是什、什么时候的事？”

“确切时间她记不大清了，不过肯定是十一点之前。因为她是在那之后与老板换班的。”

“哦……”小藤田放心似的吁了口气，“要是那样的话，至少证明他

1　日本香烟品牌。

不是鬼。”

这实在不是一个高级的玩笑。不过，小小的玩笑还是缓解了我们的紧张。

蚁川突然开口：“那里正好是必经之路，又营业到很晚，所以她看见锖田路过并不奇怪，何况她看到的还是活着的他。所以，这件事有什么问题吗？”

面对他喋喋不休的质问，野木吞吞吐吐地开口：“不，她说她不仅仅见过他。他还走进药店，买了东西……”

“买东西？他到底买了什么？”

大家都趋身向前，异口同声地询问。

“他买了……”

野木突然闪烁其词，望向堂埜。接收到他的目光，堂埜一副浑身发痒、一言难尽的神情动了动双唇，用自语一般低沉的声音说道：“灌肠药和……避孕套。”

“灌肠药和避孕套？”

我不由得发出尖叫。不，不仅是我。面对这宛如烂俗电视剧一样的情节，大家都是同样的反应。这两个低俗的单词，在神圣的验尸官法庭上久久回荡。

走调的尖叫声收住后，沉默在空气中蔓延。片刻后，周围响起了窸窸窣窣的笑声。

于是，在十二月二十三日下午，还差十几分钟到四点时，泥泞庄验尸官法庭退庭了。只留下一个疑问悬而未决——他为什么偏偏要买那两样东西？

第三章
投落在黑暗中的阴影

——周围是真正的黑暗。

150W 卤钨灯的灯光化为一柄耀眼的白色利剑，刺透黑暗，从镜头中照射出来。

坐在一旁的人影正在吞云吐雾，香烟的烟雾被放映机的风机吸过去，又徐徐扩散到空中，为那条光带增加了无数闪烁的光点。

这里是屋顶的阁楼。眼前的屏幕并非电影银幕，而是廉价屏幕，上面正在放映古老的黑白影像。片头充满妖冶气息的东方古董的片段结束后，从内置扬声器中流淌出主题曲的旋律。

华纳兄弟影业

维太风公司联合制作

威廉·鲍威尔

回归饰演　菲洛·凡斯

《狗园杀人事件》

原作　S. S. 范·达因

导演　迈克尔·柯蒂斯

编剧　罗伯特·L. 李／彼得·米尔恩

润色　罗伯特·普雷纳尔

…………

——回到先前的话题吧。关于锖田之死，我们最终一无所获地结束审理，三三两两地解散了。

其他两个女生回家了，我和堀场省子决定出门吃饭。这顿饭说是午饭太迟，说是晚饭又太早了。当然，因为囊中羞涩，我们仅仅吃了顿简餐，然后一边聊天，一边向车站走去。

“实在没想到，今天会被牵扯进这样的事情里，还让你们参加那种会议……我应该让你们先回家的。”

“不，没关系。——先不提这个了，接着聊昨天的事吧。”

“你是说……昨晚的那件事？”

“你这次的作品集不是还没有确定书名吗？然后……我突然想到了一个。”

“书名？对啊，你不说我都忘了！我的打算是，要么从收录的作品里选择一个标题当书名，要么就另外想一个书名。对了，你有什么好建议吗？”

“嗯……我说了你可别笑哦——《13之谋杀喜剧》。”

“《13之谋杀喜剧》……不错！虽说并非全部作品都是纯粹的喜剧，但也没有一个故事是催泪之作。”

“你喜欢就好，我很开心。等下次见面之前，我帮你把书名的标志设计出来吧？”

“不胜感激，我未来的……”

“咦？未来的什么？”

“呃？不，没什么。对了，今年也快过年了呢……不过天气还是这么热。啊，车来了。”

我与她闲聊了一路，目送她离开。回到家时差不多五点。不过，我没有在诊室或餐厅一带看到其他人的身影。他们要么是去只有分量足这一个可取之处的学生食堂吃饭了，要么就是回房间了。

（看来都不是。）

我嘀咕着，打算回二楼的房间。就在这时，我看见濑部顺平步履匆匆地爬上通往阁楼（望楼）的楼梯的身影。

刚讨论完那件事，他怎么会突然重访“现场”呢？而且还心情不好地抱着手臂……不过，是我想多了，他只是来看昨天提到的那部胶片电影的。

可我实在搞不懂濑部的心理。这里确实是他的放映室，可他难道忘了吗？他的朋友就吊死在他的头顶，短短几个小时前，尸体还一直挂在这儿。

在这种地方，关上灯，独自一人沉浸在老电影中——在批评他轻率之前，我更加无法理解的是，他的心竟然这么大。

在播完有声电影制作公司“维太风管弦乐队（Vitaphone Orchestra）/ 利奥·福布斯坦（Leo F. Forbstein）”等年代久远的头衔以后，屏幕上开始播放电影里的精彩集锦，并带有演职人员的姓名介绍，就跟我看过的《第四十二街》一样。没错，就像下面这样……

威廉·鲍威尔…………菲洛·凡斯

玛丽·阿斯特…………希尔达·莱克

尤金·佩里特…………希斯警探

拉尔夫·摩根…………雷蒙德·雷德秘书

罗伯特·麦克韦德……地方检察官马卡姆

故事由菲洛·凡斯参加长岛爱犬品评会的镜头开始。刚刚的演职人员名单上之所以写“回归饰演”，好像是因为威廉·鲍威尔此前已经在派拉蒙影业的三部电影中饰演过同一个角色。

的确没有比这个留着胡子、有花花公子气质的演员更合适的人选了——我不知不觉看入了迷，不由得暗暗点头。突然之间，音乐声戛然而止，影像隐没在黑暗中。

我的心口“扑通”一跳，慌忙回头看向放映机的方向，下一刻，我的耳膜差点被那个人影发出的怒吼震穿。

“是谁躲在那里！原来是十沼，你给我滚出去！”

他气势惊人，作势要将手边的烟灰缸扔到我头上。我只好举起双手走到他面前。

“我滚，我滚，你别这么生气嘛！”

我强忍住不快，努力和声细语地安抚他。

可濑部顺平似乎更加恼火，语气粗暴：“你小子鬼鬼祟祟地偷窥什么呢？哼……你莫不是想说锖田上吊了，我连自己的电影都不能看了？呵呵，关你屁事！这是我自己掏腰包买的，你有意见？”

被他臭骂一顿，我反而不能退缩了。如果回一句“是啊，怎么了”似乎显得过于气急败坏，于是我尽量用打趣的口吻道。

“那你……至少让我跟你一起看嘛！要不然我待会儿请你吃顿饭，就当是电影票了。”

“不行！”

濑部冷冰冰地回答，同时指了指楼梯。

“赶紧出去！”

放映机的风机启动，发出一声轻响，屏幕再次被黑白影像填满。

“有什么不行的……我就看一会儿。”

我故意恋恋不舍地嘟囔着往外走去。

在屏幕的反光和放映机的光的映照下，他的脸呈现出一种诡异的扭曲。

很快，事实就证明那不仅仅是光的把戏。

“还不快出去……滚蛋！”

从他那因憎恶而扭曲的嘴里吐出谩骂。

这全然不像是理智的命令。我“啧”了一声，快步走出阁楼电影院，身后依旧不断地传来濑部的尖锐怒吼。

“滚，别让我再看见你！”

我垂头丧气地下了楼。一走到二楼，我就听到一声巨响，大概是被风吹的。

我朝那一看，发现声音来自通向走廊最里面的室外楼梯的门。门上贴着一张海报，上面有个上个时代的大小姐风格的美女正在冲我微笑。

她是一直贴在那扇门上的保健报纸之类的模特。好像是过去的新生代电影女演员，不过我并不认识她。

我一边打开自己房间的门，一边又回头看了看，只见那张海报的四角都残破不堪，上面染了一圈红色的霉斑，裱在下方的绒边的颜色也已经彻底掉光了。

顺便一提，这扇门只能从内侧用简易的插销锁门，所以，谁在临睡前或者出门前想起来，才会去锁门。因此，有时我回来得晚了，一时兴起，想从室外楼梯进来的时候，就会被关在门外。碰上那种时候，我就只能远远地绕到大门，用自带的钥匙再进来一次。

（对了）我一拍大腿。（昨晚这扇门有没有锁呢？不，不仅是这里，大门的情况也得调查。）

大小姐，谢谢你——我对海报上的女人作了个揖，迅速返回楼下。

将铕田敏郎吊上绞刑台的那个人，究竟走的是什么路线？进门的时候，

他有可能是用锖田的钥匙和他一起进来的，但是，出去的时候怎么办？他要么是从大门，要么就是从室外楼梯离开的。他只可能从没有上锁的那扇门出去，抑或是……

（抑或是，他没必要出去。）

我因为这个突然涌现的危险念头顿在原地，瑟瑟发抖地摇了摇头。要将这件事拿出来讨论，目前无论是事实依据还是我的脑细胞，都不够用。

与此同时，我想起自己忘了调查最要紧的东西及其来源。

从刚刚还悄无声息的楼下突然传来一阵人声，我忙竖起耳朵听了一会儿。

从外面回来的人好像多半都聚在餐厅。我下到一楼，装作要去旧候诊室阅读堆在那里的杂志的样子直接走进门诊室，顺势溜进被泛黄的窗帘隔开的狭窄的药房。

倘若有人说，凶手是让锖田闻了乙醚，在他陷入昏睡状态以后，再将他轻易地弄上绞刑台的，我也不是不能认可。假如当真如此，那么乙醚的来源呢？哪怕绞刑官来自天涯海角，最可疑的也是最近的这座老白羽医院的药房。

虽然不合规矩，但不知是管理松懈的缘故，还是因为医院关张的手续不完善，这里还留着许多过去的药品。

我有过迟疑。但是，关于那一瞬间掠过我的鼻黏膜又消失的芳香，那位法医和那位刑警都没有提及。这意味着在他们抵达时，那个味道已经彻底消散在空气中。

也就是说，如今能追查这个问题的人只有我……

我漫无目的地环视一排排发黑的玻璃瓶，没有发现貌似乙醚的瓶子，但是，这当然不意味着乙醚不是被人从这里拿走的。

我根本不知道这里原本有什么药品，当然也无从断定是否有人拿走或偷走了什么。最重要的是，我连那个味道到底是不是乙醚都不能确定。

不过，我也没有就此打退堂鼓的意思。在侦探小说里多半会遇到这种情况。哪怕只是柜台上的灰尘，或者药瓶的痕迹也好，希望我能找到一些蛛丝马迹。我在半铺席大小的空间里，如同无头苍蝇一般东瞧西看。

药房货架每一层的侧面都贴着【普通药】【烈性药】等褪色的标签，右侧是一个储物柜。柜门上的油漆同样有剥落的迹象，在它的标签上，躺着两个令人毛骨悚然的白色的字——【毒药】。

门上的搭扣只用一个生锈的数字挂锁敷衍地挂住了。我从口袋里取出圆珠笔，用笔尖小心翼翼地捅了捅，锁头立刻发出尖锐的响声砸到地板上，门“嘎吱嘎吱”地开了一半。

我花了几秒才恢复镇定。一提到医生的毒药，就会想起氯化汞、吗啡，或者——

一股莫名的期待和朦胧的恐惧攀上脊梁，我透过门缝往内窥视，就如同我的中篇小说《野蛮之家》里的毒杀狂魔那样。

（……）

我暗暗叹了口气。

——空的。没错，里面除了空虚的黑暗和带着霉味儿的空气，什么也没有。

我又发出一声叹息。锁是从什么时候开始变成这种状态的？在弄清这点之前，这里肯定也和乙醚一样，无法用逻辑来判断。

（那么，接下来是……讯问吗？唉！）

我走出门诊室后，伸了个大大的懒腰，走向餐厅。

就在这时，我与路过走廊的小藤田久雄擦肩而过，他怯生生地看了一眼手势夸张、嘴里念念有词的我，往楼上去了……

“大门钥匙？我们当然是自己开门进来的。不，大门锁得死死的。”

会长堂埜仁志似乎难以理解我提问的意图，纳闷地说。

“我回来的时候，应该是小藤田或者濑部开的门吧？不过我记不太清了。通往二楼的室外楼梯的门吗？嗯，是我打开的。因为早上我是第一个起床的，没过多久就发现错田出事了。”

野木勇不时用手扶一扶眼镜，同样条理清晰地粉碎了我的臆测。

（是吗，原来是小藤田啊。）我悄悄咋舌。（刚刚要是问问他就好了。）

这二位，一个是在发现错田敏郎的尸体之前最后一个进门的男人，一个是早上第一个起床的男人。我决定首先依据他们的证词逐步缩小范围。那么，接下来……

“你问我回来的时候是从哪儿进来的？当然是从大门进来的！怎么进来的？把钥匙插进锁眼里一转，然后握住门把手这么一拧……没错，门是锁着的。进门后有没有把门关好？那当然了，你差不多得了！”

蚁川曜司回答完以后，突然踢开椅子，夺门而出。从他离去的方向判断，他是去上厕所了。难怪在我提问的过程中，他一直在焦虑地抖腿。

总而言之，我最终没能调查出大门和室外楼梯的门究竟是哪一刻没有上锁。接下来我还想再问问濑部，以及闷在自己房间里不出来的小藤田，不过多半也会徒劳而终吧。

“喂，你不问我吗？”

须藤郁哉再次从口袋里掏出格纹的糖果盒，以一副随时打算信口开河的神情催促我提问。

关于他那番“在咖啡馆里睡着了”的说辞，我越是揣摩，越是觉得可疑。不过此事目前无关紧要。相比之下，他那副饶有兴致地看着我在这里绞尽脑汁的神情，才最令我窝火。

“你是早上回来的，目前与此事无关。要是需要你提供不在场证明，我会喊你的，你能一边儿待着吗？去去去。”

听到我这番冷言冷语，须藤“啪”地关上糖果盒，一副莫名其妙的神情走开了。

——在他们眼中，或许我的确有些哗众取宠吧。不过，他们的反应也有些令我费解。明明有“踏脚凳”和“药店购药”这样的证据表明他不会自杀，他们也都对此抱有疑虑，可为什么就是不肯放弃“他是自杀”的判断呢？

大概是因为他们相信警方时刻都是万能的吧。最重要的是，他们都不愿承认在朋友之间存在“杀人犯”。

（唉，这才是最厚的一堵墙啊……）

我悄悄感慨时，脑海中突然灵光一闪。我抑制住期待，重新转向堂埜和野木。

“对了，锖田有没有丢过衣服，或者身边丢过什么东西？比方说钥匙，警察没有问你们这个问题吗？”

前面也提到过，我们分别持有两把钥匙，一把是大门的通用钥匙，另一把是各自房间的钥匙。门锁是非常老的型号，所以，如果只是造一把能插进锁眼里的钥匙也就罢了，可要想悄悄伪造一把连凹凸都一模一样的钥匙，并没有那么容易。

要是锖田的钥匙不在身边，那就有可能是凶手为了逃跑和上锁而抢走了他的钥匙。当然也不排除伪造钥匙的可能，不过这样一来，就能暂时认为凶手是没有钥匙的外来者，不必怀疑我们自己人了……

野木却一口否认："啊啊，钥匙的话，警方给我们看了，说是'从你们朋友的口袋里找到的'。那两把的确都是他的钥匙。当时我们回答'没错，是和我们一样的钥匙'。"

"对，我记得这事儿。"

堂埜也附和道。

不愧是专业人士，业余人士都能想到的事，他们当然不会漏掉。不过，对于他们而言，这一切都是自杀的佐证。

如此一来，凶手就有可能是以前窃走了某个人的钥匙，并复制了一把。决不能草率地盖棺定论——但是，"外来者在行凶以后，使用锖田的钥匙逃了出去"这个猜测就站不住脚了。

难道他再次返回犯罪现场，把钥匙放回他口袋里了？这样一来，就更加证明凶手只可能是庄内的人。而且，如果是这种情况，他从一开始就没必要偷钥匙。

"所以……也就是说……"

"喂喂，十沼，你还要继续折腾啊！"

我正在绞尽脑汁思索新的提问，旁边突然传来蚁川曜司的笑声。与此同时，有一道锋利的目光落在我身上。

他擦着手走到电视跟前，打开开关。正好是六点四十分的新闻时间，熟悉的主题曲刚刚结束。

"从刚才开始，你都在兴冲冲地瞎打听些什么啊？难不成你打算放弃写作，去信用调查所上班吗？"

（糟了。）我后悔莫及。

蚁川曜司乃是诞生于山梨县的首屈一指的讽刺家，一位深入骨髓的现实主义者。更何况他刚刚解决了生理需求，正是神清气爽的时候，他不可能对我的扮侦探游戏默不作声。

电视里正在播放对“一票之差”的诉讼[1]作出违宪判决的报道，蚁川瞥着电视画面，说：“倒是真有个问题需要你解决，这个问题至关重要，而且非常适合你。那就是灌肠药和避孕套之谜！要是连这个都解决不了的话，我看你的推理作家梦也甭做了！”

如果说日疋的讽刺只是信口开河的话，那么蚁川便是短剑穿心、直刺要害。倘若他用那种尖锐的态度来责问我：“你竟然将朋友的死当成是解谜游戏闹着玩儿，简直是亵渎死者！”我肯定百口莫辩。不过，只是这种程度的挖苦而已，对我而言实在是不痛不痒。

“不巧，好像有人比我更能胜任。那就是喜欢用那两样东西的人！”

我思前想后，最终模棱两可地怼了回去。就在这时——

“在特快卧铺列车内发现一具D大学生的尸体——宫崎。”

我一回头，目光便被出现在视野一隅的显像管上的标题强烈地吸引住了。

不，不仅是我。在场的所有人都惊愕地注视着电视机，近期主要作为搞笑艺人出现在各大节目里的播音员，此时却神情无比严肃地出现在画面中。

<今日上午，有人在新大阪站出发、开往都城的特快卧铺列车“彗星

1　“一票之差”，即每名议员代表的选民人数差异，也就是说，每张选票价值不平等。自1962年起，每逢选举必有人提出诉讼，但直到1976年才作出第一个违宪判决。

3号”的车厢内，发现一名被利刃刺死的年轻男子。据宫崎县警方调查，该名男子为京都D** 大学法学系大三……>

“你们快看！”

蚁川的声音无比慌乱，他指着显像管道：“那该不会是……”

野木发出一声痛苦的呻吟，蹲到电视机前。接着，我听到从里屋匆匆跑出来的须藤的声音：“怎么了，这到底是怎么回事？”

在他的面前，电视画面由播音员的脸，切换为以鲜艳的绿色为背景的照片。

“啊……该不会是……”

不知是不是因为惊愕过度，须藤将不小心含在嘴里的像是糖果包装纸的小纸片吞了下去。

“是他！”

堂埜罕见地扯着嗓子叫道。与此同时，我的心脏已经提到了嗓子眼儿。

照片上的人自然令人震惊，更震惊的是，我竟然记得这张照片。我确实在某个地方见过……对了，是学生证！

我再次看向那张小小的黑白照片，那张狐狸脸在同性人的眼中，无论从哪个角度看都不讨喜。我读了好几遍被加到照片上的反射式字幕[1]——“被害人加宫朋正。”

1　在播放电视节目时，不通过电视摄像机直接发送的字幕，多用于播放临时新闻。

第四章
遥远时刻表的彼端

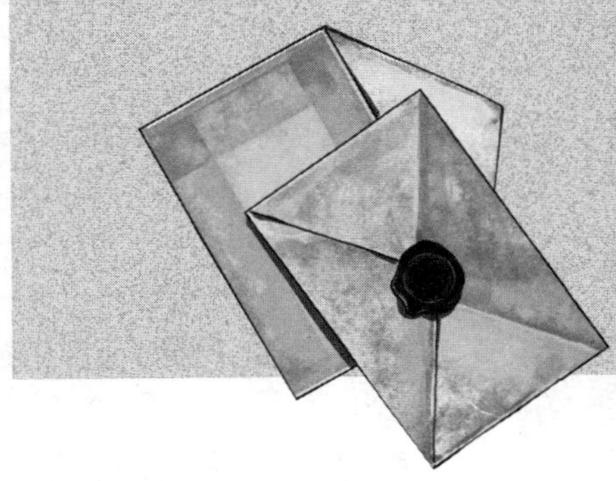

<……加宫朋正，京都D** 大学法学系大三学生，出生于宫崎县都城市，二十一岁。据家属证实，加宫昨晚从京都的寄宿公寓返乡探亲，乘坐的是七点五十七分新大阪出发的"彗星3号"。>

主持人仿佛全然不知自己的声音会造成多大的恐慌，继续用平稳的语调读着新闻稿。

“这到底是怎么回事？他确实说过要回老家……”

野木勇最近因为沉溺于酒精，面带酡红的脸上蔓延开一片惨白，眼镜后的眼睛痉挛似的抽动了几下。

蚁川曜司却依旧面带讥诮，淡淡道：“你聋了吗？他就是在回老家的途中被杀了！”

须藤郁哉露出一副与那张“佛像脸”极不相称的窒息神情。

“可、可我昨天还跟他在学生食堂吃了B套餐，那时他还活蹦乱跳的……”

“昨天你跟他在学生食堂吃了B套餐，他今天就不会死在特快卧铺列车上了吗？更何况还是谋杀！”

蚁川模仿着小藤田的拿手好戏，像落语《近日儿子》中的儿子一样强词夺理。

<该列车途经东海道、山阳、日丰本线，全程十六小时，是在新大阪

和都城之间行驶的蓝色列车，深受铁路爱好者的喜爱。另外，马上就要迎来年末的返乡高峰……>

画面突然切换成在某山区行驶的蓝色列车，接着又跳到带有反射式字幕的南方车站。

为了满足晚餐时段的观众的好奇心，电视台甚至播放了来自狭窄的现场的转播镜头。要是此时把脸探进显像管里，说不定连血迹和搬运尸体的情景都能看到。

“话、话虽如此……”

须藤仍旧难以置信地喃喃自语。不过，我也和他一个德形。

堂埜突然将手指竖到唇边：“嘘。你们听，要说到关键信息了。”

<发现加宫尸体的是该列车的乘务员，列车预计于十一点五十分抵达都城，今日早晨，在拆除乘客的卧铺[1]时，该乘务员到3号车厢巡逻，发现一名乘客身着风衣、靠在B卧铺车厢下铺的墙边。在尝试摇醒该乘客时，该乘务员发现他身上有血迹。将其送至附近医院检查后，确定其死于昨晚十点半左右。直接致死原因是插入其后背的类似水果刀的刀具，但是刀柄部分已脱落遗失。据推断，从其遇刺到身亡应在两小时以内……>

“他好像死于内出血。”堂埜仁志摸着他那张长脸上的长下巴喃喃道。

“可是，怎么会没有刀柄呢？”须藤一脸惊恐和纳闷。

“是故意那样设计的吧？凶手狠狠地捅了他一刀以后，立马逃之夭夭，

1　日本的卧铺列车早晨七点会将卧铺拆除，当作硬座使用。

被捅的人想拔也拔不出来……”

“你可闭嘴吧！现在是说这种话的时候吗……”

野木眉头紧蹙，透过眼镜呵斥兴致勃勃地进行推理的我。就连须藤都不满地噘起嘴：“是啊，你就少说两句吧！那小子再讨厌也是我们的朋友！”

“明明是你们先问的，我只是在回答而已……”

难道是我乐意说的吗——我话到嘴边，又咽了下去。我确实没资格反驳。

“死亡时间是昨晚十点半左右吗？这么一来……”

野木的喃喃自语刚结束，蚁川便像是突然想起什么似的回头道：“也就意味着，他不为人知地倒在那里有足足好几个小时的时间。对了，谁有那辆车的时刻表……”

“够了，都闭嘴！”

堂埜用前所未有的严肃语气制止他们。

<另外，乘务员表示，在行驶过程中并无异常情况发生，但搜查总部却将其定性为发生在特快卧铺列车内的谋杀案，即将围绕上下车的乘客展开调查。下面请看下一则报道……>

大家的手不约而同地伸向电视机的开关。播音员来不及发出尖叫，就从画面上消失了。

我们面对着空白的显像管，默契地保持着沉默。良久，堂埜才语气沉重地开口：“……怎么办？要通知水松吗？”

“不行！要怎么跟她说啊？我可做不到。给我多少钱我也不干……”

蚁川难得表现出胆怯的一面。

须藤立刻怒气冲冲地喊道："谁要给你小子钱啊……"

被他这么一说，我倒是想起这样一件事来。

有一次，蚁川不知是打的什么主意，在家里给他寄完生活费以后，他立刻攥着几张万元钞票跑到须藤房间，塞到他手里："我上个月还剩了点儿生活费，借给你吧，你拿去随便花！"

须藤陷入必须立刻花完的错觉，跑到某个可疑的地方，将这笔钱挥霍殆尽。

想来蚁川早就预想到了这种结果，这就是他的刁钻之处。可怜的是，须藤自第二天起，就开始被这个刻薄至极的债主追在屁股后讨债。

不光如此，他还染上了恶习，一个月总要往那个挂着花里胡哨的招牌、黑漆漆的店铺里跑好几次。

随着我的记忆复苏，须藤突然回过神来，沉声道："过去的事就不要再提了。重要的是……"

"她、她说不定已经在新闻里看到了，我们还是别多管闲事了。而且，她妈又那么难缠——"野木不由得吐露了真心话，冷不防望向我又道，"要是必须得说的话，十沼……"

"停，别打我的主意！就算我是负责向她家打电话的人，这个任务也请你们另请高明！"

看见我把头摇得像拨浪鼓似的，须藤点点头："那、那就……不，更重要的是，咱们不会因为这件事，又被警察找上门来吧……"

"肯定不至于吧？"野木立刻否定，"加宫那小子不是傍晚从京都出发，在列车里面死的吗？跟我们有什么关系！"

这小子多半是乐观的推测。正在我这么想时——

“等等，你们快看这个！”

蚁川将时刻表重重地拍在桌子上。除了在大二英语口语课的轮流“脱口秀”环节，我还没见过这样的他。

“如果在‘彗星 3 号’驶入新大阪站台到发车之前，有非常充裕的时间的话，只要尾随在加宫身后，在他进入卧铺时狠狠捅上一刀，再立刻坐新干线回来就行了。我看看……19 点 46 分新大阪出发的‘光 510 号’是 20 点 05 分到达京都，19 点 58 分的‘光 78 号’是 20 点 17 分到站，只要他在那之后来‘春天’就好了。”

“你说的是谁？莫非是……”

须藤呼吸沉重，抖着手打开糖果盒，将里面的东西放入口中。

“还能是谁？当然是锖田啊！哎呀……”

蚁川差一点就能蹭上一颗糖了，可惜功败垂成，糖果盒又“啪嗒”一声关上了。

他缩回手，接着说：“加宫乘坐的当然是旧干线，所以最晚也是七点左右从京都出发。假设凶手——当然假设他是京都人——乘坐新干线，提前在新大阪守株待兔的话，就必须乘坐 19 点 17 分发车的‘光 159’，最迟也得乘坐 19 点 29 分发车的‘光 161’。这个时间段内的不在场证明——大家都有吧？因为派对是从七点多开始的。然而，那小子却另当别论。大家都还记得吧？他来得特别晚！”

“你的意思是，锖田的死是……因为杀害了加宫而……畏罪自杀吗……”堂埜用几乎听不到的声音问。

“这个我就不好说了。”

“喂，你等一下！”

野木冷不防打断蚁川。

“你刚刚有没有认真听啊？新闻里都说了：‘从其遇刺到身亡应在两小时以内。’也就是说，他是在蓝色列车内被杀的。没错，是在八点半以后。给我看看时刻表，嗯……从神户出发是20点38分，所以他大概就是那之前遇害的。”

“没错，而且……”堂埜仿佛想到了什么，“我记得锖田昨天去餐厅的后厨打工了。他说过他每天都是八点之前下班，可能昨天稍微晚了一些呢？”

——怎么来得这么晚？收工晚了吗？你肯定又去搜罗少女漫画的新刊了……

我想起跟锖田敏郎的对话。听到大家这般轻松地谈论目前最棘手的时刻表的“不在场证明”问题（不知道你有没有读过我首次挑战铁路题材的《近铁特快杀人事件》），我不堪忍受，大脑一阵晕眩。毕竟我连话题的大前提都还没有理解。

“可是，为什么又轮到加宫……呃……被杀了呢？最重要的是，他……”

没错，即便他是个格外惹人嫌的家伙，也不至于被人恨到想让他死吧？可是，蚁川却一针见血地道破我的想法。

“在场的诸位，哪个人对水松美里没有想法？”

令人震惊的是，竟没有一个人抗议。是他们震惊到无话可说，还是我太天真了？这么说来，难道没有一个人羡慕我跟堀场省子的关系吗？……对了！

“喂，你去哪儿？”

须藤惊讶地问拔腿往外跑的我。

“去哪儿？”

我回过头，在自己都难以解释的感情的驱使下回答："我现在必须带着这个新闻把某人砸醒！"

这个时间，电影应该已经结束了，濑部顺平却迟迟没有回房间。干脆上去把他拽下来好了！

围绕着水松美里的明争暗斗就交给其他人吧，我必须把这件事告诉那个利己主义者、躲在自己的城堡里不出来的男人！

我一口气跑上通往阁楼的楼梯。原本以为应该开灯了，谁知天花板的入口深处仍旧一片漆黑，只有放映机的风机发出持续的轰鸣。

难道今天要连续放两场电影？不，眼下不是考虑这件事的时候。我将脸探入黑暗中："濑部！出大事了！都这个时候了，你还看什么电影！加宫他……"

出乎意料的是，里面没有传来任何应答。我有一瞬的不悦，扯起嗓子继续喊他。

"喂，你在吧！快回答我！！"

——没有回音。能听到的唯有 8 毫米放映机的发动机声。我突然产生一抹不祥的预感，又喊了一声，踏进黑暗里。

"喂，濑部！"

放映机仍在不眠不休地运转，屏幕上却一片空白，在映照出光圈形状的矩形里，只有一片惨白的光。

我满腹疑虑，走近放置放映机的桌子仔细一瞧，只见挂在设备前方的挂臂上的 400 英尺卷盘已经空了，看来它早就完成了输送胶片的使命，此刻仅仅是在令人眼花缭乱地空转。

而嵌入后方的轴中的卷盘——与输送胶片那侧的卷盘一样——已停止

旋转，播放完的胶片早已收卷完毕。这自然没有什么好奇怪的。

奇怪的是濑部至今没有开灯，不仅如此，连放映机都没关。考虑到他刚刚的态度，哪怕我一进来就听到他的破口大骂也不足为奇，然而……

（呃，这是什么味道……）

一股腥味儿突然袭击我的嗅觉细胞，我不禁捂住鼻子，踉跄了一下。就在这时，我的腿突然被什么东西绊了一下。我狼狈地摔倒在地板上，差点与脚边的木地板来了个炽烈的吻。

疼痛倒是其次，主要是太丢人了。我皱着眉头，刚想站起来，却又踩到一摊黏糊糊的东西。我顿时脚底打滑，单只膝盖重重地砸在地板上。

这一次疼痛战胜了一切，我险些疼出眼泪来。我再次爬起来，抬手触到了灯的拉绳。太好了！我心头一喜，起身的同时用力往下一拉。

紫色的辉光灯泡闪烁起来，在一段令人焦躁的等待过后，上了年头的日光灯终于竭尽全力地照亮了整个房间。

灯光一视同仁地照亮了一切——绊倒我的不是别的，正是濑部顺平的脚，害我滑倒的罪魁祸首也正是他的鲜血。喉管被深深割开的伤口、痛苦扭曲的手指、撞到地板上的半侧头颅、仿佛被压瘪了一般倒在那里的尸体——全部一览无余地暴露在日光灯下。

那一瞬间，我有生以来第一次体会到“鬼压床”的感觉。恐惧和惊愕令我四肢僵硬，动弹不得。更不妙的是，我丧失了发声的能力。

别说是将发现他的尸体一事告诉大家了，我连开口求救都做不到。不过，我很快恢复了行动能力，能够毫无障碍地观察情况了。

其实这只是在很短的时间内——或许连一分钟都不到——发生的事，可是这段时间内我看到的、想到的，却多得令人震惊。下面我将如数记录下来。

——濑部似乎是坐在放映机的右侧享受半个世纪前的杀人故事时被杀的。这里虽然黑漆漆的，但是根据我的经验，只要眼睛习惯了，就能借助屏幕的反光以及从放映机内部漏出来的光线，判断他的位置甚至姿势。

然后，有人冷不防从背后袭击他。咻！呲！噗！

（啊啊，打住！）

我刚想象到这里，就感到一阵恶寒袭来，仿佛事情就发生在我的眼前一般。我慌忙把目光从尸体上移开，转向那张放置着放映机的陈旧的橡木桌。

只要有一步差池，桌面就要受到倒下的濑部的连累变得乱七八糟了。此时此刻，桌面上令人难以置信地保留着他倒下之前的样子。我确认自己还没发出尖叫，缓缓地看了一圈。

——桌上有两个直径接近十八公分的透明塑料卷盘，还摆放着三个放映机附带的用来卷胶片的大号黑色卷盘。透明塑料卷盘与装在放映机上的两个卷盘是一样的。

我也操作过 8 毫米放映机，所以能区分出来，桌上的卷盘都是卷着胶片的状态。

照此看来，濑部这次并不像他平时那样，看完一卷，便将胶片从附带的黑色卷盘上卷回透明卷盘上，而是打算依次将空卷盘嵌到卷轴上，一起将它们卷回去。

就在这时，我的耳畔突然响起“隆隆”的发动机声。我虽然冷静地进行了观察，却忘记了一个至关重要的物件，也就是这台以一秒二十四帧的节奏不断释放出光与梦的机器。

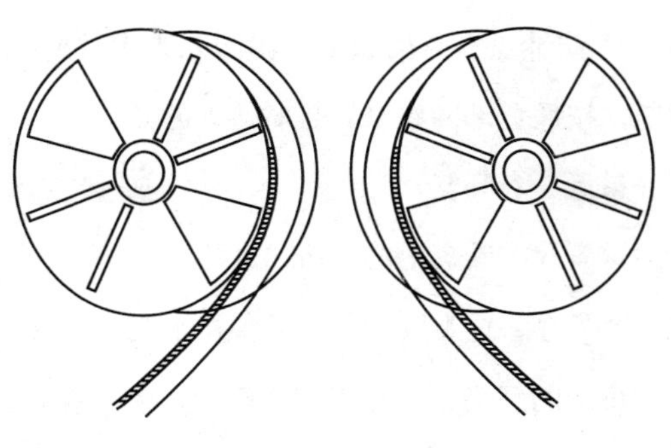

放映前的胶片　　　　放映后的胶片（收卷卷盘）

我用凑巧带着的手帕垫着，将放映机的开关旋到“OFF”，熄灭灯光。空卷盘继续无意义地旋转了片刻，总算静止不动。

“咦？”

我自语了一句，注视着已经停止旋转的卷盘。在塑料的表面可以读到几个黄色的字——字迹稚嫩，好像是用免削铅笔写的——“Ree1.4”。

其他透明卷盘上也有同样的字。嵌在卷轴上的卷盘上写的是“Ree1.2”，桌上的卷盘上则写有“1”和“3”。这些大概是胶片的制造商为了方便装盒做的标记吧。

那么包装盒呢？我找了找，发现包装盒全部叠放在放映机后方。我看了一眼写有商品名称的包装盒侧面，发现从上到下依次标注有1、2、3、4。一共有四卷。

虽然都是8毫米胶片，但是种类繁多。比如，富士胶片制造的Single-8采用聚酯做片基，因此非常薄，使用120米的卷盘可以卷1.5倍，即四十分钟的胶片（但是每秒只有十八帧）。但进口胶片全部是较厚的超8毫米胶片[1]，而且有声片中不光附带磁性声带，每一帧的转数也比较多，

1　一种8毫米胶片的改良版，1965年由柯达推出，比传统8毫米宽。

因此一卷最多卷二十分钟左右。而这部《狗园杀人事件》*的放映时间为七十三分钟。所以，按照全部四卷来算是对得上的。

（第四卷——最后一卷吗？）

我再次望着输送胶片的卷盘上的“Ree1.4”。

（也就是说，至少在将这卷胶片装到放映机上之前，濑部还活着。）

我的心头产生奇怪的感慨，但并未持续多久，便又有其他发现吸引了我的目光。这是……

说实话，我也不清楚这能派上什么用场。不过，散落在我眼前的证据和线索，用不了多久就要被递交给专业人士，这个念头强烈地怂恿了我。

我灵机一动，忙展开手帕代替便签纸，用圆珠笔在上面飞速地记录起来。

在开始怀疑锖田的死是他杀时，与听闻加宫被杀害时一样，我的心头都产生了某种情绪。如今，濑部又惨死在我面前，我终于明白那种情绪是什么。

没错，是“愤怒”。请不要笑，就把这当成某种“正义感”吧。尽管正义感已经是在老套的故事里都难以寻觅的东西了。

我记完几个数字，正欲把手帕塞进口袋里，它却“吧嗒”一下掉在散落着烟灰缸和烟蒂的地板上，幸好没有掉进那摊血泊里。

然而，当我笨拙地蹲下去想将它捡起来时，却正好对上濑部正狠狠瞪着我的白眼珠。那一刻，新的恐惧如地动山摇般袭来，在我的心里掀起狂澜……

我弹簧似的跳起来，如同一条刚刚从水坑中爬出来的狗，重重地甩了甩脑袋，一刻也不愿在此地久留。

我又读了一遍手帕上的笔记，深吸一口气，轻轻揉了揉喉咙。在简单做了一些发声训练，感觉声带终于从束缚中得到解放以后，我全速冲刺，用上这辈子最大的音量喊道：

“杀、杀、杀人了！”

* 美国MILESTONE公司曾发行过这部电影的8毫米版本的胶片。除了作品方面的评价极高以外，还因为保存状态极佳，后来经常被制作成录像带或DVD。

第五章 命丧毒枕

“我的天呢！”

打头阵的蚁川曜司一踏进凶杀现场就发出尖叫，然后慌里慌张地捂住嘴。我这辈子最大嗓门的号叫，迅速达到了紧急召集的效果。从通往屋顶阁楼的楼梯的方向传来一串急促的脚步声。

“太惨了……”

野木勇说完，夺门而出。须藤郁哉发出惊愕的怪叫声，贴到一边的墙上。

过了一会儿，堂埜仁志的马脸上一片苍白，痛苦地开口：“你刚刚发现的？灯呢？十沼，是你开的吗？放映机也没关……嗯……”

“现、现在是考虑这些的时候吗？”

“对、对啊，比起这个……”

慌乱的声音打断了会长的沉吟。

“报警！电话费先让110那边付……”

“现在是犯蠢逗乐儿的时候吗？”我眼睛抽了抽，无语道，“110而已，能花多少钱，还不快去！”

“遵命，我去报警！”

我点点头：“嗯，快打110！”

“对了，我这么说怎么样——谋杀一人份，请火速接单！”

“笨蛋！真没想到你们都是些这样的家伙！啊啊啊！”

我薅着头发，发出绝望的呐喊。突然，一阵震天巨响让尸体前的五个男人吓了一跳。

咣咣咣咣，咣咣咣！！一连串隆隆巨响从楼下传来。那声音令人联想到初代桂春团治的《炉灶强盗》中夸张的拟声词。

我们在那宛如信号弹一般的声音里，慌里慌张地跑下楼梯。

“怎么回事，刚刚那是？”

“是外面——好像是从院子里传来的！”

“好，我跑过去瞧瞧……”

似乎是为了洗刷适才的坏名声，野木作势要跑。

“等等！都别动！”

堂埜突然高喊，并举手示意大家保持镇静。

“等等……是不是少一个人？没错，快看看是谁不在……”

没错，确实少了一个人——就像某个童话故事一样。意识到这一点后，我们立刻石化在原地。

“泥泞庄”的居民有9人，减去正在大阪打工的1人，再减去死亡的2人（吊死、刺死各一人）等于6人……可是，现在只有5人。

要是提前定一个快速点名的方式就好了，不过，现在后悔已经来不及了。

然而，这道“谁不在”的减法题立刻有了答案。我们几乎同时指着对方叫道：“……是小藤田！”

三十秒后，我们来到二楼北侧，在那个微笑的美女左侧的房间门前，围成一个稍微有些寒碜的人墙。我们自然要去搞清楚那串巨响的真面目，但当务之急是要确认完全没有在这场骚动中露面的朋友的安危。这是我们会长的决定。

“小藤田！”

“小藤——田！”

我们异口同声地呼唤着房间主人的名字，并透过可以看到里面的旧式锁眼往房间里面窥探，不停地敲门。

“你怎么了，快回话！说话啊！”

——没有回答。

“可恶，到底发生什么事了……”

大家用上毕生的力气，轮流摇晃着黄铜门把手。我也试了试，可门纹丝不动。蚁川拭去额头上的汗水，啐了一口。

“不行……从里面锁上了。”

“他是不是出去了？”

听了我的话之后，蚁川摇了摇头，蹲下去用打火机在门和门框之间照了照。

“你看，门锁了，门扣也挂着，跟你和我房间里的门扣是一样的。既然门扣挂着，他肯定在里面！”

“小藤田，你在的吧！快开门！”

野木像是很害怕这一瞬间产生的空白似的，重重地拍打起房门。

我时常觉得，晚上二楼的走廊飘荡着一股特有的恐怖气息。

也许因为这里曾经都是病房吧。另外，头顶的灯虽然亮，但总是明灭不定，这里的门又都是一个样，自然而然就营造出了这种恐怖气氛。

对了，海渊武范——尽管他自己住一楼——也这么说过。

“在晚上或黄昏等无人的时分经过这里时，我总会觉得心里毛毛的。怎么说呢……总感觉下一刻会突然冒出来一个巴尔坦星人[1]。”

听到那家伙特有的荒诞不经的表达方式，我忍俊不禁，又添了一句自

1　奥特曼系列中第一个登场的外星人。

己的见解："独自一人的时候……简直像是闯进了蜘蛛男爵[1]的老巢！"

不过，今晚我们并非独自一人，何况此时也不是歌颂圆谷英二[2]的时候。五个大男人正在挥拳砸门，声嘶力竭地大喊。然而，我们的激动与喧哗，却像是被走廊的黑暗与风声呼啸的门缝给吸进去了似的，消失得无影无踪。

"要上吗？"

蚁川和野木异口同声地问道。我看了下堂埜的脸，朝他点点头。

"来、来真的吗？"

堂埜分别看了一眼目瞪口呆的须藤和蚁川，缓缓用下巴示意。

"……上吧！"

下一刻，五个攻城锤便喊着号子同时向门发起冲锋。但是，破旧的门却轻而易举地将我们弹飞了。

倒在走廊上的我们纷纷揉着摔疼的地方，愁眉苦脸地大眼瞪小眼。

不过，我们只歇了一口气，便站起来重新开始挑战。这一次我们虽然没有喊号子，但仍旧有条不紊地发起冲击，不过，门依旧纹丝未动地矗立在那里。

"一、二、三，撞！"

我们下定决心，无论试多少次都不气馁，然后气喘吁吁、孤注一掷地执行了第三次撞击。下一瞬间，自古以来在无数喜剧中出现过的情节发生了。在木头的断裂声中，我们一个摞一个地摔进房间里。

"痛痛痛痛痛痛！！！！！哎哟！"

我发出哀号。顺便一提，最后两个音是因为须藤起身时踩到了我的脚。我们因为疼痛和丢人而愁眉苦脸，一边掸着衣服上的灰尘，一边站了起来。

1　同样是奥特曼中登场的怪兽。

2　知名特摄片《奥特曼》与《哥斯拉》的导演。

我站直以后，环顾四周。仔细想想，我好像没怎么进过这个房间。房间里到处都是以关西的落语名家——我就不一一列举名字了——为主的各种落语全集、演出唱片、从曲艺节目里录下来的数量庞大的盒式录音带……

也不知道为什么，迄今为止我很少有机会与他聊这个领域的话题。望着眼前这么丰富的藏品，我不禁为自己的愚蠢后悔不已。

半开的窗帘正在风中轻轻摇晃，一片朦胧的白光透了进来。我循着从窗户缝里吹进来的风走到窗畔。

窗户的锁开着，对面的世界一片苍白。

泥泞庄的北侧是一座小公园，在远方破旧的砖墙对面，高耸的汞灯露出一个头，毫不吝啬地将明亮的灯光洒向这里的后院，也洒进这个房间。

我冷不防偏过头，心脏陡然一跳。

——我看到了小藤田久雄。在诡异的灯光下，他早早就躺到窗边的床上，脑袋陷入巨大的枕头里。

但他的双眼却空洞地睁着，嘴巴半张，唇边莫名凝固着一抹诡异的微笑。

有那么一瞬间，我觉得小藤田是在跟我们开玩笑。他从头到尾都躲在床上，故意不发出声音，等待着担心他的朋友们滚进来，出尽洋相——有那么一刻，我真心这么想。

床头桌上扔着一把钥匙，上头挂着一个我有印象的手工钥匙坠儿，貌似就是这个房间的钥匙。

钥匙旁边，有一盘由桂米朝的口头表演录制而成的《出谋划策的平兵卫》的磁带。故事的主人公是个将自己杀死的尸体伪装成“上吊自杀”“私刑谋杀”以及“坠亡”等，从相关人士那里索取报酬的男人，通篇充满诡计与谎言。

房间里突然亮起日常的灯光。其实早在将近二十秒前，野木勇就打开了墙上的开关，悲伤的是旧式日光灯反应了半天才终于亮起来。

“喂，小藤田……”

须藤的想法似乎与我一致。他怒气冲冲地走到床边，正要发火，却被野木勇抬手制止了。

他将脸凑过去，眼镜的镜片几乎要碰到枕头。

“……小藤田？”

他唤道，声音莫名颤抖。

没有回应。同时，小藤田也没有发生任何变化。无论是那有些阴冷的微笑，还是那目光涣散的双眸。

然而，我突然意识到了，他并不是目光涣散。而是因为……如今的他已经不会再有“目光”。

一阵凉意突然贯穿我们的后背。五张嘴发出相同的尖叫：“小藤田！”

堂埜焦躁地将手插进小藤田的后背底下。他回过头，嗓音莫名地平稳低沉：“来搭把手，帮我把他弄起来！”

听到他的话，我们恍然回神，忙抓住小藤田的肩膀和手臂将他拉起来。他的体重与他短小的身材很相称，抬他起来实在过于轻而易举。

就这样，我们把面带诡异微笑的小藤田从床上扶了起来。

把被子卷起来以后我们才发现，他身上穿的不是睡衣也不是休闲服，而是我们刚刚在走廊上见到他时的那套衣服。那好像是五点四五十分左右的事……不过，最奇怪的却是另一件事。

“这、这是怎么回事？”

我们不约而同地发出不适合在死者的枕边发出的怪叫。

音量最大的是与他近在咫尺的堂埜，反应最小的竟然是须藤。不过那是因为他的下颌打战，彻底失声了。

“这、这……”

我气喘吁吁地指着那玩意儿。小藤田坐起来时，带出了一个意想不到的东西。

不可思议的是，他使用的枕头紧紧地粘在，不，是缝在他的后脑勺上！世界上存在这样忠诚的枕头吗？主人都起床了，它却仍旧对他的脑袋不离不弃。

“这、这里……你们快看！”

脑袋和枕头间的缝隙里闪烁着银光。不用细看也能看出，那是几根装在枕头内胆里的凶残的针。

*

几分钟后，我们在泥泞庄的西头顶着寒风，借着微弱的灯光，一边嘀咕一边不断地晃动身体。

“果然只有这一个可能吧？”

“是啊，肯定没错！”

蚁川一边在寒风中冷得跺脚，一边说道。堂埜默默地表示同意。

“不、不会有人藏在里面吧……”

蚁川听到瑟瑟发抖的须藤的话后，一笑置之：“有什么好怕的……对了，门锁好了吧？”

“当然了。大门已经锁上了，通往二楼的室外楼梯的门本来就是锁着的。”

野木言之凿凿地保证，我对他点点头，问：“你确定已经打过110了吧？”

“那当然啦！不用担心，我可没对警察说——谋杀两人份，请速速

出警。”

“还在说蠢话，简直无可救药……”

我知道他插科打诨是为了努力冷静下来，不过这玩笑实在是无聊透顶。

“有生气的工夫不如赶紧调查！”

“好了，都安静。我开门了。”

堂埜斥责道，缓缓地把手放在推拉门上。黑暗在门“嘎吱嘎吱”的动静中张开了口，蚁川用从餐厅拿出来的手电筒往里面照去。

“啊！”他突然发出一声怪叫，回头道，“果然是这里……不，不过，你们快瞧瞧，这里实在……”

“让我看看……啊，这是什么情况？！”

震惊的尖叫声此起彼伏。

“简直太离谱了……”我只是匆匆扫了几眼，也不由得嘟哝道，“到底是谁出于什么目的干的啊……”

我们缓缓迈出半步，走进那片狼藉的混沌之中。

——不知道我有没有介绍过，在我们共同寄宿的公寓东侧的墙边，有个跟简易窝棚没两样的库房。在猜测刚刚那一连串巨响的源头时，我们首先想到的就是这里。无论是方向还是距离，尤其是音色，都让我们直接联想到放在库房里的那些“乐器”。

我的脑海中也并不是没有掠过“保护现场”的念头。但是，我们不可能一直在濑部和小藤田横尸的房间门口看守，因为那完全无济于事。

并不是说完全没有凶手再次闯入、试图毁灭证据的危险。正是考虑到了这点，我们才作出判断，还是我们一起离开现场，彼此监视最为安全。不过，我并不想过多思考这件事。

（没错，从这个角度来看。）我暗道。（这也是最恰当的做法，在警察到来之前，我们必须争分夺秒……）

——在手电筒的光圈里最先浮现出来的，是一个面朝我们的方向倒下来的巨大屏风，吓了我们一跳。

屏风的木板裂开了，嵌在里面的装饰玻璃也已经粉碎。漂浮不定的光束匆匆地掠过四面墙壁，不怎么宽敞的库房内的惨状渐渐清晰起来。

缺了口的花盆、压瘪的大水壶、锈死了的自行车、漏水的锅碗瓢盆、令人怀念起往昔的家用酱菜缸、打理庭院用的铁锹、锄头，还有曾在过路人的头顶灿烂闪烁过的“臼羽医院”的电招牌——

这些封印着十年、二十年前的日常时光的物品，没有一件在它该在的位置，也没有一件物品的身上没有磕碰的痕迹。

凶手呢？瞧，它已经在可怜的受害者们的正中间，乖乖地束手就擒了。那是一个被绳子交叉绑着的大石块，绳子则直接延伸到天花板的房梁上。

这么看来，一定是像钟摆一般悬挂在那里的石块，给了沉睡的废品们残酷的一击又一击。但是，给钟摆下达命令的又是谁？

“你们快看，那是……”须藤发出一声轻呼。

装了两块一号电池的手电筒的光，终于捕捉到某种奇怪的物体。有两个红色的物体粘在里面的架子上——一个是拇指大小的块状物，另一个则在架子的搁板上薄薄地晕开。

“那像变形虫一样的东西，是滴下来的蜡油吧？大一点的是烧剩下的蜡烛！”

堂埜谨慎又自信地下了结论。蚁川闻言，立刻抓住他的话柄：“你是说蜡烛？是谁在那里放那么危险的东西？那个痕迹会不会是以前就有的啊……”

“不知道。比起这个，快看挂在那里的绳子……你们不觉得它的一头像是烧焦了吗？”

听到野木的话，我们定睛看去。果然，我发现了另外一样奇怪的东西。那是一根从紧闭的格子窗上随意垂下来的绳子。

嗯？在那堆破烂儿里，还有一截带有烧断痕迹的绳子，不知道是不是从刚刚那根绳子上掉下来的。这根绳子的一头，竟和将石块挂在天花板上的那根绳子连在一起……

“瞧，这根绳子是不是系在刚刚那根绳子中间？”

“啊啊，被你这么一说……”

沉默突然支配了我们。不，支配我们的不是沉默，而是石块、蜡烛、烧断的绳子这个“三题故事”[1]。

倘若在场的是小藤田，他肯定能想出一个诙谐的段子吧。但是，如今我们要寻找的却是一个相同的答案，而且，必须是一个就事论事的答案。

“——我总算看明白了。”

过了一会儿，蚁川耸了耸肩膀，望了望库房里的情况，又望了望同时得出答案的大家的脸：“不过，这个机关其实简单到家了吧？也可以说老套到家了。”

“我刚刚差点就被这种东西给骗了？竟然被这种把戏——”野木自嘲道。

堂埜的脸上也难得浮现出一抹自嘲，用无法克制情绪的口吻道：“我们被当猴耍了。被这种老掉牙的……”

“这有什么好羞愧的？”我极力用诙谐的语气道，“太秦摄影所[2]不

1　落语的一种形式，由客人出三道题，由落语表演者将这三道题串联在一起，进行即兴表演。

2　东映京都电影制片厂专用的江户时代外景地。

是仍在不厌其烦地拍着吗？坏蛋们打算让这种机关称霸大江户……”

这倒是濑部擅长的领域。

须藤却自暴自弃地笑道：“对对，然后就会被台词巨长的正义的英雄斩杀。哈哈哈哈。”

“哈哈哈……哈。”

“……”

“……”

沉默再次在我们中间蔓延开来。

后来，经过验证，我们确定了这个机关的原理。——将绑着石块的绳子的一头系在房梁上，在中间再系上另一根绳子。将第二根绳子的另一头固定在窗棂上，然后让第一根绳子和石块在空中保持倾斜状态。

你应该已经明白了吧？货架位于第二根绳子的中间位置，在货架上斜着放一根蜡烛，让它跟绳子交叉，然后点燃它。随着蜡烛熔化，烛火的位置逐渐变低，最终开始灼烧绳子……接下来就是连锁反应了。“咣咣咣！”的巨响就是这样发出来的。

每每想到这里，我都会觉得很没面子。我竟然被这种骗小孩的把戏（跟我在自己的作品《赤死馆惨案》中使用的机械诡计不分伯仲）给骗了。

至少我们没有被机关发出的巨大声响吓得到处乱窜。事到如今，不得不佩服堂埜的沉着冷静，真是感激涕零。

不，等等。这个机关本来的目的究竟是什么？

为了吸引我们的注意，诱使我们为了寻找声音的源头，狂奔到某个地方，然后……然后如何？他的目的达到了吗？

沉默仍在继续。我们大眼瞪小眼，继“三题故事”之后，每个人的瞳孔里似乎又默契地被同一个疑问占据了。

（是不是我们中的某个人设置了这样的机关？倘若如此，那个人是谁？那家伙或许与濑部、小藤田的死有关。再往前追溯，是不是也是这个人吊死了锖田，甚至捅死了加宫？）

我们瑟瑟发抖地抬起头来。突然之间，又有个新的声音令我们的五脏六腑为之颤动。那声音尖锐、急促并且越来越近……

那个巨大的声音所带来的恐惧，与眼前的机关截然不同，但远比它更加令人提心吊胆。没错，那正是警车呼啸而至的警笛声。

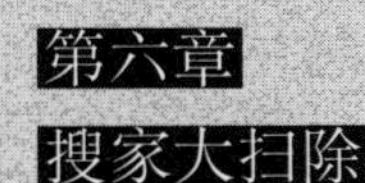

第六章 搜家大扫除

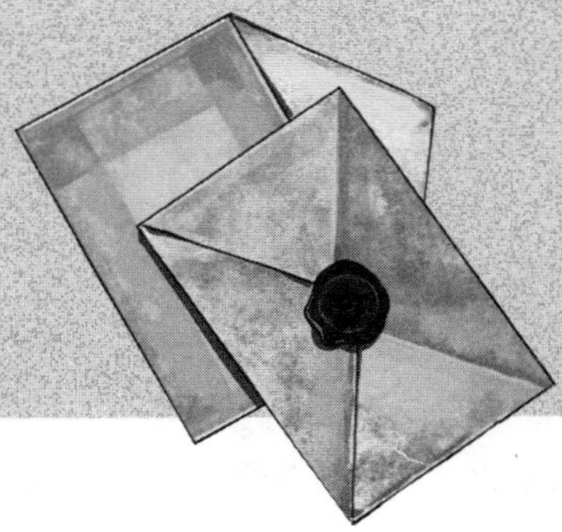

没过多久，远方便出现了警灯旋转的红光，几辆警车依次出现在小十字路口。

警车在小巷中穿行，开进涂着黑漆的木板围墙内，在古老的木结构西式建筑——我们的“泥泞庄”门前踩了刹车。夜幕降临，除了跟在后面的警车多了几辆以外，一切跟今天清晨的那场骚乱如出一辙。

接下来的情形也同早晨一样，警察们敲响泥泞庄的大门。这自然在所难免，毕竟这里既不是孤岛上的宅邸，也不是因为暴风雪与世隔绝的山庄。

不过，这次来的几名便衣，跟今天早上从 × 京警署派来的并不是同一拨人，给人的印象也截然不同。

早上的走访还有几分走过场的敷衍，这次来的这拨人却带着强烈的个人情绪，那就是对我们的敌意与猜忌。

“请进。那个……我们这里的情况就是这样……”

我们像是带人参观古寺的兼职导游，带着这些公务员在泥泞庄里四处参观。不过，我们毕竟是学法律的，全都维持着基本的体面。

我们低眉顺目地坐成一排，解释了事情的经过，他们却置若罔闻。刑警 a 呼吸粗重，不知是有些鼻塞，还是单纯地瞧不起我们，总是从鼻子里发出奇怪的声音。

而被带到屋顶阁楼、蹲在濑部的尸体前的刑警 b，则噘着嘴发出一声感叹，丝毫也不掩饰他的好奇心。

被带到小藤田房间的刑警 c 与死者对峙良久，冲着尸体的脸打了个响

亮的喷嚏。

不过，在出洋相的间隙里，公仆们还是有条不紊地完成了他们的本职工作。他们在我们的手指上涂上黑色墨水，让我们在专用纸的指定格子里按下指纹。接着，他们打开每一扇门、撬开每一把锁以及每一张嘴，比任何幼童都更执拗地刨根问底。

遗憾的是，由于我并没有拿到所有人的名片，因此不能详细记述各个刑警的警衔一类的信息。在常规的设定里，常常会出现“业余侦探被卷进案件，以此为契机与认识的警官齐心协力，侦破案件”的情节，可我深知在现实中没有这种巧合。

无奈之下，我只能随便给他们取个代号了。我当然也想这么写——不久以后抵达现场的是，京都府警察总部搜查一课 × 系 × 组、某某警官率领的某某刑警数名、鉴定科技术人员某某等。可是，我连他们的姓名都不得而知，当然束手无策了。

……我如此腹诽。不过，发号施令的人是谁，我还是能看出来的。那个西装革履、胖墩墩的中年刑警，一看就是他们的领导。

那位刑警现在最感兴趣（多半也是个人兴趣）的，是小藤田房间里那满满一书架的搞笑艺人的专辑。对于那些不是现成品，而是死者自己通过广播录下来的藏品，他不吝赞美之词。

——哇！是 W Young 的《搞笑玄冶店》。如果其中的一个成员没死的话，那种无聊透顶的流行漫才屁都不是！哎呀，还有中田大丸和球拍的《地球旋转，头晕目眩》，这里面可是有很多精彩段子！竟然还有梦路爱、喜味恋的《喂，我是铃木》！哟呵，这不是砂川舍丸、中村春代的《搞笑金色夜叉》吗？你们这些年轻人，估计不知道“伸出手脚，把眼睛鼻子安上去”吧？什么，你们知道？了不起！

在被迫陪同搜查的我们的对面，体格庞大的刑警发出怪声，聚精会神地查看那些收藏，还重重地拍了一下我的肩膀。我连大气都不敢喘一下。

（天呢……泥泞庄竟然来了个“希斯警探”！）

浑厚的声音、仿佛片冈千惠藏患上腮腺炎一般的相貌，还有那如同抹上了锅底黑灰的眉毛——离近了一看，这位刑警的容貌和身材，都与濑部看的《狗园杀人事件》里的尤金·佩里特扮演的欧内斯特·希斯警探一模一样。简直是太巧了！

——大丸和球拍的《家庭混战记》《非洲探险》《我是幽灵》，真不错啊。什么？《早庆战》竟然不是横山、花菱那版，而是笑福亭鹤光、角淳一拍的那版的！厉害了，这可是传说级别的优秀表演！

确实是了不起的收藏。不过奇怪的是，他主要收藏的竟然不是落语，而是漫才，而且主要是话艺漫才[1]。

莫非那小子真正想做的是……我恍然大悟。我终于明白了他的孤独，也明白了他虽然是落语研究社的成员，但又那般沉默寡言的原因。

沉默寡言的落语研究社成员！简直就是落语《所购商品不存在》里的“不存在的商品”嘛！小藤田不正是那样的人吗？他或许一直在等待那个也许根本不存在的搭档，只是不知他翘首以盼的是“装傻的人”还是“吐槽的人”[2]。

我深有同感。因为，我也曾无数次地幻想过，那个能够弥补我才华不

1　漫才主要归为两大类，一类是话艺漫才/正统派漫才，内容完全靠对话展开，另一类是短剧漫才/小品型漫才。

2　双人漫才中的“装傻”和“吐槽”的分工，相当于相声的“逗哏”和“捧哏”。装傻的人主要是演出不合常理、犯傻或是误会，吐槽的人负责在装傻表演时插嘴，去修正装傻的人所犯的错误和造成的误解，达到滑稽的效果。

足的埃勒里·奎因的搭档何时能够出现。

“希斯警探”——顺便一提，知名演员佩里特扮演这个角色的次数，比鲍威尔扮演凡斯的次数还多——对我的感慨浑然未觉。他结束全部赞美之后，立刻换上一本正经的表情，望向我们。

——小伙子们看起来都挺像好人的嘛！好了，找个地方让我一一问话吧。我看就去下面的诊室好了。那就……先从你开始！

冷不防被一根胖乎乎的手指指着鼻尖，蚁川曜司顿时有些不知所措。

“我、我先来？”

被点名的蚁川指着自己问。身材魁梧的刑警点点头，语气里带着些不容分说的气势。

——没错，你先来。

十几分钟后，蚁川似乎有些不悦，垂着脑袋嘟嘟囔囔地从“审讯室”里走出来。他不理会担心地围上去的我们，只对野木勇道：“轮到你了！”

他颐指气使地说完，扭头朝走廊另一头走去，然后对在楼梯站岗的便衣警察打了声招呼，直接回二楼自己的房间了。

“啧啧……”

我们回到餐厅，有的靠在椅子上，有的趴在桌子上，百无聊赖地等待自己被叫到。

他们既没有给我们发号码牌，也没有告知我们顺序，所以，在叫到自己的名字之前，我们只能无聊地发发牢骚。

几分钟后野木出来了。他一脸苦大仇深地看向我们，像是要搭便车一样竖起大拇指，用力往后挥了挥手臂：“须藤，轮到你了！”

然后，他也在楼梯那里打了声招呼，回二楼房间了。在莫名低落的须藤的身影出现后，堂埜进去了，最后才终于轮到我。

堂埜仁志好像有些话想跟我交代，但是，守在楼梯那里的刑警好像对他说了些什么，他只好不情不愿地上了二楼。

（好、好吧……轮到我了！）

我等得太久，都快蔫了，努力提了提神，站起身来。走廊的这段路走得无比漫长。

（喂，别抖！这可是法治国家国民的神圣义务，跟参观公司可不能比！）

我一边为自己打气，一边钻进诊室的门，整个人都缩成一团，实在是窝囊。

就在我弯腰的时候，眼角的余光瞥见立在楼梯中间、年轻力壮的便衣警察 d。

他好像就是刚才那个站岗的刑警，他现在站的位置竟然正好是我最后看到小藤田的位置！

——你是十沼京一吧？请进。

我仿佛洗了个冷水澡，战战兢兢地走进去。“希斯警探”坐在过去属于臼羽院长的椅子上，把椅子弄出“嘎吱嘎吱”的响声，向我招手。

——就坐这儿吧。

我总觉得耳边隐约有虫子爬行般的“窸窸窣窣”的声音。带着这份狐疑，我拘谨地坐进患者用的圆椅子上。同在房间里的刑警 e 没有脱掉身上发白的外套，看起来有些像穿着白大褂的医生。

原来如此。接下来要开始问诊了，为了挖掘出病根……

就在我自暴自弃地想“横竖不过是往床上一躺”的时候，“希斯警探”开口了。

——现在还没有下定论，连假设的阶段都算不上，不过，我还是想先

请你谈一谈他的死因！他是叫小藤田久雄吧？对了，听说你的愿望是成为推理作家？

就个人偏好而言，我还是希望他能称为“侦探作家”，但我不能纠正他。不过，到底是谁连这种事都抖出来了？我怒上心头。对方大概察觉到了我的情绪，脸上浮现出一抹意味深长的笑意。

——哎呀，每个人都是这么跟我介绍的。虽然不知道你会怎么命名，不过，我们给小藤田的死取名为“枕头毒杀”。

虫子爬行一般的声音戛然而止，有个戴着厚厚的眼镜的鉴定科人员突然拉开药房的窗帘，露出他的工作服。

“您的意思是……他是……”我冷不防被吓了两跳，不禁张口结舌。

“希斯警探”点点头。

——没错，他很有可能是被针尖涂有毒药的毒针杀害的。说正题吧……你今天傍晚，是不是在药房里偷偷摸摸地翻找过什么东西？结合其他朋友的证词，好像没有冤枉你。你有什么话说？

他死死地盯着我，目光与声音截然相反，不带一丝笑意。

——你偷偷溜进门诊室干什么？

这时，一直沉默的刑警大哥e突然破口大骂。

——把药房的货架弄得乱七八糟的就是你吧？

“呃……那个、其实是……”

——什么，从一开始就是空的？你为什么要做那种事？

一老一少，一静一动，他们娴熟地一唱一和，向拼命辩解的我抛来一连串的质问，不，是诘问。

在一阵狂轰乱炸过后，“希斯警探”恢复了和煦的表情。

——而且，最后一个见到那个死在屋顶阁楼的青年的人也是你吧？他是叫濑部吧？还有小藤田。你刚刚说你在六点之前见过他。在此之前，你还偷偷摸摸地溜进诊室，玩了一会儿侦探游戏。紧接着，你便率先发现了倒在血泊中的尸体，没错吧？

“呃……其实是……”

我吞吞吐吐，手心已经被汗水濡湿。没想到我竟然会被当成重点嫌疑人。此时，我不禁体会到了无数蒙受不白之冤的电视剧主人公的孤立无援。

我的心脏仿佛被一只冰冷的手攥紧，只听对方继续道。

——不过，也不是没有其他可能。

对方突然转了一圈椅子，视线落到天花板上。

——或许你去调查药房有其他原因？比方说，你去那里与毒杀无关，而是觉得必须确认药品架是否存在异状。跟今天早晨的缢死案有关，对吗？赶紧交代！

“对……其实……就是那样。”

被他抓住了要害，我只好承认。不愧是专业人士，完美地抓住了重点。而且，面对他的这种逼问方式，我完全无法用其他答案搪塞过去。确实厉害。“希斯警探”的唇边扯起一抹狡诈的微笑。

——其实，我并不是怀疑你，尤其是关于小藤田的证词。堂埜仁志说，在你见到小藤田之后，六点多的时候，他曾路过他的房间，偶然听到了难以描述的声音。像呻吟，又像叹息，现在想想，那应该就是他临死前发出的声音。

“堂、堂埜他、他听到了小藤田临死前的声音？”

——是的。就是“啊啊啊”的声音。

“希斯警探”稀奇古怪的语调令人毛骨悚然。

我第一次听说这件事。怪不得堂埜是第一个注意到小藤田不在的人。

要是当时他告诉我们一声就好了。不过，给了我致命一击的却是下面这句话。

——所以，你找到什么厉害的证据了吗？业余侦探先生。比如，能够让灌肠药和避孕套反转的证据？

俗话说的“嫌疑犯上钩”，大概就是这种时刻吧。不过，这样就认输了，只能证明我是个胆小鬼。

“其、其实……那个……我有事瞒着大家。”

我坦白了踏脚凳的事，顺便把曾经闻到乙醚气味的事也说了。除此以外，我还坦白了 × 京警署的人回去以后，我们曾经讨论过当晚的行动的事。不过，考虑到“验尸官法庭”只会沦为笑柄，我便只是含糊地一带而过。

——哦？ Inquest[1] 吗？那么，你们得出评议结果了吗？是自杀还是他杀？

从意想不到的人口中听到意想不到的单词，我不禁呆了片刻，道：“没有得出明确的……但是，我个人觉得是他杀。没错……”

——当时，你知道加宫朋正的尸体在都城被发现的事吗？

“……知道。”

——昨天好像有人在他回老家之前见过他。那你呢？你跟他是什么交情？

我的脑海中突然浮现出在校园的草坪上，打开筒形的保温盒，品尝美里特制热汤的加宫的身影。但是，现在哪里是谈论炒成章鱼状的香肠、加了菠菜丝的蛋包饭的时候？

“不，我……其实跟他交情一般。他在跟我们社团的女生谈恋爱，经

1　即死因调查。

常在我们面前露面，不过在那之前我就认识他了。”

我吞吞吐吐地说着，惊讶于自己对加宫的了解竟然如此匮乏。我们好歹也相处了两年零几个月。

他是个讨厌的家伙，是个彻头彻尾的浑蛋。我甚至想狠狠揍他一顿……但是，这种厌恶之情究竟是从何而来？我的脑海中竟连一件具体的事都浮现不出来。一件也没有。

“加宫？我可不熟。”

如果不是这么恐怖的官老爷问我，我应该会这么冷淡地回答他吧：“你想打听他的话，应该去问问他的那些牌友。对，去跟錆田、濑部或者小藤田打听吧！”

（錆田、濑部、小藤田……！）

这三个名字突然在我的脑海中炸裂。他和他的牌友都已经被处以极刑，这么一看，动机最大的不就是我吗？毕竟我心爱的杂志社因为这几颗烂苹果的存在，已经名存实亡了。

——他是个家境良好的公子哥儿吧？

“哈？”

冷不防听到这个问题，我发出了放闷屁一样的声音。

——就是经济情况！那位加宫同学的。

“经济情况……他家境应该比我们都好吧。不过，他好像花钱的地方也挺多——至于他钱包里的情况，我就不得而知了。”

无论他钱包里的情况如何，只有一点我能确定，水松美里绝对不是看上了他的钱。这也是他遭人恨的原因。他的人格实在配不上他的幸运。

——哦？

“希斯警探”特意询问，却又一副不感兴趣的样子，一边眺望窗外，

一边含糊地应声。片刻后，椅子突然又发出“嘎吱”一声，他把身子转向我。

——好了，你不用这么焦虑，作为大学的学长，只能给你这个忠告了。喂，你干吗这么震惊?

他的脸上浮现出一抹苦笑，那笑容竟意外地有些和蔼可亲。不过，他趁我放松下来的时机又说。

——对了，还是加宫的事，你知道他跟 ×× 派的人有瓜葛吗?

“呃，×× 派?”

——就是那群戴着钢盔、整天集会的家伙。咱们母校最近十几年成了 ×× 派的基地。你不知道吗?

听到他的这番解释，我总算有了印象。那是一群在校园里为虎作伥，连脸都不敢露的家伙。他们用头盔遮住眼睛，用毛巾蒙住眼睛以下的部分，像一群奇怪的昆虫。我对那个团体的印象仅此而已。

我与他们唯一的关系，就是曾经与他们的队伍擦肩而过。当时，他们打扮成七〇年的安保斗士的样子，我恍惚间还以为自己穿越了呢。

“哦，被您这么一说，好像隐约有点印象……”

这是实话。我搜寻着模糊的记忆，继续说：“听说，因为他有个内部升学的朋友是派内人士，所以，他跟那帮人也有着很危险的往来……”

——比如，擅自挪用校园文化节剩余的运营资金？你听说过这样的事吗?

“嗯？不，完全没有……所以，有这种事？”

我探出身子，想打听详情。“希斯警探”却突然丧失了兴趣。

——行了，你可以走了!

“请问……”

——没听见吗？赶紧走。

我勉强将疑问咽下去。“希斯警探”的脸像是魔法解除的石像一样，变得冷若冰霜。看来，无论我问他任何问题，他都不会回答了。

“……唉！”

走出差点变成拷问室的“临时审讯室”，一阵精疲力竭便向我袭来。虽然时间很短，我却有种被持续拷打了将近大半天的感觉。

怪不得大家都一脸不悦地直接回房了呢。然后，我为了从站岗的刑警那里获取通行证，就往楼梯口走去。

（……？）

我突然有些纳闷。

——刑警不在。去厕所了？我漫不经心地望向门口。就在这时，响亮的金属音吓得我一蹦三尺高。首先是一阵晃动门把手的声音，接着又传来钥匙在锁眼里胡乱搅动的声音。

（谁、谁啊？）我不由得浑身戒备起来，但很快便意识到自己的愚蠢。（怕什么，这里有一帮警察在呢……不过，这种时候又有谁会来，来做什么呢？）

我一边嘀咕，一边伸长脖子望着候诊室的方向。在我的注视下，伴随着粗暴的“喀嚓”声，锁开了。与此同时，大门猛然敞开，一个大块头气喘吁吁地闯进来。

“喂，大家都在吗……”

距离我上次听到这个声音和语气，已经过去二十多个小时。但是，就算二十年不见，我也绝对忘不了这个带着奇怪的地方口音，但又口齿异常清晰的人。

“十沼，你在啊！”

海渊武范打工去了这么长时间，看上去却没有多么疲惫。无论他是什么时候得知案件的，都应该早些赶回来。

也许是察觉到了我的不满，他搔了搔头道："抱歉，我回来晚了。怎么也抽不开身。我吓了一跳……啊！"

海渊说了一半，突然瞪圆，不，是瞪着那双细成一线、状似豌豆荚的眼睛，张口结舌。此时，戴着白手套的工作人员，正在用担架将盖着脏兮兮的裹尸布的小藤田的尸体往楼下搬。

刚刚负责站岗的刑警 d 护送着担架从海渊的旁边经过。原来他不在岗位上，是去干这份工作了。

"刚刚那是？"

海渊怔了一瞬，目光跟随着担架问道。但是，他很快就恢复如常，斟酌着词语说道："对了，其实……"

这时，第二台担架又从他面前经过。

裹尸布的一角下露出了濑部凄惨的遗容。那张宛若刀刻的脸瞬间裂成两半，他惊讶得张口结舌："那……那是？还有，刚才的那个……"

他抖着嗓子回头。这时，从他身后传来"砰"的一声巨响，那是搬完尸体的工作人员粗暴地把门踢上的声音。

海渊武范终于崩溃，用和他的死脑筋一样与生俱来的大嗓门吼道："这到底是怎么回事？"

诊室的门突然开了，"希斯警探"把肥硕的身躯从门框里挤出来，对他招了招手。

"好像轮到你了哦，海渊。"

"啊？……噢。"

我轻轻拍了下他的后背，望着他一头雾水但乖乖进屋的背影，添道：

“对了，有些事你万一不知道就糟了……昨晚，你隔壁房间的铐田死了，缢死。另外，加宫的尸体在他回老家的火车上被人发现了。”

在门将要关闭的那一刻，我从门缝里看见海渊惊愕万状的神情。

我叹了口气，走在回房间的路上嘟囔道。

（这小子刚刚一直在报社，怎么什么也不知道？真是服了。）

第七章

献给死者的搜查笔记

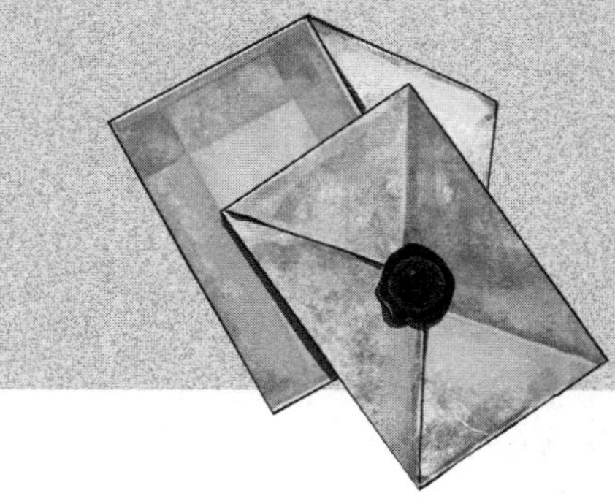

起初，我还以为那是画家水木茂笔下的某种巨脸妖怪。

那个从小学时代的漫画杂志附赠的画册里逃出来的妖怪，正发出“呜呜”的声音瞪着我。

我在它的低吼声中死死地盯着它，只见它的容貌开始变幻。终于，我意识到那张正俯视着我睡颜的粗犷面孔，属于“希斯警探”。

“呜啊啊啊！”

我的口中爆发出一串怪叫。那副尊容本就令人不敢靠近欣赏，此刻更是威严可怖地凝视着我。

我慌忙环视四周，在朦胧的视线中，我看到一张张快看吐了的讨厌面孔。刑警 a、b、c、d、e……他们坐成一排，神情比昨天加倍紧张。

“怎、怎么了？”

我惊慌地叫道，又在某个预感下压低声音，问：“发生什么事了？不会是，那个……”

“希斯警探”点点头，肃穆地宣布。

——没错，我知道凶手的身份了！

“什么？”我弹坐起来。事件竟然急转直下地解决了？“所以……那、那人就是？”

——那人就是……

“希斯警探”鹦鹉学舌般重复了一遍。他的下属依次上前，无精打采地齐声道。

持刀刺入加宫朋正后背的就是——

宣布对锖田敏郎执行绞刑的就是——

用枕头毒杀小藤田久雄的就是——

割断濑部顺平喉管的就是——

有人摸着鼻梁，有人小声吹起口哨，有人忍住喷嚏，还有人摆出气势汹汹的架势。伴随着这些声音，一阵意料之外的头痛突然袭来。

我在逐渐剧烈的疼痛下抱住脑袋，在疼痛到达极点时——

“呃啊啊啊！”

我猛然从床上坐起来。这是我人生二十二载经历过的最糟糕的起床方式。喉咙疼得要命，脑袋上仿佛勒了个金箍……我不停地薅着自己的头发。

我感到一阵胸闷和恶心，甚至怀疑是不是杀人凶手顺手在这里喷了毒气。

不过，罪魁祸首另有其“人”——在烟灰缸里堆积成山的烟头，还有倒在被子上的一堆漫画书。

大脑浸泡在尼古丁里，又有一堆充满锖田执念的漫画书压在身上，怎么可能神清气爽地醒来呢？

所谓“梦是想象力的源泉”，纯属胡说八道。我曾经梦到自己买了一本名为《小说写作大全》的书，里面连诡计、故事梗概、搜查和判决详情、笔录、时代考据的写法都罗列了出来，正在我欣喜地打算翻开的时候，梦突然醒了。那一次也是在不该醒的时间醒的。

也就是说，现世无能为力的事，在梦里只会更加无力。今天也是如此，我迫切地想要知晓答案，最终却被从梦境中驱赶了出来。

（啊啊，太蠢了……而且，我的想象力竟然如此贫乏！）

我一边自嘲，一边伸了个大大的懒腰，心情平复了一些。但是说实话，我还想继续与床融为一体。

窗外那冬日的天空实在称不上晴朗。日光透过阴云洒落在桌子上。从外面的天色来看，已经是下午了。桌上放着我昨晚一夜脑力劳动的成果，但我现在一眼也不想看。

“‘啊啊啊’吗？”

我模仿着从“希斯警探”口中听来的他“临死前的声音”。

既然刑警头子那么肯定，应该可以相信那不是单纯的哈欠。当然，那个声音肯定与小藤田的死亡时间一致。

可是，这句弥留之际的呻吟，实在是又滑稽又令人毛骨悚然。突然被那样的凶器袭击，他应该连究竟发生了什么都没有反应过来，就搭上了直达地狱的列车吧。

如果我听到那样的声音，估计会终生难忘。幸好听到的不是我。

此事不提也罢。小藤田他又是为什么那么早就上床呢？如果堂埜的证词没错的话，六点半——不是我看到他之后没多久吗？

没错，就在昨天六点半，小藤田成了继锖田、加宫之后第三个遇害者。如今事情已经很清楚了。

第三桩谋杀、小藤田谋杀案……杀人的准备工作就是在枕头中放置毒针，时间自然要再往前推。另外，他死后不久，杀人凶手的魔爪就伸向了濑部——第四桩谋杀案。

第四桩谋杀案！这个耸人听闻的词在我的脑海中回荡，我的胸中被浓浓的无力感与自我厌恶感占据。

（我到底在胡思乱想些什么……别想了，别想了。）

还是再睡一觉吧——我打了个特大号的哈欠，后脑勺重重地朝柔软的枕头砸去。可是动作做到一半，突然有股电击般的战栗贯穿我的后背。

完了！我忙将浑身的力气凝聚到腹肌，脑袋停在距离枕套五厘米的半空。

我像是一个刚刚残忍地屠戮完百姓的大魔头，神情狰狞地努力抬起上半身，总算坐了起来。此时我已经大汗淋漓，狼狈至极。

这无疑是愚蠢的被迫害妄想症。此刻我的枕头里怎么可能有毒针？不过，我已经睡意全无，像是一条晕晕乎乎的大青虫，从床上滚了下来。

半小时后，我穿戴整齐，神色也已经与刚起床时截然不同。我单手握着热气腾腾的马克杯，在房间里来回踱步。

现在竟然已经下午四点了。我睡得很足，所有疲劳都已经一扫而空。

咖啡当然是在一楼的餐厅煮的。不过那里没有一个人影，唯独桌上扔着一张撕碎的报纸，那是焦虑的精神状态的象征。

我展开报纸，想找找关于昨天的案子的报道，结果，本就已经破烂不堪的碎报纸因为我的动作碎成了更多片。我总算把报道拼好，草草地浏览了一遍，然而，其中的一节内容却让我大吃一惊。

<——从扎进小藤田后脑部的针头上分析检测出了箭毒[1]。>

什么，竟然是箭毒！那不是南美洲涂抹在箭矢上的剧毒吗？我意识到这一点，耳畔立刻响起喜欢用那种毒箭的土著人擂鼓的声音。

这里是日本京都的泥泞庄，不如我们干脆改名为“箭屋”，去巴黎警局请那位潇洒的哈纳得[2]先生出马吧！

不过，接下来的内容却打破了我漫无边际的幻想。<箭毒经常作为肌

1　即氯化筒箭毒碱及其化学类似物。

2　阿尔弗雷德·爱德华·梅森的推理小说《箭屋》中的侦探角色。

肉松弛剂，用于外科手术的麻醉。>——也就是说，它的来源仍然是这里的药房？

无论如何，明明是发生在自己身边的案子，却要从绕了一大圈送过来的报纸上得知案件详细情况，实在太讽刺了！

（算了，估计就是那种毒药吧。）我带着几分叹息，喃喃自语。（无论如何，毒药的来源应该还是那个药品架吧？既不是来自野蛮民族的村落，也不是法国的宅邸，而是这座泥泞庄的……）

如今的泥泞庄内跟淡季的旅游胜地一样冷清。目前，我们这些囚徒倒是还没有被剥夺外出的自由，不过大家都去哪儿了呢？……囚徒？没错，昨晚撤退时，哈纳得先生，不，“希斯警探”用与体重相称的沉重语气说。

——在结案之前，你们要是回老家就麻烦了。别说是京都，就连这里——是不是叫泥泞庄来着？你们最好也别出去……不，我没跟你们开玩笑！

这显然是把我们当成嫌疑犯了。不过，这也说明马上就能真相大白了。可我不能就这样把一切交给那些公务员！尽管他们昨天才给了我一个下马威……

“没错！”

我不由得兴奋起来，一不小心把咖啡沫溅到了脸上。“好烫！”我尖叫一声，看向杯子。泡得有些浓的咖啡起了很多泡沫，令人联想到女巫的坩埚。

要是怀疑咖啡里都有毒的话，那我就真的无药可救了。我将滚烫的液体一饮而尽，这就是我对大脑下达的开始战斗的指令。

听好了——加宫从京都出发，到达新大阪，登上从那里发车的“彗星3号”。如果报道可信的话，他的死亡时间应该是十二月二十二日晚上十点半左右。“据推断，从其遇刺到身亡应在两小时以内。”这么一来，行凶时间应该要再往前推，也就是该日晚上的八点半左右。

而错田缢死的时间，无论是从推断死亡时间还是从我听到动静的时间来判断，应该都是在晚上十一点半前后。此时，“彗星3号”已经出发三个半小时。就算凶手有天大的本事，也不可能同时出现在这两个行凶现场。

看到那个新闻之后，蚁川立刻进行了推理——锖田在某种情况下捅死了加宫，然后来到“春天”，可终究不堪自责的折磨，回到泥泞庄上吊自杀。

他之所以迫不及待地下了这个结论，根本原因在于他更愿意相信锖田是死于自杀的。但是，正如当时野木指出的那样，这个推断是不成立的。即便是最迟出现在派对上的锖田，也不可能行凶。

虽然只是愚蠢的幻想，但我还是列举一下相反的情况吧——锖田是他杀，加宫是自杀，也就是说，加宫将无柄刀插进自己后背以后，再跑到泥泞庄的望楼将锖田吊起来，又瞬间移动到“彗星3号”的B卧铺车厢……好吧，得换个思路！既然一定要将朋友之死当成解谜游戏，至少要玩得认真一点！

等等，同时思考这两桩谋杀案（已经可以这么称呼吧）难度太大。我们已经召开验尸官法庭，讨论了锖田一案，那就再多研究一下加宫的情况吧！

惨剧发生在晚上。如此一来，既能赶上特快卧铺列车，又能迅速逃走的方法，首选只有新干线。假如加宫乘坐的是旧干线或者私营线路列车，他将耗时四十分钟左右抵达新大阪，如果凶手乘坐新干线列车，就能一口气节省十七分钟。

我走到桌案旁，将那张从时刻表中摘录下来的表摊开——这是我继纳豆之后第二害怕的东西。不过，出现在推理小说里的时刻表根本难不倒我。

根据从餐厅的电视机下方取出来的这张表，“彗星 3 号”的行程如下。

新大阪出发　19 点 57 分

到达大阪　20 点 03 分

大阪出发　20 点 06 分

神户出发　20 点 36 分

到达姬路　21 点 23 分

姬路出发　21 点 25 分

到达冈山　22 点 31 分

冈山出发　22 点 35 分

到达福山　23 点 21 分

福山出发　23 点 22 分

尾道出发　23 点 38 分

到达下关　4 点 16 分

下关出发　4 点 24 分

到达门司　4 点 32 分

…………

到达新都城　11 点 50 分

既然加宫“从遇刺到身亡应该在两小时以内”，那么符合这个时间段的区间一目了然，正是“神户—冈山”。也就是说，凶手肯定是在这个区间内，在“彗星3号”上行凶并脱身的（但也有可能是列车从冈山发车后脱身的）。

那么，问题就是新大阪之后的车站与新干线的车站是否连通了。

< 新神户 >— 西明石 —< 姬路 >— 相生 —< 冈山 >— 新仓敷 —< 福山

>一三原一广岛……其中带< >的车站为可换乘的车站。假设凶手从京都乘坐新干线，追上了“彗星3号”的话，首先来看看这些站点是否可行吧！

前面已经论述过了，只要研究到冈山即可，不过慎重起见，我还是尽量把能写的都写下来吧。因为也有移动尸体的可能，也就是在其他地方先把人杀害，再将其搬至卧铺车厢，以达到误导行凶时间和行凶地点的目的。不过，带死人一起乘坐新干线，再将尸体运下车，这也是相当荒谬的猜想。

19点41分出发　<光143>—20点16分到达新神户

<新神户—三之宫—神户、换乘>

20点17分出发　<光163>—21点18分到达姬路

20点41分出发　<光145>—22点19分到达冈山

20点53分出发　<光31>—22点10分达到冈山

情况如上。另外，如果在福山换乘的话，前面提到的“光145”是22点50分发车，因此是能赶得及的。

假设凶手从“彗星3号”逃出后，是乘坐新干线赶回京都的话，那他有如下几种选择：

新神户出发　21点04分　<木灵410> — 21点20分（到达新大阪）

姬路出发　21点51分　<木灵382> — 22点34分（到达新大阪）

冈山出发的新干线末班列车为22点26分出发，再晚就只能等凌晨的列车了。

唉！我将时刻表撂下，发出一声叹息。真想在即将冒烟的脑袋上敷一个冰袋啊，可是这个房间里不可能备有冰块。我决定以毒攻毒，接连点了好几支七星烟。

关于第一桩和第二桩谋杀案，我已经想不到其他可能性了。下面我决定绞尽脑汁思考第三、第四桩谋杀案。按照顺序，应该先研究小藤田一案，但我这里还有一个……我在口袋里摸索。

（好，终于要轮到你出场了！）

我拿出皱巴巴的手帕，在桌子上展开。这是我在濑部的尸体旁，宛如被附身般用圆珠笔记下的笔记。我一直因字迹太丑有些自卑，不过，潦草的笔迹虽然有些模糊，但完全能够辨认。

（桌上）　R0 － f1

〃　R3 － f2

〃　R1 － f3

（放映机）　R2 － f4 ＝ 卷胶片侧

〃　R4 － 无 ＝ 送胶片侧

R 是卷盘，f 是胶片的简称，R 后的编号是卷盘上用黄色免削铅笔标记的数字（但是，0 表示的是放映机附带的黑色卷盘）。f 后的数字是什么？在我僵在那里时，正是这些数字吸引了我的视线并促使我留下了笔记。

——你没有记错，当时，桌子上放着几盘卷有放映完的胶片的卷盘。仔细瞧的话，就会发现胶片末端其实印有小小的英文数字与字母。

f…i…lm…-1,fi…l…m-2……

不用说，这应该就是胶片的序号。这些标记横跨很多帧，在放映时估

计会令人一头雾水。不过，这肯定是制作胶片时加上的序号。我明白这一点后，脑海中突然灵光一闪。里面会不会留下了凶手的蛛丝马迹？

当然，我并不是当时就想到了这个层面。只不过，面对朋友惨死的尸体，我实在无法忍受自己什么作为也没有，就直接全权交给警方。或许就是在这种执念的促使下，我才会注意到胶片的编号吧。

况且，我并不知道能否从这些编号中获取某些信息，说不定最终还会一无所获。我打算不考虑这些，先研究研究再说。

当我发现第四卷 Ree1.4 嵌在放映机的播放侧时，直觉告诉我——濑部起码在装上这卷胶片之前还活着。

关于杀人凶手使用的是什么凶器，凶器的来源是否有眉目，“希斯警探”只字未提。不过，在凶刃割破他的喉咙时，最后一张胶片的齿孔已经和放映机的齿轮咬合在一起，并且开始运转了。

可是当真如此吗？会不会也有这种可能。杀人凶手是在第三卷的放映过程中出现的，他残忍地杀害濑部以后，一直守到胶片放完（因为放映机无法像磁带录音机一样中途快进），在将第四卷装上去之后，才离开现场。

他为什么要这么做？自然是为了误导我们，让我们以为行凶时间比实际要晚。

那么，濑部的死亡时间就得提前一卷胶片的时间了。不，甚至有可能更早。

放映时的情况，是靠桌上那些卷有已经播完的胶片的卷盘来确定的。可是，那种状态是可以人为制造的。

毋庸置疑，第一卷是濑部自己放上去的，当时他还活着。我不是看了《狗园杀人事件》的开头，并且被濑部的人影给痛骂了一顿吗？

而且，8 毫米放映机的胶片一旦装上，只要没有打开倒放开关，并花上与已经放映完的部分相同的时间倒回最初播放的地方，就不可能在播放中途将胶片卷回卷盘。我在前面提到过，快进同样不可能。因此可以断定，凶手并没有对第一卷即 Ree1.1 动手脚。

问题出在后面。第一卷播放完以后，一般会用放映机的倒带装置，将播完的胶片卷回到之前的卷盘上，可是濑部没有那么做。

大概他是想一口气看完电影吧。他直接将卷有播完的胶片的卷盘取下来，把刚刚空下来的卷盘装到卷轴上，把第二卷胶片，不，是打算把第二卷胶片嵌入播放侧的卷盘……就在这时。

咻！呲！噗！

濑部倒下了。杀人凶手正欲离开，却注意到了当时的情况。濑部为了更换胶片而打开的灯照亮了四周。

于是，他发现了那个绝妙的方法。只要他使用那个方法，就可以误导大家，让大家以为他的犯罪时间更迟，而他便可以利用这段时间制造不在场证明。

首先，他将还未放映的胶片嵌入卷轴，利用倒带装置直接卷到空卷盘上。一卷、两卷……然后，他将第四卷胶片装进去，按下放映开关。做完这些以后，杀人凶手离开了阁楼。

嗯？你说他顺便把第四卷也一样卷回去不就得了？很不巧，他不能那么做。放映结束后，胶片的末端会轻轻地挂在放映机内部。我见过那种状态，只要轻轻一拉就能拉下来（如果正常地卷回去，则要把胶片的末端挂在负责播放的空卷盘上，打开倒带开关），不过，一旦拉下来，就不能恢复原状了。唯独那种状态是无法伪造的。

接下来，想要解决这个棘手的问题，就只剩下一个办法了。就让我在没有任何伪造的情况下，模拟一下卷盘和胶片会有哪几种组合吧！用 R 和

f 的代号来试试看好了。

首先，第一卷放映后，f1 被卷到 R0 上。接着，R2 被装到放映机上，适才空下来的 R1 则被嵌入卷轴，接收 f2 以后，R1 被取下。以此类推，R2 在收卷侧接收 f3，空下来的 R3 则接收来自最后一卷 R4 的 f4……最终，卷盘与胶片是哪种组合呢？

（桌上）　R0 － f1

〃　R1 － f2

〃　R2 － f3

（放映机）　R3 － f4 ＝收卷侧

〃　R4 － 空＝送出侧

……不对。到底是什么造成了这种出入？哪种情况会造成这样的错误？难道说是我记错了？不可能——且慢，还是从凶手的角度重新想想吧。为了方便连续放映，说不定他将所有卷盘都从包装盒中取出来，放在了桌子上呢！

我知道了！凶手并不知道每个卷盘上都标有黄色的数字，他应该也没空注意到这一点。f1 已经被卷到了 R0 上。R1 是空的……如果他搞错了 R2 和 R3 的顺序，先拿起了 R3 呢？ R3 上的 f3 被卷到了 f1 上——如果是这样呢？不正是我笔记上的组合吗！

如果他没有出现搞错两个卷盘的失误，肯定不会产生这样的矛盾。总之，这样一来，凶手的企图就一目了然了。

下午五点　《狗园杀人事件》第一卷开始放映

五点二十分　第二卷开始放映

五点四十分　第三卷开始放映

下午六点　　第四卷开始放映

（在此期间，杀害濑部？）

六点二十分　《狗园杀人事件》胶片放完

下午七点　　十沼发现濑部尸体

放映时间为一小时十二分钟，加上替换胶片的时间，一卷平均二十分钟。只要把握了这个时间顺序，任何人都能像括号内那样，安排自己的行凶时间。

然而实际上呢？我插入虚线的地方，才是凶刃真正刺向濑部的时间！在伪造的行凶时间里，凶手肯定一脸无辜地立在茫然的证人们中间。

这个浑蛋！无处发泄的愤怒在我的体内激荡，我举起拳头挥向看不见的敌人。

我的样子看起来一定很滑稽。然而，另一个念头忽然战胜那份无力感，拦住我的拳头。

（等、等等。）我喃喃道。（濑部被杀是五点到五点二十分之间。在二三十分钟后，我看到了小藤田上楼的身影。六点多，堂埜在小藤田的房间门前听到了他弥留之际的呻吟。这也就意味着……）

我的体内响起什么东西碎裂的声音。也就是说，杀人顺序可以就此确定。

——从加宫、锖田算起，濑部的死是第三桩，而小藤田的“枕头毒杀”是第四桩谋杀案！

小小的碰撞声就此奇妙地变调，令我联想到另一件事。在发现小藤田的尸体前后，那阵“咣咣咣、咣咣咣”的声音，让我们愚蠢地把重点放在了那个无聊的机关上。

杀人凶手究竟打算趁我们的视线，不，耳朵被其他东西吸引的时候做什么呢？另外，我们真的阻止了他的计划吗——我再次产生与当时同样的疑问。

不……或许这个问题还没有得出结论。假如凶手自己也不知道，尸体什么时候会被发现并造成恐慌的话，无论那个老套的时限装置多么精准地启动，都不会产生任何效果。

所以，那难不成是为下次犯罪做的准备？是的，为了第五桩谋杀案。

（第五桩谋杀案！）

我不由得站起来，手指并拢，像旅游车的导游一样迅速挥了挥。

（够了！）

听说这是专业的漫才演员在学徒时代，会对着墙反复练习说“够了”时的动作。可惜，业余侦探作家对这个动作掌握得还不是很娴熟，在我用力挥动胳膊的时候，不小心把好不容易重新堆起来的漫画山挥倒了。

真是的……我发着牢骚，将散落的漫画书捡起来，整理到一起。偶然往窗边一看，天不知不觉已经彻底黑了。惊讶之余，我感到一阵消沉。

真的可以将这些“遗物”交给锖田的家属吗？我这般想着，视线从早早降临的夜幕上回到屋内。下一刻，我的目光突然停在一本书的封面插图上。在一堆文库本[1]中间，只有那本书是罕见的A5尺寸。是川崎幸雄的《猎奇王》。

我把那本书夹在腋下，握着空马克杯信步走出房间。我想去餐厅再倒

1　一种小开本便携图书，一般都是平装，A6大小，105mm×148mm的版面。

一杯咖啡，不过更重要的是，我觉得自己必须离开烟雾缭绕的环境，从无休止的解谜游戏中暂时解放。

我选择了这本书陪我，它是我罕有的漫画藏书。

如果你是侦探小说爱好者的话，可以看看这部漫画。从作者（曾经完成了私立侦探的函授课程）的烂笔头下诞生了无数画面与台词，交织成一个光怪陆离的异想世界。

当我的目光离开残酷的嫌疑人与侦探的激烈交锋时，眼前仍是冷清的食堂。错综复杂的杀人诡计如纵横交错的经纬线，令人一筹莫展。如果那只是棉线或鱼线还好，倘若那是带刺铁丝，谁能受得了！

现实跟推理小说截然不同——且慢，在标榜现实派的推理小说里，这种借口听得我的耳朵都出茧子了！

“为什么要讨论侦探小说？”“因为我们在侦探小说里，所以不能装出一副不在侦探小说里的样子愚弄读者。”正如约翰·迪克森·卡尔先生创作的菲尔博士所言，干脆将现实视为一部推理小说考虑吧！

不，不成。我目前还一次都没有猜中过凶手。实际上，侦探小说的读者处于极为不利的地位，就好比业余人士在现实世界里破案。

我一直觉得，如果作者能提前给出提示——那个案子只要解开门锁的诡计即可，这个案子的重点是凶手的逃走路线。那么，即使我没有猜中凶手，也能心服口服地承认竞争的公平性。

当然，无论是身为推理小说读者，还是在现实的命案调查中，这都是任性和无理的要求。可如果真的能够这样该多好！

我在悲凉的情绪中合上书。突然，一股截然不同的恶寒攀上我的脊梁。

有个巨大的影子落在我的身后——刚意识到这一点，便有个人的手掌和手指如同捕兽夹子或弹簧捕鼠器一样，狠狠地钳住了我的肩膀。

第八章

谋杀课堂第一课

（鬼、鬼啊！！！）

我瑟瑟发抖地发出哀号。然而，从喉咙深处挤出来的求救信号却无比嘶哑、颠三倒四，恐怕任何人都难以接收到。

“啊，十沼，（这几句没听清）名侦探菲洛·凡斯（没听清）参与的最后一案是什么……（后面没听到）”

背后的绞杀魔？他好像在向我打听什么。可别说回答了，我连他的意图都无法理解，甚至没有意识到这个声音很耳熟。

“啊啊，救、救命！”我起身尖叫道，“杀、杀人啦！”

背后的人似乎有些惊慌失措：“啊，怎么了？”说着，绞杀魔或连续杀人魔又要来抓我的肩膀。

我手脚并用，奋力挣扎。结果桌翻椅倒，我们同时尖叫着向后方倒去……

“怎么了！”

“出什么事了？”

伴随着惊慌的声音，门被匆匆推开，传来一阵慌乱的脚步声。

我的后脑勺疼得嗡嗡作响，所有声音都听得不太真切。

我用力摇了摇头，那里依旧滋滋地疼，天花板的灯光晃得我眯起眼睛。几张脸诧异地盯着我，我数了数，一共四张。望着齐刷刷跑过来的这帮人，我纳闷地想，他们究竟是从哪里冒出来的，刚刚又都跑哪儿去了？

“你们在吵什么？怎么搞的……”

野木勇的眼睛在镜片后眨了眨。这种事我怎么知道——我正要这么说，须藤郁哉突然号叫起来："海、海渊！"

这次轮到我眨起了眼。

什么，海渊？我恍然大悟。其他四个人既然在我的面前，5-4=1，那么从背后搞突然袭击的人除了他还能是谁？

可是，为什么他会……我满腹疑虑，身后传来他半带着哭腔的咒骂："过、过分了你，十沼！"

我惊愕地回头，只见海渊武范正一脸不悦地坐在椅子上。刚刚我不顾一切地把咖啡朝他泼去，他身上有一半地方都被染上了褐色的咖啡渍。

"太过分了！我只是从背后跟你打了声招呼，你竟然这么对我！"

"我、我还以为……"须藤怯生生地开口，"又跟昨天一样，发生杀人事件了呢……看来不是啊！"

"那、那当然了！你要怎么赔偿我，我真是服了……"

海渊看了看满是咖啡的身体，语气粗暴地哀叹道。

他的语气不像说谎。

要是换成旁人，我说不定会再多怀疑他一下，但是，海渊从前天夜里到昨天晚上都在大阪，他犯下一连串杀人案的可能性微乎其微。

（而且）我想。（我个人认为，目前我没有被杀的理由——就算去问死掉的那四人，答案也一样。）

我暗自点头，等回过神来的时候，却发现自己身上落了好几道冰冷的目光。我总觉得有理说不清，可毕竟是我大惊小怪，才造成了这个局面，我也只能乖乖地低头认错。

"唉……看来是虚惊一场啊！"过了会儿，野木露出一副放心的表情。

蚁川道："真是的，害我们跟着白担心了一场！十沼你也真够可以的。

不过……噗哈哈哈。”

他嘴上安慰我，却毫不客气地放声大笑，又像是突然想起什么似的，话锋一转：“海渊，你该不会是觉得刚刚我的回答不够完美，还想问问十沼‘Orphée aux Enfers’（地狱中的奥菲欧）的问题吧？很不巧，古典乐并不在他的知识储备范围内！”

真没礼貌，小瞧谁呢——尽管我并不知道那是什么东西，还是板起脸来。堂埜仁志依旧扮演起和事佬的角色，认真地打圆场：“算了算了，发生了这么多事……十沼应该也很紧张吧，你就原谅他吧。”

会长的劝解每次都这么深入人心。我这才不好意思地搔了搔头，对海渊有些抱歉。但是，那个我们社团首屈一指的死脑筋和大力士，却仍旧冷冷地发牢骚：“我只是轻轻地拍了下他的肩膀——就这么，轻轻地，拍了一下。”

*

“那可真是……太倒霉了。”

堀场省子齐颈短发的刘海儿下，浮现出不知是惊讶还是无语的表情。

这里是泥泞庄附近的商店街，昨天我也和她来过这家西式茶餐厅。

因为那场愚蠢到家的闹剧，我颜面尽失，非常懊恼，虽然这么说对她有些失礼，但我临时决定出来约会，就是为了排遣一下愁闷的心情。

“是啊。用老话讲，就是又糊涂又可悲，焦头烂额。”

我装作开玩笑的样子，模仿着老人的腔调，但这确实是我的真心话。

“确实是呢。”省子也笑着回应，“不过，海渊同学也很可怜。他只是从背后跟你打了个招呼，就被你泼了一身咖啡。对了，他当时对你说了什么？”

听到省子的问题，我夸张地抱起手臂。实际上，这也是我最纳闷的地方。

“嗯？这个嘛，我当时也很慌，说不定听错了。不过，我记得他问我‘菲洛·凡斯参与的最后一案是什么？’”

省子有一瞬间的哑然：“凡斯，就是那个范·达因笔下的凡斯吗？”

“没错。”我点点头。

“是吗……说起菲洛·凡斯的最后一案，”她屈起手指，开始在记忆里搜寻答案，“先是《班森谋杀案》《金丝雀谋杀案》《格林老宅谋杀案》，接下来是《主教谋杀案》《圣甲虫》《狗园》《龙》《赌场》，然后是……”

“《冬季杀人事件》，最后一部作品。”

我立刻回答。省子眨了眨眼，一副恍然大悟的表情，道：“就是那部有美少女滑冰运动员出场的作品？范·达因希望邀请索尼娅·海妮出演电影版的那部……”

“对对对！”我连连点头。

“第十二部作品《冬季》是在作者过世后，一九三九年才出版的。一般来说，范·达因先生的作品，从构思到定稿要经历三稿，唯独这部作品只留下了二稿。”

“是吗……”

她的身子微微前倾，对恋人的博闻强识表现出由衷的钦佩。

总之，其中一桩谋杀案就发生在该系列的《狗园杀人事件》的放映过程中。或许这种巧合预示着什么吧。省子满怀期待地开口：“所以，这有什么重要的意义吗？”

“我完全一头雾水。”我自信满满道，“一回来就碰上了谋杀案，海渊那小子应该只是一时混乱，在胡言乱语吧。而且，蚁川好像询问了他对奥芬巴赫的轻歌剧的看法，谁知道他在瞎琢磨些什么呢！不过，难得能这么近距离地接触命案现场，要是只能采访这种问题的话，我看他也别指望当上记者了！算了，不聊他了。”

我结束话题，望着她的脸：“有些东西我想请你帮我看看。你可别嫌我唐突，因为是你我才说的！”

对于我突如其来的请求，省子的脸上浮现出一抹紧张。我把一堆破烂儿堆到她面前。时刻表、新闻报道，还有我草草地写下的一堆笔记。实际上，这些话我只能跟她说。

那小子被杀时如何如何、停止呼吸时如何如何——这种话我还能跟谁聊呢？

作为十沼推理的屈指可数的读者中珍贵的一员，她读完我出示的资料，耐心地听完我的解释之后，长吁一口气。

我将杯子里的水一饮而尽，等待她的回应。

“列车的组合有很多种可能，不过归根结底……”

省子缓缓开口：“在加宫同学遇刺的时间段内，那天晚上参加派对的所有人都不可能乘坐‘彗星3号’。可是，我觉得最不可思议的是另一件事。铸田人高马大，就算用了乙醚之类的迷药，可是谁能突然袭击并迷晕他，把他吊到望楼的天花板上，又能不让身在庄内的你起疑心呢？”

遇刺、袭击之类的措辞对她来说似乎很难启齿，但还是条理清晰地表达了观点。

“嗯，你说得在理。”

我不由得点头认可。或许应该说，她的观点一针见血。我确实听到了铸田或他的绞刑官进来的声音。

但是，后来我再也没有听到任何声音，也没有察觉到任何异样。毕竟当时我刚刚睡着……

“而且。”省子继续道，“如果凶手按照你说的诡计制造了不在场证明的话，那么，那半个多小时——两卷胶片时间的不在场证明，又能派上什么用场呢？”

她又戳中了我的痛处，我夸张地抱住脑袋。

“唔……关于这件事，我还在研究……总、总之，能够确定的是，由于这个诡计的存在，案子的进展有了很大的变化！”

我装模作样地再次陈述起自己的推理。

——说这个或许有些突然，不知诸位读者知不知道，眼下这个季节，京阪三条车站一带的鸭川河滩有一道独特的风景线。

从鸭川河滩到四条站一带，每隔一段距离，就有一对情侣依偎在河滩上，连他们中间的间隔都一样，像是拿尺子量好了似的。夏日，庙会为街道染上斑斓的色彩，那里也会迎来情侣幽会的高峰时期。不久，这番景象便会在凉爽的秋风的吹拂下渐渐消失。

对于京都的情侣们而言，这是最重要的时段。在冬季来临之前，要找个温暖舒适的地方亲热亲热。如果关系不能有所突破的话，就只能悲伤地分手了。

自古以来，有多少情侣都无法越过这个关键阶段，在古都的寒冬里分离啊！

说实话，我们也来到了这样的阶段。不过，到今年年底好像还没有问题。

在我和省子面前，如今摆着一堆离奇事件，让我们暂时忘却了那些琐事。就这样，独属于我们二人的谋杀课堂的第一节课开堂了。

“四桩谋杀案——第一桩是加宫，第二桩是错田，濑部是第三桩，然后是小藤田。”

省子低声咀嚼着牺牲者名单。我还是改不了一贯的毛病，用足以引得周围客人回头的兴高采烈的口吻道："没错，跟发现尸体的顺序一样，小藤田之死正是第四桩谋杀……凶手的杀人准备——放置毒针，应该是在杀害濑部前进行的。想要确定杀人顺序，其实最终导致被害人死亡的时间才是最重要的问题。……你觉得呢？"

令我心满意足的是，省子由衷地对我点点头，表示赞同。但是，她像是突然想起什么似的，道："啊，这么说来，还有一件事……不知道小藤田是不是只有昨天才那么早上床，但他在那个时间枕了枕头是不争的事实。凶手究竟是怎么找机会放毒针的呢？"

她的头脑这般敏锐，令我无比惊讶。

"这个嘛……在他昨天早上起床后，我见他最后一面之前，除了他在房间的时候，凶手都有机会放毒针。除非要去学校或者集体外出，他一直都没有锁门的习惯，我们也都很粗枝大叶，不会每次进出都细心地锁门，当然睡觉的时候会锁门。"

"那就对了。"省子信心满满道，"这也就意味着，小藤田同学昨晚无论是因为什么早早上床的，都没有任何人强迫他，除非他房间的门是被人从外面锁上的。"

"原来如此……"

我暗暗为她叫好，同时又不禁怀疑，她阅读我小说时屡战屡败的记录，莫非是在贴心地照顾我的心情吗？还是说我的写作方式过于不公平了？不过，她却没有注意到我的情绪。

"唉……"

她又叹息一声，陷入沉默。

刚刚她还兴致勃勃的，此时脸上却莫名浮现出一抹内疚和自责。仿佛突然意识到自己刚刚专注破解的谜题，是身边的朋友用生命构成的。

我却悄悄地松了一口气。虽然是我擅自让她扮演华生的角色的，可我确实因为她的存在而变得很有底气。

“对了。”我开始向省子提问，“关于水松美里大小姐的男女关系，你了解得多吗？她有没有和加宫以外的什么人……那个……”

“在场的诸位，哪个人对水松美里没有想法……”

蚁川的这句话令所有人陷入沉默，当时竟然没有一个人反驳，令我百思不得其解。

或许是因为我一直比较迟钝，才没有察觉到别人的感情苗头吧。不过，省子却具备同性的嗅觉，说不定有所察觉。

面对我别有深意的提问，她的答案却非常简洁明快：“美里？她心里只有加宫哦。说不定直到现在也……我可以担保。其他人在怀疑她不忠吗？不过，应该——不，是绝对不可能吧。”

女人对女人的评价标准应该更加苛刻，既然她说得这般斩钉截铁，看来加宫和水松之间存在第三者的可能性就微乎其微了。即使凶手是觊觎水松的人，他这么做也很冒险，说不定最后还会竹篮打水一场空。

“嗯？乾同学？我跟她倒是不太熟。这对推理很重要吗？那……”

听到我接下来的提问，省子有些狐疑。她带着几分难以启齿，说起她知道的情况：“……乾同学（跟水松美里一样，美树也跟省子同龄，不过省子却这么称呼她）刚加入我们社团，就跟蚁川同学在一起了，这件事你应该知道吧？还有日疋同学对她示好的事……”

“噢，我是前天晚上知道的。”

我想起在派对上和后来在咖啡馆里撞见的真相，得意扬扬地点头。谁知，随后她又道出一件我意想不到的事。

“不过，我不久前在联谊会上和她坐在一起。当时她实在太能喝了，弄得我有些不知所措。她亲口告诉我，她最想睡……不，她最有好感的人是野木同学。”

啧啧。一个外表看来没什么头脑的女人，竟然会暗恋上默默用功型的野木勇。也不是不能理解，但是如果到了迷恋的程度，就令人反感了。

顺便一提，我在写小说时，一直都会小心翼翼地避免这种类型的痴恋关系，以免成为推理中的败笔。不过，既然这是实录，我就无法左右了。

“是吗……唉！”

这下轮到我叹气了。我们两个的对话就此中断，难以言喻的沉默中，只有省子无所事事地翻阅“搜查资料”的声音不时响起。

“咦……这是什么？”

她突然指着一个地方疑惑道。我顺着她的指尖看去，只见笔记和剪报下面露出一张封面，封面上的人物愁眉苦脸，戴着一副廉价眼罩。呃，为什么这种东西会……我有些慌乱。

“啊？这……是我不小心带过来的。”

经她提醒，我才意识到自己把《猎奇王》的单行本也一起带来了。应该是我在混乱中不小心一起带到了这里吧。

我面带苦笑，解释道：“唉，我刚开始重读这本书，就发生了刚刚提到的那场大闹剧。简直是……”

我自言自语般“唰唰”地翻着页，以此掩饰自己的难为情。就在这时，偶然翻到的一张空白页突然跃入我的眼帘。

嗯？我不禁停下手指，翻回那一页。结果，那张“空白页”哧溜溜地从黑白画面中滑落，掉到了桌子底下。

没什么好大惊小怪的，只不过是书里夹了一张纸条而已。我咂了下舌，蹲下去将那张比书店的收据大些的纸条捡起来。

那是一张仔细折叠起来的便签，仔细一瞧，好像是学生协会里卖的大学报告指定用纸。

“……这是？哎哟，疼疼疼。”

我很纳闷，自己在书里夹过这张纸吗？下一刻，我的脸就皱成一团。我忘了自己在刚刚那场“激烈的战斗”中把腰给闪了。

“怎么了？”

“没、没事儿，闪了下腰。这是什么东西……”

我一边喃喃自语，一边打开那张报告用纸。几排不明所以的文字跃然入目。纤细的字体仿佛虫子的尸体。

我惊讶得身体后仰，因为幅度过大，后背一下子撞到椅子的靠背上。

（这、这是……事到如今，竟然出现了密码？！）

我把它手抄了一遍，大体内容如下所示。

)°HF BるXそろ. ZH°UEK Qけ|, R-°WF
もにとのちからみにむ らせいみ くらなといK V.
6XUE EKA/ FぬSF°DQ BS/ FD°J3, QT°
M4 Q5GそUE, 3KSG)°HT°3KB / NRWW
EそF°. JQ° QRTZQTM DそUE へへ れ4
6M4S, れそQL.)°HOF S°4DW TN7 /
SけOそUTZQKT, XV°Q SD る4

幸好这是真实事件的记录，这是掠过我脑海的第一个念头。因为，如果这是向出版社投稿的作品的话，一定会因为“套路太过时”而遭到淘汰。

不过，这愚蠢的念头很快就消失在一个个问号里，一种接近恐惧的感情紧紧地攫住了我。尽管不知道含义，但我的耳畔却仿佛响起不愿入耳的声音、来自亡灵的口信……

“那是什么？”

我制止住好奇地探头过来的省子，在一种难以言喻的忌讳的驱使下，将“密码文”合上，塞到口袋深处。

“不，没什么……挺无聊的。”

无聊的其实是我的想法。这未必是死者的东西，也未必与谋杀案有联系，未经确认便如此恐惧，难道我还是个怕黑的幼儿园小孩吗？

不过，当时我根本无暇反省。我不理会一脸讶异的省子，立刻拿起账单起身。

“走、走吧。今天到此为止吧……趁着还没有再次发生奇怪的谋杀案。我们再联系。”

我知道这会让她觉得不舒服，还是撂下这句话走了。不过，唯有此刻在我的胸中蔓延的那份“期待”，无论如何也不想被她知道。

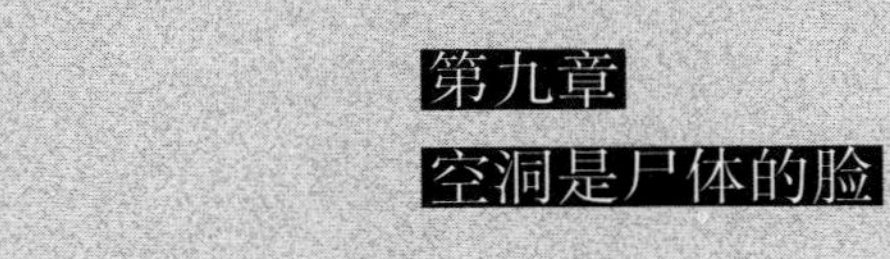

第九章 空洞是尸体的脸

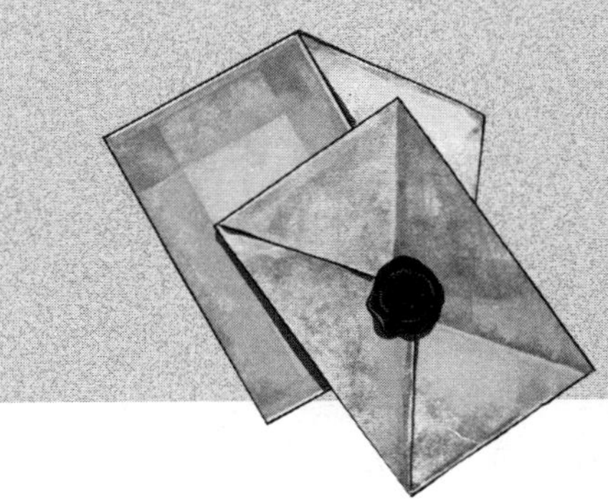

6そ1Bそ H゜OEK 3YB゜4T゜……毫无逻辑的文字组合在我的眼前闪过。

SめUES 6MZWEろKT……哪怕我拼命躲避，这些毫无规律的胡言乱语依然朝我的脸俯冲而来，伴随着隆隆的轰鸣掠过我的皮肤。

F゜TMKS゜Mけ T゜……疯狂跃动的文字消失在水晶碎裂的巨响中，世界陷入一片黑暗。然后，有股无比强大的力量抓住我，将我往深渊拖去。

（啊！）

耳畔响起“嘎吱嘎吱”的声音。我战栗着，仿佛被扔进满是浮冰的大海。下一刻，我陡然从平时坐的椅子上跌落，意识也回到自己房间的书桌前。

这很难称得上是一次惬意的小憩。伴随着被遗忘的肉体上感觉的复苏，倦怠感和关节痛也一并袭来，令人心情郁闷。不过，哪怕是这种感觉，也远远胜过一直深陷在噩梦里。

“呜、呜、呜呜呜……”

我像是一只可怜的实验动物，发出呻吟。更惨的是，我的脑袋一直在针扎似的隐隐作痛。

眼皮沉重得抬不起来。那张我研究了一晚上，几乎看吐了的报告用纸，此刻就躺在我视野的正中间。台灯的光洒落在纸上，映照着那一行行适才在我的梦中疯狂跳动的字符。

窗外风声呼啸。我抬起半麻的手指拿起那张纸，小心翼翼地收到抽屉里——动作郑重而又充满嫌弃。

昨天和堀场省子讨论完推理以后，我一个人跑回泥泞庄，跟室友们草草地聊了几句，就把自己关进房间。夹在《猎奇王》中的那张由奇怪的字母和假名构成的密码纸（？），令我没来由地心绪不宁。

密码棒法[1]、表形法、寓意法、置换法、代用法——伟大的江户川乱步曾经将密码的记法分为这五类。不过，我打算将自己拥有的知识整合在一起，研究这个充满古典气息的密码。我已经认定这个古怪的信息跟案件有关，甚至坚信破解它是我应尽的义务。于是……

"啊啊啊啊啊！"

我从椅子上起来，不由得发出宿醉的酒鬼一般的怪声。喉咙火辣辣的疼，胃里仿佛注满液铅。

我赌气地将满桌子纸屑一股脑儿丢进垃圾桶里。

"好吧，我投降……"

我一边嘟哝，一边又好了伤疤忘了疼似的，将手指探进七星烟盒里，但是里面早就空了。

我为了提神，打算把剩下的咖啡喝完，却发现杯底只残留着一些褐色的咖啡渣。我又不死心地回头找烟，期待再次落空，一气之下捏瘪烟盒，朝墙上掷去。

大脑中似乎结着一张蜘蛛网，我动作迟缓地把手伸向书架。

每到考试的前一晚，那些平日里碰都不想碰的书就会变得很有吸引力，你应该明白这种心理吧？不说废话了。当时，我从书架上抽出的是我们"ON THE ROCK"的某一期杂志。

1　古代斯巴达人用来进行军事讯息传递的加密方法。密码棒（Scytale）由一条加工过且夹带讯息的皮革绕在一个木棒上组成，密码接收者拥有一个相同尺寸的棒子，将密码条绕在上面进行解读。

嗯？你问我是不是有什么怀疑的？“当侦探在海边捡起一个煤块的时候，你会觉得这么微不足道的东西没什么要紧的。但是，（在侦探小说里）后面它总会派上用场。”即便菲尔博士[1]这么说过，线索也不可能如此轻易地从天而降。所以，请你放心好了。

总之，我拿起这本很早之前的《蕰蔖录[2]》。它发行于那场可恶的麻将瘟疫暴发之前，是属于“美好时代”的最后一期杂志。我怀念地翻开它，有篇文章映入眼帘——

《蕰蔖录——编辑值班日志》

下面有十月某日、某地等一些信息。文章末尾是这样的内容：

×日　大事不妙了！要是明天不能把杂志带到纪伊国屋的自费出版专区，肯定就要延期出版了。可是，直到今天我们才发现有一页空白页。虽然接到了会长大人的命令，但我已经没有灵感了。我决定先把标题《蕰蔖录》写下来，剩下的内容即兴编写。如果我能完美地将内容填满，请诸位为我鼓掌喝彩！

你看懂了吧？也就是说，当时由于版面错误，产生了一页空白页，作者为了抓紧时间将内容填满，迫不得已写了一些幕后情况来凑数。这是朋诚喜堂三二过去很喜欢用的凑字数方式。顺便一提，作者就是我本人。

1　基甸·菲尔博士，“密室之王”约翰·狄克森·卡尔(John Dickson Carr)笔下的虚构侦探。

2　日文发音同“ON THE ROCK”。

×日　在鸣潮馆三十三号教室召开例会，分派本期的制版任务。野木先生、乾美树小姐罕见缺席。前者是因为轮到他在研究班发言，后者是因为患了感冒。当然，该承担的任务，他们都休想逃！

给大家分派了誊写用纸和负责的原稿。每个人都想负责MM小姐的诗，实在令我左右为难。

有消息称，竞争杂志开始陆续采用照相排版了，我们也必须有所行动。今日观察员：最近搬进公交站附近、带卫生间、停车场的公寓的T·插一脚先生。

“插一脚先生”是个俚语，表示凡事都喜欢横插一脚的人，这个人当然就是加宫朋正，MM小姐则是水松美里。为了省事，下面的引用我还是用真名吧。不过，加宫从很久以前就经常参加我们的例会，和她在一起后就更频繁了。

散会后，海渊和往常一样，慌里慌张地赶去大阪打工。也不知今天吹了什么风，加宫竟然提议大家一起去送他，不过鄙人拒绝了他，和堀场先走了。我们决定去恰好是开放日的米斯卡塔尼克[1]馆参观。依然没什么意思。

米斯卡塔尼克馆是坐落在大学校园里的一座典雅的红砖学生宿舍，它是昭和七年（1932年）为了纪念校祖饭岛尧先生，由其位于美国新英格兰阿卡姆市的母校捐建的。

1　米斯卡塔尼克是小说家洛夫克拉夫特创立的克苏鲁神话传说体系中的虚拟大学。

元治元年（1864），校祖带着包袱离开祖国，前往米斯卡塔尼克大学求学，这就是这座学生宿舍的由来。这座学生宿舍每年有一次开放日，不过并不会备上茶点招待参观者，顶多允许他们在里面逛一圈。

不过，允许参观就已经足够了。宿舍的外观和内部装潢很有特色，仿佛大侦探安东尼·吉林厄姆随时会出现。但是，据说很多人满怀憧憬地去参观后，却对那里严格的管理大吃一惊。比如，固定的一天必须说英语、6 点就要起床做晨间运动等。总之，那里非常不适合我们。

参观结束后，我们沿着今出川大道往东走，半路上却碰到了那位刻薄鬼，日疋某某。我们急忙躲进“HONYARA 洞[1]”喝咖啡。谁知堂埜、须藤他们几个也来了，害得我只好请所有人喝咖啡。可恶，都怪日疋……跟我坐在一起的蚁川仔细阅读了我在本刊连载的《夕蝉庄杀人事件》，感激不尽，不过，这小子每次都逼问我凶手、嫌疑人是谁，搞得我无比头疼。真希望他能为我想想，为了不让他猜到凶手，每次我都要绞尽脑汁地更换凶手，实在是精疲力竭！森江春策还在旅行途中，真悠闲。

我还好意思说别人悠闲。在这期杂志中，我就像记流水账一样，把编辑过程中发生的事记录了下来。彼时，杀人魔、死刑台以及不知不觉逼近的就业说明会的阴影，都还距离我们非常遥远。

我念念有词地翻阅着，心突然一揪。眼前出现了一篇标题如下的文章——署名还是几十个小时前被人割喉而死的朋友。

1　京都有名的咖啡馆，位于同志社大学今出川校区附近，是京都的代表性店铺之一，于2015年1月在不明原因的火灾中烧毁。

《十三部私人最佳影片》

——濑部顺平

《金刚》	（梅里安·C. 库珀&欧内斯特·B. 舍德萨克）33年
《公民凯恩》	（奥逊·威尔斯）41年
《凡尔杜先生》	（查理·卓别林）47年
《点与线》	（小林恒夫）58年
《鬼猫凶宅》	（中川信夫）58年
《宇宙大战争》	（本多猪四郎）59年
《天堂与地狱》	（黑泽明）63年
《大冒险》	（古泽宪吾）65年
《黑衣新娘》	（弗朗索瓦·特吕弗）68年
《飞天万能车》	（肯·休斯）68年
《夺命太阳下》	（菲利普·德·普劳加）74年
《迷情记》	（布莱恩·德·帕尔玛）76年
《鲁邦三世 卡里奥斯特罗之城》	（宫崎骏）79年

＝按照拍摄年代排序＝

这份有些冷僻的提名，令人不禁露出一丝苦笑。不过我想，这或许是因为濑部的理想是影像与叙事奔放的融合吧，他深信只有真正专业的导演才能做到这一点。

在上述列表之后，濑部又难得撰写了一篇比较长的随笔。

（前略）例如希区柯克，我这次在挑选最佳影片时故意排除了他。

在《海角擒凶》《海外特派员》《年轻姑娘》《贵妇失踪记》等未引进的作品上映时，我一部不落地跑去看了。这些电影在电视上播出时，明知会被剪得乱七八糟，我也从头到尾守在电视机前。但是，这依然无法改变一个事实：我的片单中缺失了他的电影作品中最重要的部分*。其他电影人的作品就可想而知了。在这种状态下，到底能讲述什么，创造什么呢？还有卢卡斯、斯皮尔伯格。在对他们继承的庞大遗产一无所知的情况下，到底能拍出什么样的电影呢？

我抱着亡羊补牢的心态，开始从海外订购 8 毫米胶片，但是，听说如今美国受到录像带的冲击，开始裁减从业人员。最重要的是，价格的迅猛上涨令人相当吃不消。即使我现在转投 VTR 的怀抱，可是一想到对器材的投资，我就疲惫至极。此外，还有一件我不愿去想的事，胶片——尤其是 8 毫米胶片，未来还能幸存多久呢？**

如今，我已经深刻地理解了濑部的心情。他对周围的人没有任何期待，这一点比我还要严重，其实这是一种非常正确的做法。

连我都完全不曾注意到，他将自己的渴望——估计是制作“自己的电影”——寄托在了这里。不过，即使我在他生前领会到了这份心情，恐怕也会起劲儿地否定他、揶揄他吧。

我将《蘯蓙录》扔到一边，伸了个大大的懒腰，把烟头掐灭在烟灰缸里，“啪嗒”一声推开窗户。冬天的晨光立刻伴随着冷风涌进来。

我第一次觉得，这两种平凡的事物竟然如此新鲜。我将莫名灼热的皮肤沐浴在微弱的晨光里，尽情地把冷空气吸入肺中。

但是，想要把在尼古丁和咖啡因里泡了那么久的血肉洗净，只靠这些远远不够。我离开窗边，悄然走到门外。

“一，二，三，四。”

带有杂音的广播体操伴奏和口号唤醒了我的耳朵，我开始哼哼哈哈地伸展手脚。

我知道大脑缺氧的状态没那么容易缓解，但是做总比不做好。尤其是对于战胜冬日清晨的静寂，运动是一种非常有效的方式。

“嘿、咻、哈！”

我用力转动上半身，因为动作的幅度太大，险些踏进旁边的花坛里，如同定格的黑白照片一般的风景猝不及防地映入眼帘。

“好险好险。”

我突然看见大门左侧旧诊室窗下的花坛。用旧砖垒起来的简陋花坛里一片荒芜。

别看它现在这么荒凉，一到春天，沉睡在土壤中的球根便会苏醒、盛放。不过，那幅光景现在还难以想象。

在小栗虫太郎的《黑死馆杀人事件》中曾经也有这样的描写——在建造黑死馆时移植的高纬度地区的植物全死了，只剩下一片荒凉的风景。

这片花坛大概有它数千分之一的规模吧。总之，我在一股莫名阴森的氛围中，决定结束体操锻炼。

脚底传来的寒意促使我匆匆加快脚步，我低着头在院子里转来转去。地上并没有什么东西。冰冷的空气唤醒了我麻痹的神经，却没有像我暗中期待的那样，给我带来一丝新的灵感。

（算了算了，就这样得了。）

我沉吟了一瞬，抬起头来。是回到堆满废纸的书桌前呢？还是钻进冰冷的被窝呢？我一边寻思，一边叼起一支烟，就在香烟刚刚点着的那一刻——

（？）

我深吸一口烟，有些纳闷。百元打火机的火光，在单调的风景中亮起又熄灭，然而视野的一角依旧残留着一抹鲜红的颜色。

我揉了揉因为睡眠不足而有些朦胧的眼睛，望向那里。那是一楼东侧，锖田房间的隔壁……

下一刻，我便被倒流回气管的烟呛得双膝跪地，痛苦地掐住自己的脖子。视线逐渐清晰起来，我终于看清了那是什么东西。

——窗户是左右推拉式的，一共两扇。从我的位置看，左侧那扇窗户的玻璃被砸破了，罪魁祸首竟然是一张从屋里飞出来的鲜血淋漓的脸！那张脸被鲜血染得宛如歌舞伎的脸谱，白色的眼球似乎正在瞪着这个世界上不存在的某物。

那个瞬间我看到的、感受到的仅此而已。我唯一能做的就是用滑稽、颤抖的嗓音，高喊那个惨死在我面前的人的名字，他的全名。

“海、海、海——海渊……海渊武范！”

我像是慢镜头一般生硬地往后退去。可惜这个院子太小，不允许我倒着跑。

“哎哟！”

脚后跟突然撞到了花坛的边缘，我一屁股摔了进去。屁股倒是勉强在花坛的泥土上着陆，没摔成两半，后脑勺却发出一声闷响，重重地磕在建筑的外墙上。

不夸张地说，我霎时眼冒金星，在疼痛与恐惧中丧失了语言的能力。

我必须通知大家！在能够开口之前，我眩晕了片刻，眼前有无数纷飞的光点——用东北某县的方言来说，那叫“目萤”——仿佛是在装饰死者

的脸。

*

不久后，海渊的死状赤裸裸地呈现在飞奔而来的老友们面前。

起初，我们以为只有一个分了家的脑袋被塞在玻璃的裂洞里，所幸他的脖子还连着身子。那颗原本就大的脑袋扎在玻璃的洞中，支撑着他留在原地的身体。他就保持着那个姿势咽气了。

他是在难以忍受的痛苦下，自己将脑袋扎到玻璃中的？还是被杀人凶手追到窗边，被那人从身后给了致命一击呢？可以肯定的是，普通撞击不可能彻底贯穿玻璃。

仿佛是为了告诉我们当时的撞击有多猛烈一般，在海渊那死后越发像雕塑的脸上，有一大片与玻璃的裂痕不相上下的放射状伤痕。

不过，此刻我们能说的仅此而已。

透过玻璃，可以瞥见溅在室内的点点血迹。里面一片狼藉，仿佛曾经被巨人的手乱翻过一通。除此以外，我们一无所知。我们垂头丧气地返回楼内报警，这件事都成我们的家常便饭了。

“……还是不行。”

要是平时的话，我们应该刚刚起床，正无精打采地坐在餐厅里，空气里漂浮着烤焦的早餐吐司的香味。在餐厅斜对面的海渊的房间门口，蚁川弯下腰，咂舌道：“……从里面锁得死死的。”

“除了门锁……门扣也挂上了吗？”

“是啊。”听见堂埜的问题，蚁川不悦地点点头，他似乎觉得非常糟心。

“干脆把门撞开吧？”

野木藏在眼镜后的眼中闪过一丝愤慨，撸起袖子。他的表现很不像他平日的作风。

“别乱来！”堂埜脸色苍白地斥责道，“在警察到之前，最好别多管闲事！”

“说得对。”

蚁川附和道，一屁股坐到餐厅的椅子里。

“就算不撞开门，情况也已经一清二楚了！和小藤田那时不同，里面的人已经死了，断气了。”

“这么说，倒也是……”

野木噤声。须藤挣扎一般道：“对了……那个时候，门也跟现在一样是锁着的……”

笨蛋，胡言乱语什么——我正要骂他，后脑勺却突然传来一阵钝痛。

“好痛……”

我按住肿起来的部位，将一个已经不再使用的词吞进腹中——密室杀人。和小藤田的情况一样？不。虽然他的房间在二楼，但当时窗户并没有上锁。

在将海渊的脑袋指给闻声赶至的他们看时，我已经亲眼确认了。窗户的锁——陈旧且锈迹斑斑的月牙锁死死地嵌在锁座里。

堂埜像是突然想起来一般，道：“谁去帮他取些冰块过来？我记得冰箱里还有……”

会长虽然若无其事地对我表达了关心，但是语气非常生硬，应该也是觉得现在不是关心这种事的时候吧。

“不知道够不够这个呆头鹅用的。”

蚁川对我发起人身攻击。

须藤慢半拍地突然拍了一下掌：“干脆用那个盛着拿过来吧！咱们不

是有吗？做刨冰的时候用的……”

“那玩意儿现在上哪儿找去！就用毛巾包着拿过来得了……算了，我去吧！”

野木不耐烦地站起来。就在这时，突然传来尖锐的刹车声和大门轰然打开的声音，我们被吓了一跳。总算来了……

——各位学弟，久违了！

不用等那个大腹便便的人影出现在门口，我们已经清楚地知道这个声音浑厚的人是谁了。我在心中喊出他的名字。

（“希斯警探”！）

立在他身后的人自不必说，正是丝毫不逊于他们长官的人民公仆——刑警 a、b、c、d、e 等人。

“好吧，首先整理一下大家刚才的话……”

面对着聚在餐厅的大家，堂埜略有些紧张，但仍旧维持着一贯的节奏。

窸窸窣窣，有个弓着身子的中年男子的影子从旁边的墙上闪过。堂埜往那边瞥了一眼，语气更加茫然。

“总结一下大家的说法……”

窸窸窣窣，又有好几个人影悄悄弓着身子，在“观众席”间移动。

他耐心地继续着刚刚中断的话题：“总结一下昨天大家的行动，是这样的。每个人都随便吃了点东西，去外面溜达了一会儿。不过，大家基本上没有碰到彼此。对吧？”

“我们以前倒是挺喜欢集体行动的……”蚁川故意抱起手臂，“不过，到头来我们还是聚在了这里。至少在那场闹剧——十沼把咖啡泼到海渊身上之前，大家都是单独行动的。不过，那场闹剧简直是……”

蚁川在笑出声来之前选择了闭嘴。又是一阵“窸窸窣窣”的动静，仿佛一场格外散漫的华尔兹舞会开场了。

我还从没瞧过这样的热闹。不，被当成热闹瞧的是我们自己。实际上这种形式的调查或者讯问，别说是在那些通篇都是见鬼的现实主义的警察小说里了，就连在登场人数众多的刑侦剧里，我也不曾见过。

“那个，怎么说呢……”须藤怯生生地开口，“海渊刚回来的时候就很不对劲。他先是一言不发地把自己关在房间里，又突然像得了狂躁症一样，跑过来跟我说东说西……”

“那也怪不得他吧？他一进大门就撞见朋友的尸体，还一下子撞见了两副担架……”感觉到灼人的目光落到我的皮肤上，我忙为海渊辩解。

“不。”蚁川摇了摇头，又尖刻地道，“岂止啊，那两具尸体加上锖田和加宫，一共是四具尸体！在他们变成尸体的那段时间，他一直在大阪。也就是说，他拥有绝对的不在场证明。在海渊眼中，我们应该都是杀人嫌犯吧？他对我们的怀疑，应该比我们彼此之间的怀疑更严重。”

令人不快的沉默在我们之间蔓延。

但是，在这段时间内，观众——刑诉法规定的司法警察们，却仍旧一动不动地凝视着我们。

他们注视着我们的一举一动，每隔几分钟就站起来一次，迅速地坐到旁边的椅子里，从新的角度继续观察。真可谓是全方位观察啊。我们的每个表情、每句话都逃不过他们的耳目。

便衣们一抵达这里，就立刻井然有序地行动起来，如果以电影来比喻的话，就连场面调度和演员走位都很有节奏感。

很快，屋门铰链外侧的管子和门轴就被拆了下来，海渊的房门被轻松地拆除了——我的心中不禁充满期待，仿佛一个大型魔法盒即将开启。

接下来映入眼帘的光景，和我们隔着碎裂的玻璃所想象的并没有多大区别。

铁椅子倒在地上，教科书和零食袋扔得到处都是，整个房间仿佛刚刚经历了一场龙卷风，一片狼藉。除此以外，面朝前扎进窗户里的海渊的背影也一样。唯一不同的一点是，在毫无防备地穿着睡衣的死者背后，插着一把菜刀，场面惨不忍睹。

眼前的画面也并不是全然陌生。除了血腥的场面以外，他身上的格纹睡衣我见过，那把菜刀，我也无数次在轮到我做饭时将它握在手中……

现场勘验还是那老一套流程，我已经习惯了。等这项工作告一段落之后，“希斯警探”差遣我们将餐桌挪开，把所有椅子摆到墙边。我们不明就里地乖乖照做，又在他的命令下，将凳子、踏脚凳甚至连装苹果的箱子都搬到中间的空地。

蚁川首先背朝北边的墙壁落座，接着是野木、我、堂埜和须藤，依次按顺时针方向坐成一圈。

我们坐好后，刑警 a ～ e 有的打开观察记事本，有的掏出小型盒式录音机，分别坐到周围的凳子上。接下来，“希斯警探”举起手，无比严肃地下令。

——那就请你们谈谈昨天的事吧！在发现你们的朋友变成那副模样之前，你们都看到了什么，听到了什么？什么事都可以，想到什么就说什么。别愣着了，开始吧！

“对了，既然他的脑袋那么夸张地扎进窗户里……”也不知道无聊的话剧演到了第几幕第几场，蚁川若无其事地开口，“应该有人听到了那个声音吧？”

“是啊！”须藤拍了下手，“而且，他的房间还被搞成了那副样子……”

“对！除非睡得很死。”我和野木同时开口。

堂埜点点头，环视一圈：“是啊，有人听到吗？不过很不巧，我正像你们说的那样‘睡得很死’，所以完全没有印象。”

所有人都扯了扯嘴角，不愧是名副其实的“卧床老人”。

“我也是。”野木也低声道。

堂埜又道：“那么，就请大家谈谈自己的想法吧。”

……无人响应。每个人都在耐心地等待别人表态。他扫视一圈，正要毫无收获地结束这个话题时——

“早、早上三点的时候。”须藤下定决心般开口，“我被冻醒了，迷迷糊糊之间，好像听到了像是百叶窗放下的声音……”

啧，我还以为所有人都和我一样睡得很沉呢——我正咂舌，耳畔却突然响起一个声音。凌晨时分，我曾听到东西碎裂的动静，当时我还以为自己是在做梦呢。

（对了，那是不是就是海渊的脑袋撞上玻璃的那一刻？）

须藤没注意到我的反应，继续道：“我总觉得很奇怪，就从被窝里爬出来，打开门往走廊上瞧了一眼。结果……”

“结果怎么样？”堂埜追问。

“结果左边隔壁的房门开了九十度左右，挡住了我的视线。”

“左边，那不就是十沼的房间吗？”

“我怎么不记得？”我瞪大眼睛否认。

“不，我忘了到底是隔一间还是两间了……当时太暗了，我又睡得迷迷糊糊的。”

须藤偷偷瞥了蚁川、野木一眼。

“你说的应该是我房间吧。”蚁川插嘴，“我也和你一样醒了……不过，

我是因为听到窗户打碎的声音，又隐约听到走廊上传来脚步声，就下床了。你没听到吗？”

“脚步声？没有啊……”须藤愣愣地摇了摇头，“过了一会儿——不，应该只过了五六秒，门突然关上了。然后就只剩下风声了……我穿着便服站了会儿，突然感觉很冷，就赶紧回房间了。”

蚁川点点头：“我跟你差不多。我先开的门，自然比你更早挨冻。不过，我不知道当时被你看到了。”

我也不知道。真没想到，在我半睡半醒地坐在椅子上的时候，外面竟然上演了这样的短剧。

我充满期待地等候接下来的证词。然而，话题就此中断，再也没有人给出新的解谜线索。于是，我们只好聊一些无关痛痒的内容。

仿佛是为了填补内心的空虚，刑警们不厌其烦地做着间歇运动。也不知他们换了多少圈，刑警a突然发出一声怒喝，踹翻了椅子，吓得正在发言的堂埜张口结舌。然而，“希斯警探”却只是淡定地对他作了个口型，就连完全不会读唇术的人也能看懂他的意思。

——啊啊，别在意。继续，继续。

“呃，好的……”

他重整旗鼓，正要继续说下去，却突然一脸困惑地环视四周：“对了……我刚刚说到哪儿了？”

“说到昨晚八点左右，十沼闹出那场笑话以后，海渊去你房间找你聊天。”

野木向他伸出援手。

“哦对，说到这里了。”堂埜放心地点点头，“不过，我们只聊了一些下学期的考试之类的无关痛痒的话题。我当时感觉，关于一系列的‘案件’，他好像有什么话想说，但话到嘴边又咽了回去……他当时好像有些心神不定。在快没话题的时候，他突然问我：‘对了，第一个独自横渡大西洋的人是谁？’”

（他怎么突然问这个……又是一个怪问题。）

我有几分惊讶，难以判断他的真实意图，正在我腹诽时，听见“希斯警探”悄悄询问旁边的刑警e。

——最近是不是又开始流行猜谜游戏了？在年轻人之间。

被他询问的下属一本正经地皱起眉，摇了摇头。

——不知道，没听说过。

“所以，后来呢？”

过了一会儿，堂埜对提出疑问的蚁川继续道：“我虽然很疑惑，但是正好知道答案，就回答他，应该是‘KORAASA号’的鹿岛郁夫吧。”

从他口中冒出一个令人怀念的名字。他是继堀江谦一先生的‘一个人的太平洋’之后，首次横渡大西洋的日本人，后来他又征服了洛杉矶到横滨之间的海域。

尤其令我怀念的是，我曾在某个分享会上聆听过鹿岛先生的演讲。当然，他老人家肯定不会记得当时提问的小学生吧。

“——然后呢，他是怎么说的？”须藤没注意到我的感慨，问道，“他有没有对你大喊：‘恭喜你，答对了！’”

他这自暴自弃一般的玩笑，只能令现场的气氛更加尴尬。

“没有。”堂埜仍旧淡淡地回答，“有十秒时间，他都愣愣地张着大嘴，然后说了句‘对，没错’，开始跟我聊海洋的话题。”

“他竟然跟你这个登山专家，原青年徒步旅行团的成员聊这个！”蚁川道，“不，我说的不是考试那座山，是需要用到登山绳和冰镐的登山。

须藤，他不是也找你问了一些荒谬的问题吗？”

“对、对啊。”须藤厌倦地点点头，“我也搞不懂他为什么偏偏问我那个问题。是什么来着……对了，他竟然问我‘物体融化的化学术语是什么’。”

“这是什么鬼问题？”蚁川失笑，“一点也不像神志清醒的提问。你是怎么回答的？”

“我感觉莫名其妙，但还是回答他：‘不就是‘溶解’吗？’不过，他并没有接受，说：‘我问的是气化、液化、升华点等，也就是状态发生变化时的温度叫什么。’我告诉他：‘那叫凝固点。’结果过了很久，他一脸沮丧地说：‘好吧，我明白了。’”

我们再次陷入沉默。不过，这次的沉默中掺杂着一些克制的笑声。

“这么一来，就必须考虑另外一种可能性了。”隔了片刻，蚁川开口，“既然我们已经知道他神志不清了，那么，比起思考到底是谁把海渊的房门锁上的，还不如先想想，他是怎么把刀插到自己背上的。好了，下面轮到谁了？”

“轮到你了！”

野木的语气难得这么凶狠，他像是在发泄自己的怨气一般，眼睛在眼镜后抽动了一下。

蚁川像是丝毫没有感受到他的情绪似的，道：“哦？终于到我了。”

“我也不例外，晚饭是在外面吃的，就是公交街的那家中餐馆。就在我等套餐的时候，海渊进来了。我已经忘了我们聊了些什么了，不过，就像堂埜说的那样，他的态度很可疑。昨天我也说过，在我吃完套餐的时候，他突然问了我一堆问题。既然他问了，那我当然就告诉他喽。是关于轻歌剧《地狱中的奥菲欧》的问题，我对他倾囊相授。”

我对死于非命的海渊无比同情，他当时肯定无聊透了吧。

蚁川压低声音，脸上蒙着一层阴霾："那场闹剧之后，我就回房间了，现在想想，那应该是我见他的最后一面。下一个轮到野木了吧？我还挺期待的，不知道咱们'ON THE ROCK'最认真的老师，会面对一个什么样的迷之提问。"

蚁川耸了耸肩，野木有些不悦地皱起眉头："他没问我任何问题。"他轻轻扶了下眼镜，"我去日疋那儿了，凌晨四点左右才回来。"

"日疋那儿？你去他的公寓了？"

须藤惊讶地提高语调。野木点点头："是的，我十点左右出的门，去的时候搭公交，回来的时候步行，大概花了二十五六分钟吧。"

虽然我觉得非常可疑，不过仔细想想，他就算是留宿在那里也不稀奇。这句话没有别的意思，因为，能够和日疋心平气和地交谈的人，也就只有野木了。

尽管他们同在一个研究组，并且一起上外语课，但大家一致认为，这与他的好脾气和耐心也有很大关系。他能跟那个讨厌的家伙打交道，并且从未露出过不耐烦的表情，足以证明他心胸豁达、非常人能比。

"那么，你为什么特意选择昨晚去？"

堂埜讶异地挑了下眉。

野木回答："连续发生了好几桩杀人案，我有点儿……不，是非常心烦意乱，十沼又闹出了那样的笑话。我觉得大家都有些神经过敏，于是就想出去走走。原本还以为你们大概会担心我，但好像是我自作多情了。我就这样错过了海渊，也错过了他奇怪的谜题。"

他莫名有些讪诮地总结道。他这个人从不骗人或故弄玄虚，这一点得到了大家的一致认可，就连蚁川都找不到机会挑他的刺。至于大家是不是将他的话照单全收，那就另当别论了。

（总之，他确实是四点左右回来的，跟他的证词一致。而且，如果堂埜以外的人被声音惊醒的时间，就是行凶时间的话，他不可能听到玻璃碎裂的声音和脚步声，杀人就更不可能了……）

“对了。”须藤弱弱地开口，“我突然有些担心，钥匙管理得到底严不严。如果我们房间的钥匙落到凶手手里，那我们岂能安稳地……”

“你的意思是说备用钥匙？”

蚁川仿佛有些始料未及，野木则发出一声短促的尖叫。这个盲点经他指出，我们同样惊讶。

“对，就是备用钥匙……”

须藤说着，又坐立不安地取出那个糖果盒。前面也说过，我们每个人都有两把钥匙，当然也有备用钥匙，不过备用钥匙并没有交给我们，而是被统一管理。

话虽如此，那串钥匙却只是随意地丢在诊室的桌子上，到刚才为止，都没有任何人想起它的存在。

（等等。）

沉默第三次降临，有个声音在我的脑海中私语。我们忘记的只有备用钥匙而已吗？难道没有所有人都忘记讨论的更重要的事吗？

（是的，有。那就是……动机。）

须藤对我的这个念头毫无所觉，他从手中的糖果盒里取出一颗糖投入口中。

无论如何，他提出的这点都让我们产生了一份期待。如果钥匙落入外人之手，那么嫌疑人的范围就会立刻扩大到泥泞庄外。

“那是不可能的。”

在一片或担忧或放心的嘁嘁喳喳声中，堂埜沉声开口。会长用坚定的语气说——这个极其罕有的事实，令我们陷入沉默。

“至于原因……”

堂埜像自言自语一般，不紧不慢地说着，把手伸进已经脏成黑褐色的夹克衫口袋。在一阵叮叮当当的金属碰撞的声音里，他将一个泛着深灰色色泽的钥匙串拎了出来。

“那是因为，我已经把备用的钥匙串拿过来保管了。在小藤田和濑部被杀后，我一直随身携带。……所以你们明白了吧？”

听到他的这番话，所有人的目光都凝固在须藤身上。他仿佛沐浴在绝对零度的冷冻光线里。

在凝固的目光里，只有须藤在挣扎。他惊恐万状，像傻子似的张大嘴，上半身前倾，好像立刻就要从椅子上摔下去似的。他的右手突然痉挛一般向旁边伸去。

那条手臂抡了一个巨大的圆弧，擦着我的鼻尖掠过，我险些没能避开。

接着，他痉挛的手指瞬间停在空中。下一刻，“白凤时代的佛祖”伴随着一串格外刺耳的声音砸到地板上。

“须、须藤！！”

我们惊慌地站起来，身后也传来匆匆离席的声音。一切发生得猝不及防，我们眼睁睁地看着他死在自己面前，“希斯警探”一行人似乎和我们一样惊慌。

刑警们一窝蜂地挤进来，良久，一声遗憾的叹息响起。

——这个小伙子已经死了。

“死了，他……”蚁川从嗓子眼儿里挤出尖叫，“怎、怎么可能！”

这到底是……我们同时抬头，顺着倒在我们脚边的死者刚刚用手臂画

出的轨迹望去，目光相继抵达终点。有人发出哀号。

“等、等一等！为什么又看着我……而且你们的脸色都好恐怖！”

野木瑟瑟发抖，他疯狂地摇着头，仿佛是想将大家的目光从自己身上抖落一般，又仿佛须藤临死前指向他的手指还停留在他的眼前。

“不关我的事！你们觉得我做了什么吗——对须藤？快别这样，别用那种眼神看着我！喂，刑警先生们看到了吧？老子，不，我什么也没……”

——知道了，别嚷嚷了！

浑厚的声音制止了野木的申诉。“希斯警探”从须藤的尸体上抬头，咆哮道。

——他是中毒死的！而且九成是氰酸类毒素，几乎是瞬间致命！

* 仿佛是为了平息这一不满，《后窗》《擒凶记》《迷魂记》《夺魂索》《怪尸案》等电影以“希区柯克电影节”的名义重新上映。其中的一大半都是没有在电视上播出过且没有出过胶片版的代表作。

** 这份担忧有些晚。一九七七年，胶片摄像机的生产量为一百五十二万台，8毫米电影迎来了巅峰时期。但是，前年，录像机就以一百四十七万台对一百十二万台的数字赶超了它，后来胶片摄像机的生产量更是一口气降到一万台以下，呈现出一片无人问津的凄凉光景。

第十章

筷子、火锅和圣诞节

须藤郁哉面部浮现出一片诡异的红晕，以半边脸着地的姿势滚落到地板上。

在他的旁边，那个格纹糖果盒被摔开了口。原来它就是那串刺耳声音的源头。

装在盒子里的东西我以前也偶尔瞥见过，是个五颜六色的点心盒。然而，从里面摔出来的不是水果糖，也不是奶糖，而是无数裹着冰冷银箔和药纸的药粒。

这到底是怎么一回事？我们已经没有多余的力气惊愕，只顾傻站在那里。这时，蹲在那里的胖墩墩的身影站了起来。

他表现出了典型的氰酸中毒的外部特征。不是我开玩笑，这种毒可以瞬间致命。不过，无论是自杀还是他杀，凶手居然胆敢在我们面前装成一副若无其事的样子！

（自、自杀？）

望着险些咆哮出来的“希斯警探”，我们面面相觑。

须藤怎么也……？说他是自杀，还不如说是我们中的某人提前将“氰酸类毒药”掺到了他的盒子里呢！后者的可能性更大。

大概是因为在我们的严密监视下，他觉得他杀的可能性很小吧。否则就是他不肯轻易接受，竟会有人在弱智的抢凳子游戏的中途，光明正大地执行谋杀……另外，还有一种可能——

（还有一种可能。）我喃喃道。（那小子——须藤就是一系列杀人案

的元凶，他想自己了结一切。倘若如此就另当别论了。）

——看来得再麻烦你们坚持一会儿了。

“希斯警探”不慌不忙地放话，恶狠狠地环视了一圈。

——你们这个在众目睽睽之下死掉的朋友，年纪轻轻的，好像很依赖药物。你们不会对此一无所知吧？难道你们一直以为那个盒子里装着的是糖？

可惜，我们没能给出令他满意的答案。

就这样，另一场闹剧拉开了帷幕。

发生这种事，就算他们把我们都绑起来也不足为奇。毕竟凶手以最恶劣的形式让警察颜面扫地。可不知为何，“希斯警探”并没有那么做。

接下来的调查当然无比严格。刑警们故意压低嗓音，审问了一轮又一轮，最终却只带着在“第五和第六桩谋杀案”中丧命的尸体，离开了被暮色笼罩的泥泞庄。

我们能说的都说完了，只剩下四颗被掏空的大脑。至于那些警务人员留给我们的，就只有如下三个事实。

一、海渊的推断死亡时间是上午三点，几乎可以等同于行凶时间。

二、菜刀就是杀害海渊的凶器。

三、找到了海渊的钥匙。大门和他自己房间的两把钥匙用一个朴素的钥匙圈挂在一起（好几个人都确认属于他），在他房间门口的那堆乱七八糟的东西里被发现，钥匙就丢在一堆唱片封套的中间。

对了，差点忘了一个至关重要的信息，那就是“希斯警探”的正式职务和本名！他是隶属于京都府警搜查总部的贺名生警部[1]。

1　日本警察职衔，地位在“警视”之下，“警部补”之上。

哈、哈纳得[1]！真没想到，这里竟然真的是“箭屋”！

（——然而。）

每个人又都躲进了自己的堡垒。我来到冷清无人的餐厅，那里的椅子还维持着原状，我挑了一把坐进去。

（投毒的是谁……不，最根本的是，凶手是怎么做到的？）

当时，须藤咽下去的一颗药里肯定含有氰酸毒。可凶手到底是什么时候干的？

众目睽睽之下不可能投毒，在此之前同样如此，毕竟盒子一直装在他的口袋里。

在被看似不可能掺入的毒药送上西天的时候，他在想什么？他指着野木又是想要传达什么信息？

同时，我们也认识到自己对须藤郁哉一无所知。包括他已多年患有不知是心脏病还是呼吸器官方面的疾病，总是随身携带着抑制发病的药物。

更加未曾料到，他竟会把药粒用空糖果盒装着藏在那个盒子里。更过分的是，我们竟然还骂他是连一片口香糖、一粒糖果都不肯分享的吝啬鬼！

（我们这些蠢货，简直罪该万死！）

我感到一阵失落，一边啃着从冰箱里找到的剩饭，一边走出餐厅。就在这时，一片黑洞般的虚无突然闯入我的视野。那是通往死者房间的入口。我莫名打了个寒噤，忙别开脸去，打算回二楼自己的房间。

但是，行至走廊中央，我的腿却不受控地往反方向走去。几秒钟后，我就像是被那个黑洞吸引了似的，来到海渊的房间门口。我神情忐忑，生

1 日文中“贺名生”的发音与“哈纳得”相同。

怕被别人看见。

在敞开的房间门口，齐腰高的绳子拦住了我的去路。门的铰链被拆除了，面向室内的那一侧朝外，竖放在旁边的墙上。我已经按捺不住自己的好奇心了。

借助昏暗的光线，我为了找到凶手的蛛丝马迹，仔细地查看了门把手和锁眼附近，甚至连门板的纹理都没有放过。随后，我的目光落到有问题的门扣上。有一个垫片固定在门上，垫片上有一个环，将它穿进从旁边的墙上延伸过来的舌状五金件的孔中即可上锁。但是，我没有发现任何异常。

这根本算不上实地调查。锁头是各居室通用的，用螺丝固定的五金件也是相同的型号。所以，我盯着自己房间的门看也一样。不过，实地调查是必须的。毕竟在两起谋杀案中，门扣和插芯锁一起抵御了外人的闯入。

（我想想，用细绳这么绕一圈——不，是从这边……好吧，这完全不可行。不如试试我在《虹色密室》中用过的上锁诡计……）

我嚼着冰箱里的剩饭绞尽脑汁。

（对了，可以找根棍子穿过这个环，用打成这种结的绳子从这边这样——）

你大概会认为我太不严肃吧。可是，关于这个门扣，在搞清楚老一套的 5W 之前，必须先搞清楚 1H[1]。也就是 How（如何）。小藤田的情况不能断定为完全的密室，可是关于海渊谋杀案，如果不能破解这里的谜题，那就必然无法搞清楚真相。

可是反过来，这里却有可能成为一个突破口。至于原因嘛，在本格推理小说中不是有很多这样的案例吗？比起拼命厘清逻辑，偶然破解的诡计

1　5W，即“何因Why”“何事What”“何地Where”“何时When”“何人Who”。1H，即“如何How”。5W1H分析法广泛应用于企业管理、生产生活、教学科研等方面。

反而能让真相大白。

无论这是不是玩笑，通过在物理方面努力破解门扣的谜题，或许就可以顺藤摸瓜地找到凶手的意图，甚至有可能揪出凶手。

（等等，如果有机关，那么凶手又是怎么处理机关的？就算这座房子的门再不严实，总是被风吹得“嘎吱嘎吱”响，缝隙也不至于大到能把那种东西拽出来吧？这么一来……）

连我都佩服自己的想象力，但是在现实中，我却眼高手低，不，是眼高脑低，我的思考总是在距离突破口很远的地方徘徊，最终抱着爆破用的火药悲惨地自爆。

（唉，不行不行！首先，钥匙究竟是怎么在上锁之后从锁眼里跑到唱片封套下面去的呢？再这么下去，就算破解了门扣的诡计，也解决不了任何问题。）

我再次凝视门扣，自然没有任何新发现。除了那不可思议地蛊惑人的质感以外。

（要是擅自触摸，一定会被“希斯警探”他们给骂得狗血淋头……岂止如此，我还会无端背上嫌疑，虽说已经做过指纹检测了……）

我的心里响起“理性”的声音，手却不理智地朝门扣伸去。我先用皱巴巴的手帕轻轻地摸了摸它，又换成手背，最后战战兢兢地用手指……

（……！）

我目不转睛地盯着瞬间缩回来的手。只接触了短短一瞬间，上面不可能沾上任何东西。

但是，那一奇妙的触感却立刻在我的脑海中重现。那是一种类似黏性材料的触感，上面简直像是缠过一圈胶带一般。

我无法破解这个新找到的谜题，继续冥思苦想。

（总之，凶手用某种机关，从外面把门扣挂上了。那么，凶手又消失到了何处呢？）

这栋楼有三个对外开放的出入口。首先是大门，是我们自己打开的。

剩下的两个出口，一个是二楼东头通往室外楼梯的那扇门，另一个出口位于其正下方，也就是出去开热水器时会经过的那扇木门，它从里面牢牢地锁上了，这一点已经被确认。

（那、那也就是说……）

我把自己当成凶手，弓着身子在门口环视周围。

（凶手结束这里的任务之后，经过走廊，蹑手蹑脚地返回二楼的房间……）

我缓缓站直身体，头却仍旧低着，静静地迈出第一步——等我缓缓地回过头时，心脏差一点从喉咙里跳出来。

——有道目光落在我身上。在楼梯口附近，有一对反光的镜片，冷不防令我想起某天走夜路的时候，我点了一支烟，火柴光被蹲在角落里的黑猫的双眸反射了一下，险些把我吓死。

“野、野木？”

对面有些昏暗，仿佛覆盖着好几层纱，我盯着那里低唤对方的名字时，他却不见了踪影。楼梯口、楼梯中间，就连出奇寂静的二楼走廊上都没有他的踪迹。

（刚刚那到底是——）

我追着那道消失的人影，不死心地回到自己的房间，再次陷入费解。不过我立刻摇着头自言自语。

（不……算了，比起这个，还是先思考刚才的事吧。）

凶手从外面将海渊的房间锁上以后，究竟逃向哪里了？他的面前有两个出口。最近的是位于东头的木门，一般的选择则是正门。

如果他从其中的一扇门离开，逃得远远的，我会感激不尽，但是那种可能性微乎其微。当然，如果庄外的凶手拥有大门钥匙的话，则另当别论。

凶手回到二楼的某个房间——这样想也很令人不快，但是就先这么假设吧。推断一下他的路线的话，有这样三种可能。

①木门——室外楼梯——二楼入口（提前开锁，返回后再上锁）。不，这样一来，他就必须下楼把那个结实且噪声很大的木门再关一次。

②穿过走廊去大门口——用自己的钥匙上锁——从院子里去室外楼梯——从二楼入口回自己房间。

③最简单且最符合常识。穿过走廊，爬上室内楼梯，然后……

“你可真是胆大包天啊，十沼！”

冷不防从背后传来一个声音，把我的笔都给吓掉了。

“这种时候你竟然不锁门，还毫不设防地背对着房门，连我进来了都完全没有注意到！与其说你胆子大，倒不如说是单纯的粗枝大叶。”

我僵硬地转了一百八十度，眼前是曾被人比作彼得·塞勒斯的蚁川充满嘲讽的脸。我舒了一口气，但又觉得不能让他察觉出我适才的慌乱。

“你……你打招呼的方式还是这么突然。”

我佯装平静地回答，打算若无其事地把散落在桌子上的稿纸收起来。但是，本来就目光敏锐的蚁川不可能视而不见。

“嗯？你又在写推理小说？”

他越过我的肩头扫了一眼，轻蔑地问我，又将方才的意思重复了一遍：“都这个时候了，你还有心思写小说！”

如果用眼前的外文书来打比方，他的语气就是欧文斜体字。

“是、是参加征稿的文章！有一篇马上就到截稿日了……”

我嗫嚅着辩解，努力往后仰，试图若无其事地遮住稿子，这个动作的重点就在于用椅子靠背挡住桌子的抽屉。在抽屉里的大学生活协会主办的音乐会的传单底下，躺着那份来自死者的信息。

“何况，这是两码事，呃……”

“哦？两码事吗？”

蚁川撇了撇嘴，自嘴角勾起一抹笑意，紧盯着我的脸道：“不过，凶手也挺没有眼光的。”

“何出此言？”

我淡淡地搪塞着，稍微有些紧张。不知为何，我觉得有必要提前准备好，等着接他的招。果不其然，蚁川挑了挑浓眉，火力全开地讽刺道：“我是说，被杀的要是你就好了！”

岂有此理！我慌忙捂住嘴，以防从喉咙里漏出干涸的喷泉一般的声音。我调整了一下呼吸，一、二……

“哦？”我毫无意义地附和他，佯装平静道，“真有趣，能知道你的理由吗？”

“理由？我这也是为你着想啊！你不是至今还没放弃当推理作家吗？希望你能够好好利用这次机会。”

蚁川一副被逼无奈的口吻，继续嘲讽我：“这个世界上有很多残忍的出版社，听说要是年轻人因为考试的烦恼自杀了，或者因为绝症、意外事故之类的夭折了，它们就会上门收购他们的日记或笔记。这样一来，你心心念念的处女作出版不就有指望了吗……不过嘛，你这个年纪估计已经算不上夭折了。”

“你说什么？！”

我的心里有什么东西轰然倒塌。我从来没有哪一刻，比此刻更加真实地体会到“杀意”这个常用词的含义。

此刻，就算我们中的一人突然从口袋里掏出链锯抡向对方，大概也不奇怪。但是，我却绅士地走到他面前，几乎要碰到他的鼻尖，指着门口大喝：“滚，你给我滚出去！”

我们像两条野狗一般瞪了彼此几秒。然后，他听话地快步离开房间。谁知，他突然又跑回来，一把抓住我的后脖颈，狠狠地将我往后拖去，这与我刚刚的诉求相去甚远。

“快放手，你这个浑蛋！畜生——”

门像是“吓人箱”一样突然弹开了，重重地撞到侧边的墙上。我们骂骂咧咧、扭打着来到走廊上。

我已经记不得是谁先出拳了。遗憾的是，在打架方面蚁川比我技高一筹。但是，身为一名只拿得动钢笔的手无缚鸡之力的文人，如我这么骁勇善战已经值得称赞。

“怎、怎么了？你们干什么呢！”

我撕着蚁川的嘴，蚁川扯着我的脸，两个人面目狰狞地瞪着对方。听到动静的野木大概是以为又发生“第七桩谋杀案”了，慌里慌张地从房间里奔出来。

“喂，住手！十沼，蚁川！别打了……哎呀！”

野木就像是一名惊慌失措的老师，带着一副“无可救药”的神情，在我们旁边急得团团转，试图将我们拉开。

“好了，好了，有话好好说……”

但是，他这种幡随院长兵卫或者大杂院房东一样的劝架方式，还没有把我们当成野狗一样泼一盆冷水更有效呢！

可惜他的手边既没有水桶也没有水瓢，我们三个就这样在走廊上来来

回回。

我们扭打在一起，嘴里吐出污言秽语。我已经数不清多少次撞到墙上了。就在我被一股强大的力量激发起斗志时，脚底的地板突然消失了。

“嗯？”

我用脚尖在虚空里试探了一下。下一个瞬间——

“呜……呜啊啊啊！！”

我们失去了平衡，像是B级西部片里的酒馆的群架场面一样，一个压一个地从楼梯上滚落下去。

世界天翻地覆。最终，在一楼的走廊上响起保龄球全中的音效一般的声音。

“哎哟……你们还、还好吗？”“太过分了，你是不是故意砸在我身上的……”“快、快让开，我起不来了！”

在无力的哀号和自嘲声中，我们费劲地解开缠在一起的手脚。这时，头顶突然落下一个长长的黑影，我讶异地抬起头。

只见我们的会长堂埜手拎购物篮，怀抱纸袋，浑身上下就只差一个围裙，一副家庭主妇的打扮呆呆地立在那里。

“……”

哪怕是这种时候，他也不会说一句风凉话，这既是他的优点，也是他的缺点。眼瞅着就要陷入胶着状态，蚁川开口：“回、回来了？”

他一边从人体拼图中爬出来，一边打招呼。

“啊？哦，回、回来了。”

堂埜望着终于爬起来的我们，同样张口结舌。野木像是过去的某个喜剧演员一样将眼镜扶正，突然意识到一般问他：“下雪了？”

仔细一瞧，在他的肩头和乱糟糟的头顶都铺着浅浅一层雪。外面不知不觉间已是一片雪色。

堂埜心不在焉地点点头："是啊，刚开始下……看样子马上就要停了。"

"哦？你刚刚去哪儿了？我并不是怀疑你，只不过……"

我怯生生地询问。

"也没去哪儿，补充点物资。"

"物资？"

蚁川嗓音惊讶。最近陡然有了一些古代武士风范的堂埜，将菜篮子举到他那张马脸的高度。

我凑过去，只见里面有稍远的公营市场的包装纸、大葱和白菜之类的东西。

他依旧是那副一本正经的样子，继续道："我突然想到，最近——话虽如此，也不过一两天而已——大家都没有凑在一起吃过饭了。而且，今天毕竟是十二月二十五号。"

"所以……"

野木刚喃喃了一句，蚁川便激动的用走调的声音道："这些东西就是用来做圣诞大餐的喽？"

*

火锅里铺满猪肉卷、各类蔬菜、老豆腐、金针菇等，已经开始"咕嘟咕嘟"地冒泡了。几张脸一起凑到火锅上方。堂埜仁志盯着里面的东西看了一会儿，慢条斯理地开口："好了，应该已经煮熟了，开吃吧。"

我们看了看他，又看了看锅里，每个人的脸上都露出难以形容的复杂微笑。

"那我就不客气，先吃了。"

堂埜无视我们，用惯用的左手灵活地操作着筷子，夹起一片格外大的猪肉卷。

“那我也……”

“我开吃了。”

我们总算败给了食欲，三双筷子战战兢兢地伸向锅里。

刚刚我虽然从冰箱里找了一些剩饭吃，但压根儿没有填饱肚子，正为此发愁呢。不，不仅仅是胃，我的身心都已经凉透了，所以更加无法抵抗眼前的诱惑。

（不过，他也太出人意料了……）

我吃着香喷喷、热乎乎的豆腐，悄悄看了眼堂埜的长脸。

将一堆东西放到洗涤台和桌上以后，会长大人立刻忙活起来。我们呆呆地望着他的动作，只有大眼瞪小眼的份儿。发生在眼前的一幕大出我们所料。

那个堂埜竟然亲手做饭了？！他的动作看起来非常不自信，却完全不肯让别人帮忙。

请你想象一下那个场面。即便如今是男人下厨的时代，可一个看起来会被厨房拒绝的糙汉，竟然在兴冲冲地熬汤切菜!

“话说回来，今天我们实在太倒霉了！”

“可不是嘛，警察们竟然围成一圈办案，真是让人开眼！”

“让他们随便折腾吧，直到他们意识到自己的愚蠢为止。”

“那他们估计永远都意识不到了。哈哈哈……”

很久没有这么大快朵颐过了，又有“希斯警探”一伙人可以供我们无限调侃，我们的嘴巴从没有这么忙碌过。

只有这样，我们才没空提起须藤在这里当着我们的面猝死的事，也可以忘记一起围炉吃火锅的伙伴里可能存在杀人魔。只有装傻，我们才能正常地聊天、正常地吃饭。

但哪怕是靠着装傻，也改变不了我们吃得开心、聊得尽兴的事实。有人不好意思只是傻傻地看着堂埜为我们准备食物，将角落里的旧式收音机打开了。从里面流淌出巴格斯乐队的《录像带杀死广播歌星》的旋律，但正如歌名一样，没有一个人在认真听。

“对了。”我突然望着堂埜问，“你去买东西的时候还好吗？”

“是啊，有没有被人指指点点……”野木似乎有些难以启齿。

他刚说完，蚁川便嘲弄地笑道：“哼，我们‘泥泞庄’在附近想必已经名声扫地了吧！毕竟接连发生了这么多起命案。”

“所以。”堂埜没有停下筷子，答道，“我才会特意跑到隔壁街道的市场买菜。”

（怪不得呢。）

我终于理解了堂埜的意图，佩服地想。朋友们接连被杀，他不可能视而不见。

不过，直接将凶手揪出来的做法不符合他的个性。——既然如此，他能做的就只有在力所能及的范围内阻拦杀人凶手的魔爪、防止再次有人死亡了。他密切关注门锁的情况，管理备用钥匙，接下来要留心的就是……食物。

他默默地外出采购，一定是希望靠自己严格甄选的食材，防止再次发生毒杀案。这份用心良苦太像他的作风了！

但是，我钦佩归钦佩，还是暗暗后悔。今天是圣诞节，也就是说……

（昨天是平安夜。可我却让省子一个人度过！啊啊，而且……）

而且，她会怎么想我呢？圣诞前夜对于恋人们而言可谓是最重要的节日，但我到底在干什么呢？谋杀、谋杀、我满脑子都是谋杀！

我满心懊悔地又倒了一点橘醋。

“对了。”堂埜无视我，再次环视众人，“有件事我想跟大家确认。”

向来不会装腔作势的他依旧是平时的语调。可他一开口，我便有一种“终于来了”的感觉，或许是因为我有所预感吧。

好像并不是只有我有同样的感觉，另外两人也稍微调整了一下坐姿。

“你想问的是……”我手里捧着碗筷，吞吞吐吐地问他。

野木轻咳了一声。

蚁川也抬起脸，斩钉截铁地开口：“当然是跟一系列命案有关的事了！”

堂埜闻言点点头：“没错。有一件很关键的事，我们还没有讨论过，那就是插在海渊背后的菜刀。”

野木又咳了一声，轻轻地将筷子搁到碗上，小声道：“还、还让不让人吃饭了。”

“无所谓，我已经吃饱喝足了。”

蚁川将筷子放下，不耐烦地望向天花板。

可我还没吃饱——我忍住牢骚，也点点头，催促堂埜：“是啊，你就快说吧！”

放眼望去，每个人都一副胃里的东西变成了铅的神情。实际上我也吃不下去了。

“我相信大家都是清白的。”

会长骄傲地宣告。令人难以置信的是，他好像是真心的。

“可是，如果杀害海渊时使用的凶器跟杀濑部的时候使用的是同一把，而且还是我们身边的那把菜刀的话，我再怎么相信也没用。你们说呢？”

“那把菜刀不是一直都放在厨房的洗涤台上吗？和其他餐具放在

一起……”

野木突然开口。

堂埜点点头：“没错。那是一把柳刃刀，我没记错吧？”

有句话突然在我的脑海中响起——原来他要说的是菜刀的不在场证明，也就是对凶器的调查啊！

“也就是说……”

我刚开口，蚁川就打断我的话，焦虑地插话：“会长是想问，那把菜刀是什么时候被凶手拿走的？——换句话来说，你想弄清楚大家最后一次看到它是什么时候？”

“原来如此。”我恍然大悟地点了点头，“可是，当然是前天六点之前啊！因为濑部谋杀案发生以后，菜刀就已经在凶手的手上了！”

“且慢，那可未必！”

野木单手并拢，在右手的掌心做了个砍人的动作，深思熟虑地开口：“他也可以先砍死濑部，然后洗掉血迹物归原位，等到杀海渊时再去拿啊！”

蚁川却立刻摇头否定：“不可能。杀害濑部时，那个大块头——是叫贺名生警部吧？他们应该已经确认过这栋楼里的利器了，而且，就算洗得再干净，如今检验技术这么发达，肯定一下子就能检验出来！”

“有道理。”

撞到他的目光，我忙表示赞同。我还想顺便显摆一下自己的渊博学识，告诉他现实中一般会使用联苯胺反应进行血迹检验，以及广为人知的鲁米诺试剂的学名其实是3-氨基邻苯二甲酰肼，还有最新的Y染色体检验法。但是我最终还是选择了闭嘴。

“总之。”堂埜耐心道，“无论是濑部被杀前还是被杀后，当务之急都是要查出那把菜刀是什么时候不见的，不是吗？”

这个提议非常有道理。堂埜环视我们，仿佛在问："你们有头绪吗？"

但是，包括我在内的剩下全体人员，都迟疑地表示："不知道……"这也是理所当然的事。

京都有很多学生公寓，泥泞庄除了复古风格（外加破）以外，最值得炫耀的大概就是拥有可以自己做饭的厨具了。由于这里本来是座医院，所以东西应有尽有。不过，我们用得上的只有锅碗瓢盆。至于数量众多的菜刀，没有一个人有可以灵活使用它们的技术。所以就算丢了一两把，也不会有任何人注意。

会长难得的提案，眼看就要跟我们最近的编辑会议一样无疾而终了，就在这时——

"你们这个样子能查出什么？"

野木话中带刺，目光在围着早已冷掉的火锅的我们脸上转了一圈。他的神情一反常态，仿佛在说："你们这帮蠢货。"

"不妨换个思路，说不定反而能柳暗花明呢！"

"你的意思是？"

过了一会儿，蚁川疑惑地抬起头来。不，不仅是他，所有人都茫然地看向野木，难以理解他为何露出一副自命不凡的神情。

"也就是说，我们与其一直在不确定的记忆里寻找，菜刀是什么时候不见的，不如先把这件事放在一边，思考一下究竟是什么时候、哪个人有可能将凶器带出去！"

"可是，那……"

也难怪堂埜会是一副诧异的表情。能将菜刀带出去的日子可多了去了。岂止如此，要是几天、几十天前偶然有小偷闯空门，不是也可以列入嫌疑人名单吗？

“我明白你的意思。”野木慌忙摆了摆手，不给我说话的机会，“倒也不用追溯到那么远，你就放心吧！”

（谁担心了！）

我宛如被小藤田的亡魂附体一般，用老套的方式小声吐槽。野木继续道：“我想把范围限定在二十三号的几个小时内。那天早上，在发现锖田的尸体吊在那里之后，庄内不是来了很多人，非常闹腾吗？”

“你的措辞还真不委婉。算了，然后呢？”

就连堂埜都不悦地耷拉下了马脸，眯了眯总是很和煦的眼睛。

“我觉得那一天对凶手来说是个好时机。那天是获取凶器——那把柳刃刀的千载难逢的好机会！”

“怎么就千载难逢了？”蚁川噘着嘴道，“那天来了很多人，按道理讲不是更难偷吗？你莫非想说他混在进进出出的人员里，成功将菜刀带出去了？”

谁知，野木却嗤之以鼻：“你说得也有可能。不过，我才不会拿这么笼统的推测来说事儿呢！我的意思是可以将获取菜刀的时间、还有能够做到这件事的人的范围再缩小一些！”

“什、什么意思……”

听到他那自信满满的语气，我也不由得探出身子。野木却更加焦躁，语速飞快道：“我真是服了……为什么大家都没注意到呢？当时有个没人的大好时机啊！”

他一口气说完，又故意卖关子一般顿了片刻，随后轻叹一声：“就是‘验尸官法庭’啊！在开庭前后或者中途，能够接近洗涤台的人都有嫌疑。”

“话是这么说——”我插嘴，“但是，凶手也未必一定要选择那个时候吧？前一天，不，一周前也可以。因为没有一个人记得菜刀是什么时候不见的。即便他是在那一天偷走了菜刀，可是在我们聚在诊室开会之前，他也有无数机会。当时有很多人进进出出，时间也多得是……”

“那、那我告诉你们好了。”野木的脸上浮现出僵硬的笑容，“我……我看到了，在堂埜跟警察走之前，那把菜刀还好端端地放在洗涤台上。”

“这么重要的事，你怎么今天才……”

野木顿时成了众矢之的。他像是要将那些责备的目光甩开似的，道：“等等，你们可没理由朝我发牢骚！要是你们问我，我最后一次看到菜刀放在洗涤台上是什么时候，那还另当别论！可你们一直在讨论菜刀是什么时候丢的，难道不是吗？”

听到他这意想不到的诡辩，我们不禁目瞪口呆。堂埜慢了两三拍，道：“……原来如此。”

（笨蛋，什么原来如此！）我心里窝火，但又没能立刻找到可以战胜野木这一套诡辩的措辞。

“哼，先不计较你的强词夺理了，就算你说的是对的……”

蚁川双目圆瞪，浓眉一挑。此时此刻，我无比期待毒舌界的巨头的拿手好戏。

“你当时为什么想到看一眼洗涤台呢？难道就那么凑巧？莫非有什么要紧事必须用到菜刀？呵呵，你肯定被那场吊死案吓得瑟瑟发抖吧。一个人偷喝小酒的滋味怎么样啊？能在那里找到的顶多是料酒或者米酒吧，不过，扒开一堆菜刀和调味勺之后找到的酒，滋味估计就不一样喽！”

（对了，我记得那里面……）我想到那件事后，不禁拍了下大腿，暗暗咂舌。酒鬼简直是无可救药的生物！

“听你这么说，你不也记得挺清楚的吗？”

野木反唇相讥。但他的本性还是太善良了，又怯怯道：“总、总之，我和堂埜去警察局之前，凶器还不在凶手手上，这是毋庸置疑的事实。我们回来后没多久，濑部就被那把菜刀杀害了，这也就意味着……”

那一刻，我终于明白野木为何会一反常态那么暴躁了。自从注意到菜刀的事，他就匆匆地筑起一道城墙，拼命地向我们证明他的清白。

凶器是在他不在的时候被凶手拿走的，所以他是清白的，他可以逃离那场“华尔兹舞会”。

（最重要的是，可以逃离濒死的须藤指向他的那根手指。）

但是，他这份徒劳的挣扎很快就被击碎了。沉默几秒后，蚁川轻轻耸了耸肩，问他：“那么，你回来以后又去偷酒喝了吗？”

“啊？不，怎么可能！”

野木始料未及，藏在眼镜后的瞳孔微微放大。蚁川勾起唇角，露出像是钢琴键盘一般的牙齿。

“也就是说，菜刀究竟是不是在你不在的期间丢的，或者说是被凶手拿走的，你自己其实也没办法断定喽？我真是服了！”

“那、那是……不，可是……”

野木无力地反驳，最终陷入沉默。他临时戴起的恶人面具也从脸上剥落了。

我们如坐针毡。按照蚁川的性格，估计接下来还会喋喋不休地残忍攻击他。出人意料的是，蚁川却换上正经的表情：“不过仔细想想，你的想法也没错。你也算是为我们提供了‘凶器的不在场证明’的关键信息，哪怕之后的逻辑漏洞百出。

“没错，偷菜刀的时机确实很有限，只有从验尸官法庭开庭前到濑部被杀前的这一段时间有可能……倘若如此，就能锁定嫌疑人的范围了。没有人希望被当成杀人凶手，但是，不希望身边的人是凶手的念头还是作罢

吧！无论我说出哪个名字，都请你们做好心理准备。”

“别婆婆妈妈的，直说吧。”堂埜缓缓开口。

野木急忙问道：“你究竟想说谁？”

蚁川的目光在两个人的脸上来来回回，冷不防指着我道：“例如，当时特意跑到泥泞庄给我们端茶倒水的、咱们这位推理作家老师的女朋友……”

“喂！”

我不由得大喝一声。无论如何我都不允许拿她举例。我气势汹汹地站起来，跟那位充满奇思妙想的骑士[1]在杜尔西内娅公主被人侮辱时的表现相比，我毫不逊色。

“这个玩笑太恶劣了！你为什么偏偏在这种时候提到省子，不，堀场的名字！请你收回刚刚的话，马上！”

可是，不知道是不是因为我的愤怒缺了些威慑力，还是因为没有其他人响应，他不以为然地继续说：“你等我说完啊！这难道不是简单的可能性的问题吗？而且，我还没有把候选人列完呢。还有同样努力招待我们的乾美树——虽然她不算自愿的。另外，还有一个人……”

“浑蛋！”

剩下的所有人瞬间踹开椅子站了起来。

“呵呵，瞧你们那副没出息的样子，真让人大开眼界。”

众人不禁面面相觑，有些难为情地重新落座。

蚁川冷笑：“水、松、美、里，凭什么这个名字不可以提？一提到她你们就大动肝火，恰好证明了你们因为她的存在，背地里产生了耐人寻味

1　即堂吉诃德，杜尔西内娅为她的心上人。

的瓜葛——作家老师和他的伴侣另当别论。不过，她们可都对这里了如指掌，毕竟她们来过很多次，非常清楚什么东西放在什么地方。案发后她们没有再来过，这可以理解，可是她们也不至于连我们都忘了吧？我想说的就是——”

蚁川轻轻打了个响指，道：“要是把女孩子们，尤其是把正牌男友遇害的水松美里排除在外的话，那就没有推理讨论的意义！当然了，我的观点里也包括……她们有可能是凶手。”

我们也不知道他的话里到底有几分认真，都静静等待他的下文。突然有个声音强行插进来，像是要将裂开的缝隙缝合一般。“说话”的正是我们一直无视的第五位发言者——角落里的收音机。

＜历经四十多个小时的搜索调查，二十三日遭到绑架失踪的十九岁D** 大学学生，终于被大阪府警营救并保护起来。这名女大学生就是住在京都市内的学生公寓的水松美里小姐……＞

蚁川的喉间发出一声怪声，所有人都像《七年之痒》里的理查德·谢尔曼一样，机械地把脑袋扭向声音传来的方向。

＜水松小姐于两天前的晚上，在回老家途中遭遇绑架，其位于大阪市内的父母接到索要一千万日元的勒索电话。警方认为对方的目的在于勒索赎金，于是就此展开了搜查。水松小姐身体没有大碍……另外，水松小姐……水松小姐……＞

这个名字远远地萦绕在耳畔，我们每个人都陷入僵直状态，哪怕用针孔照相机给我们拍照，也完全不必担心会拍糊。就像是《Y的悲剧》最后一章中说的那样："仿佛全世界都停止了运转。"

（绑架？水松美里！）我的大脑一片空白。（这是怎么回事，是不是跟其他事件搞混了？）

"怎么会这样！"野木不堪忍受地打破沉默，"你刚刚说谁都有可能是凶手？水松难道能够从绑匪手中跑到杀人现场吗？"

如果用翻译腔来说，他此刻的表情就像是在咀嚼苦蒿一般。

他嘲讽道："我看你才没出息！女孩子家家的，怎么把锖田吊那么高？像乾同学那样的还另当别论。在此之前我还对你留有一点敬意，认为你是我们之中最有逻辑的男人——你太让我失望了！"

我在一股凉意下缩了缩脖子，并不是败给了他的气势，而是因为从门口突然传来在驾校的安全讲座里常常听到的紧急刹车声。

接着，门开了，耳边传来一阵跑上楼梯的脚步声。野木却浑然不觉，继续进行他那志得意满的辩论。就连突然出现的"希斯警探"和他的手下在他身后排成一排，他都没有注意到。

"真是一场大闹剧！蚁川，怎么会有你这样的男人……"

——你是野木勇吧？

熟悉的浑厚嗓音，如同地震的轰鸣。

野木转过头，眼镜如遭雷击般滑落。

"希斯警探"肃声道。

——关于海渊武范和其他四桩谋杀案，需要你配合调查，请跟我们走一趟……简单点说，你是重点嫌疑人！

这句爆炸性的发言刚结束，刑警a和e便一左一右地架住野木，在其他人的帮忙下，一起把他的身体抬离地板五十公分。整个过程无比迅速，连惊讶的时间都没有留给我们。

“希斯警探”打了个响指，接到那宛如故障的汽笛声一般的信号后，一伙人立刻抬着祭品瞬间消失在走廊上，只有野木的哀号久久盘旋不去。

“救、救、救命……放开我！”

闹剧结束，留下一片像是往石灰上浇了水后的静寂，只有收音机像是在被什么催着似的滔滔不绝。

＜接下来是一则女大学生绑架案的后续报道。基于被害人的人身安全已经有了保障，搜查总部今晚提出解除《报道协议》。同时，警方认为，这很有可能是一部分过激派学生以金钱为目的的犯罪……＞

跟在部下身后转身离去的“希斯警探”蓦地顿住脚，入神地听了一会儿播报，突然展颜一笑，指着收音机道。

——在这件事解决之前，为了配合大阪府警，一直没工夫管你们。要是糊里糊涂地限制了你们的自由，人质有个三长两短，不就坏事儿了吗？水松小姐是在从这里离开的路上遭到绑架的，我们担心跟这里的谋杀案有牵连。什么？她很快能回来吗？那得看真凶是不是在你们中间了。

我们像化石一样呆呆地立在原地，他的脚步声在我们身后逐渐远去。与他那庞大的身躯相称的脚步声总算消失了，却又突然响起他那破锣嗓子。

——各位，后会有期！

第十一章

走狗要用力鞭打

【大阪】二十三日傍晚，家住大阪市住吉区帝塚山南的某公司董事水松保先生（五十三岁）的长女，D某某大学一年级学生美里小姐（十九岁），在从京都市×京区朋友家返回老家的途中遭到绑架。当日夜里，其家人接到索要一千万日元的勒索电话。大阪府警搜查一课和住吉警署认为，本案是以赎金为目的的绑架案，随后成立搜查总部（总部长：绫川龙哉刑事部长）展开秘密搜查。二十五日下午三点，美里小姐成功获救，警方立即对她采取保护措施。

经搜查总部调查，美里小姐住在京都市内的女生公寓。二十三日上午，她与几名女性朋友结伴前往学校社团好友的合租房，并于下午四点左右离开。她曾给家人打电话，告知他们自己打算“不回公寓，直接回老家”。但是，六点半左右，其家人却接到一通陌生男子打来的电话称：“你女儿在我手上。明天上午之前准备好一千万日元，等我指示。”电话仅持续了一两分钟随即挂断。随后，母亲英子拨打了110报警，住吉警署的刑警们展开秘密搜查。……

这是二十六号的晨间报纸，触目惊心的大标题下方被照片和密密麻麻的铅字填满。在电视屏幕上，评论员一改平时的轻松搞笑，神情无比凝重。

＜于是，她的父母匆匆开始准备赎金，二十四日上午筹集到了绑匪索要的金额。＞

＜在这段时间内，二老肯定备受煎熬吧？＞

＜是啊。随后，他们就在搜查人员的陪同下，等待凶手的下一步指示。＞

＜毕竟交付赎金时，就是逮捕凶手的最佳时机啊！＞

＜但是，凶手当天却一直没有联系他们，相关人员心急如焚，一直到第二天，也就是二十五日……＞

本以为这就是全部了，谁知还有一篇花边新闻。

《绑架记录 /25 日》

13：30　家人接到美里小姐带着哭腔的电话。“带着准备好的现金，来近铁难波站东检票口对面的大楼梯。”

14：00　搜查员迅速赶往现场，听到广播：“请水松美里小姐的陪同者到地铁站长室接电话。”电话里，一个貌似美里小姐的女声说：“你直接坐地铁去淀屋桥，从两点十五分出发的京阪特快第三辆车前方的进站口进站，上车以后在右边的车门旁边等。”传达完指示后，电话就挂断了。

14：12　搜查员乘坐御堂筋线地铁抵达淀屋桥站，换乘京阪电铁线。

14：15　京阪特快，从淀屋桥站发车。

……

“阿、阿嚏……哎呀。”

我慌忙捂住嘴。要是把这么重要的资料吹跑可就完了。不过，我正在剪报纸的手却一不小心把关键的地方剪掉了。

“坏了。”我喃喃自语。本以为已经忍住了，谁知又有一个喷嚏钻出来，桌上霎时被吹得乱七八糟。我估计一百米开外都能听到我的喷嚏声，可是，这声巨响却像是被笼罩着整栋楼的沉默给吸了进去。

泥泞庄如今已经变成一座鬼屋。远处屋门大敞，地板“嘎吱嘎吱”作响。除了我以外，肯定还有别人正在暗处屏息凝神。可是我回过头，却没有看到半个人影。门在视野的一角“啪嗒”一声关上了，脚步声也听不到了。

我叹息一声，重新操起笔。我并非装模作样，而是除了写作以外无事可做。我要将迄今为止发生在我们身上的那些事如数记录下来。

我目前打算“编辑”的段落，正是从“绑架案的赎金交接”到“人质美里被放回家”这段时间内发生的事。借用那份晚报的说法，这是一桩“黑泽电影的模仿犯罪*”。

我蹲下去找刚刚不小心剪坏的报纸，可是望着那些彻底打乱的碎纸片，我却只能咂舌。也罢，剩下的内容就由我总结一下吧。当然，出于作家的职业素养，我进行了一些润色。

关于这一类的案子，我只写过一篇《绑架死亡之谜》，所以，如果这份记录能够顺利完成的话，对我来说也是一种安慰……

当那位便衣警察奔向淀屋桥站的地下楼梯时，指定的橘红与暗红相间的京阪特快列车已经停在站台上。

那鲜艳的色彩令他和一起行动的同僚们非常焦虑。接下来自然是一决胜负的关键时刻，可是，一直被绑匪牵着鼻子到处跑，也难怪他们会这般烦躁。

对方占尽了先机。打给受害人家中的每一通电话都非常简短，打到站长室的那通电话更是令人措手不及，根本没有足够的时间追踪定位。对方虽然特意提到了“近铁”一词，但说不定只是为了分散警方的判断力，巧妙地引诱他们上钩。

近铁难波站是通向奈良、伊势志摩、名古屋等四面八方的枢纽站，楼梯上方的地下商业街则连通三条地铁线和南海线。尽管他们对那里的情况了如指掌，可无奈的是，凶手提出的要求过于紧迫。更何况发车之前时间非常紧张，不，就算加上行驶时间，想要在全长49.2公里的京阪本线沿线张开搜查网，也是不可能的。

（走吧……）

他心情沉重地和同僚们对视一眼，登上第三辆列车。

京阪特快都是双人座。紧挨着车门的座位前方有一个等腰高的隔板。想要出现在指定地点，自然要站在它的前方。隔板也可以兼当备用座位，只要将弹上去的座板拉下九十度即可。不过，现在谁还有那份闲情雅致落座？而且，还有红色的提示词正在闪烁——

备用座椅暂时无法使用

即使硬要把座板放下，也有个突出的东西挡着，放不下去。不，根本用不着尝试，嵌在两张座板间的搁板上不是有这样的提示吗？

备用座位请在京桥—七条间使用。

拥挤时请勿使用。

特快列车离开淀屋桥后，会在北浜、天满桥、地上的京桥等各个站点停车。接下来的三十二站则不停车，直到七条站。再行驶一站后，列车将沿着鸭川往下游的四条方向行驶，最终抵达三条站。

全程四十八分钟，抵达终点后会返回大阪。不过，只有不停车区间会提供多余的座位。

发车的电子提示音响彻整个车厢，车门在冷漠的回音里闭合了。准点发车——前往京都三条的特快 A1402S 次列车，静静地从地下轨道驶出。

（好了，接下来……）便衣刑警故意轻声自语。

他首先想到的是，凶手应该会选择淀屋桥—京桥之间或者七条—三条之间跟他接触，大概率是前者。因为，时间越长，凶手的处境越不乐观。更何况，京桥—七条间大约会行驶三十六分钟，不可能有勇士或者傻瓜敢于在这么长的时间内，且在密闭空间内进行刑事犯罪。

北浜、天满桥——门开了，又徒然地关闭了。

除了北浜以外，大阪的站点和淀屋桥一样，都是从他所立的左侧车门上下车。那个位置很容易伺机抢走赎金并逃去站台。但是，那个凶手既不是傻瓜也不是勇士，应该不会自信到那般无药可救的程度。

这么一来，果然还是——便衣刑警们似乎产生了某种自信。

在天满桥发车后一分钟左右，列车驶入阳光里，开上高架轨道，最终驶入四层楼高、容纳了无数条线路的京桥站。

这一站乘客很多。但是，毕竟已经是下午，放眼望去，还是有很多空座位。门又发出冷漠的“嗞嗞”声闭合了。

特快终于要进入不停车区间了，凶手的意图显而易见。他要用的手法十分老套，而且已经被无数刑侦剧用滥了——将赎金从列车的窗户扔下去。

很快就会来指示了吧。此刻，在他紧紧抱着的纸袋里，装着十捆万元钞票和一块镇石。凶手肯定会让他通过窗户丢到某某地点……

不，等等。这里是高架轨道，就算凶手在中途等待并捡到了钱，也无法轻易逃掉吧？而且，列车此刻正在行驶的轨道，是四条平行轨道中从左

边数第二条轨道。不停车的车站站台位于两侧，要是凶手打算让他们把钱丢到那里，只会让人怀疑他的智商。

最重要的是，他要如何指定扔钱的地点？列车上当然有无线设备，但凶手想要入侵系统并不是一件易事。

正思索着，背后突然传来压缩空气一样的呼啸声。随后，广播声响起："各位旅客，从现在起可以使用备用座椅。"

回头一看，隔板上的红色提示灯消失了。车厢内空空荡荡，特意站在备用座椅旁边本来就不太自然，继续站着难免更加奇怪。

他拉出备用座椅坐下，九成九的注意力都不在座椅上，但是，哪怕仅剩下1%的注意力，也足以令他感觉到来自凶手的讯息。

（……？）

从屁股底下传来异样的感觉，他忙起身，往座板上一看，只见那里放着一样东西——那是一个白色的信封。

他的脸紧张地僵住了。来不及多想，他便粗暴地拆开信封。此刻，他能做出的最大努力就是不损坏黏附在上面的指纹。

沿列车行进方向往前走，坐到左侧窗边的座位，打开窗户待命。我会挥动蓝色的手帕示意，请你看到暗示后，立刻把钱丢下来。

他的目光掠过一行行文字，强忍住想要将这张纸撕碎的冲动。但是，他只能听从指示。信似乎是凶手逼迫受害者代写的，圆润的少女字体越发加剧了他的屈辱感。

——京阪特快的名产"电空式备用座椅"，竟然也成了他把戏的一环！

不，京阪最引以为豪的是最长的私营高架四线铁路。但是，四线铁路到萱岛站就结束了。后续的轨道会转到地面，三条方向的列车将全部靠左行驶。再往左就没有轨道了，郊外的街道和广袤的田园触手可及。

他继续等待，在很难称得上温度宜人的狂风里寻找凶手的信号。过了“萱岛—寝屋川市”这站以后，眼前开始出现生长着高高的枯草的斜坡，这时，刑警的眼睛清楚地看到了那个立在斜坡上的人影，以及他手上挥舞的蓝色手帕！

他努力探出身子，将全部恨意都倾注到包里，完成了一个长传。

滚落的包、跑上前去的人影、风声喧嚣的黄色斜坡……眼前的风景随着缓慢的弧线球发生鲜明的变化，然后逐渐远去。彼时，是下午两点三十分。

后来，他尽了最大努力——除了让列车停下、离开这座飞驰的密室以外。

但是，在那份愿望实现的时刻，等待他们的却只有京都的同行们充满好奇与同情的目光。

他避开那些目光，准备接受来自总部的返回大阪的指示。

然而，不久之后，他却接到紧急通知，手里多了一封字迹潦草的信。

“已在淀屋桥找到受害者　并予以保护

15点23分　于京阪特快车厢内”

×　　×

下午三点二十三分，特快列车抵达淀屋桥站。在其他乘客下车后，打扫车厢的乘务员发现，车厢内还有一名因为药物而神志不清的年轻女性。该警署人员接到乘务员通知后，对她进行了问询，得知她是美里小姐，立刻将她保护起来。该特快列车两点三十七分发车，凶手在抢走赎金后，似乎通知了在京都待命的同伙，让他们释放人质并将她送上这辆列车。府警认为他们有相当强的组织能力，将全部关注都放在了校内的过激学生集团 ×× 派身上。另一方面，美里小姐则表示："二十三日下午五点到六点左右，我坐阪急京都线回家，从快到大阪的时候起，我就没有记忆了。"

（可真有一手！除了创造力略有欠缺以外……）

我将捡起来的一张碎报纸拿在手上，以一副一切尽在掌握的神情暗道。就在这时……

咣咣咣——从楼梯附近传来一阵像是用水瓢在铁桶中乱搅一般的噪声。不，"像是"一词并不准确，分明就是。我撂下那堆绑架案的相关报道站起来。

季节和节奏都不对的节庆锣鼓响个不停，间或夹杂着几声堂埜的破锣嗓子，在整个走廊上回荡。咣咣咣，咣咣咣。

"开、饭、了……"

三分钟后，堂埜在格外明亮的厨房的灯光下，一手拿着饭勺，一手掀开锅盖。我们这些窝囊废围坐在餐桌旁，被扑面而来的水蒸气弄得脸痒痒的。

这顿不准时的午餐是杂烩粥，每家每户吃完火锅后的第二天准会吃这个……

这里如今已经是恶名远扬的杀人胜地，京都内外无人不知，无人不晓，我们很难出门用餐或者叫外卖。哪怕他给我们端上来的只是浇了剩汤的剩饭（这些都由堂埜严格管理），我们也没有资格抱怨。

"警察好像觉得 ×× 派是绑架水松的凶手。"

我接过会长亲手为我盛好的饭碗，小声嘟囔。

“他们肯定有相应的依据……不过，我并不认为那个‘学生运动风俗保存会’有那种胆量！”

“确实。”蚁川一口口地喝着粥，龇牙咧嘴地笑着说，“真是搞不懂那些警察大人是怎么想的，更搞不懂他们为什么把野木给拖走了！报纸啥的全都在谈论绑架案，这到底是怎么一回事！”

“是啊。呼——这才是问题。呼——”

我吹着烫嘴的杂烩粥，点头称是。昨晚我们也是在这里围着同一口锅吃的晚餐，至今仍然对当时发生的那场无厘头的闹剧一头雾水。

蚁川迅速看了一眼埋头吃饭的堂埜：“会长，你是怎么打算的？现在好像有理由将此事列为正式议题了。”

“随便。”堂埜默默动着筷子，头也不抬，“……除非让我添饭，其他的事别叫我。”

蚁川先是一脸震惊地指着会长：“你们听听这是什么话？”随后又换上认真的表情，“我刚刚想起验尸官法庭的事了！在镝田被吊在望楼的那段时间里，是不是没有一个人见过野木？”

“是啊，没错。”

我匆匆扒拉着饭碗附和，又不禁哀叹这连印第安岛的客人都不如的悲惨待遇。再加上因为杀人凶手是谁、谁又是下一个目标而产生的不安，令我前所未有的煎熬。

蚁川继续：“而且，野木回来的时候，碰到的正好是濑部和小藤田这一对受害人。这只是偶然吗？也许是偶然，但也可能存在别的内幕。我要是警察，一定会从这里找突破口！”

“可是，只凭这件事就认定他有嫌疑？”我有些挣扎，“我不敢相信。”

“岂止是只有这件事啊，十沼！”蚁川盯着我道，“把你拖到锖田缢死的尸体底下的时候，他不是和小藤田在一起吗？我没记错吧？”

“是啊。”我点点头，“对于当时的野木而言，跑到或许没关门的小藤田的房间，在枕头里放进毒针，应该并不难。但这归根结底也只是你的主观臆测罢了。”

“就是主观臆测。”

刚刚一直沉默的堂埜嘲讽道。听到从意想不到的方向传来的声音，我们不禁同时扭过头去。

“如果只凭这样的臆测就能断案的话，那疑点就多了去了！而且还有更加致命的！”

堂埜似乎在极力压抑怒火，他半垂着脑袋：“我是说指纹。野木鼓起勇气去拿偷藏的酒时，会不会不小心碰到了那把柳刃刀？”

“啊？”

听到蚁川的疑问，他继续道：“啊什么啊？蚁川，这不是你自己说的吗？他为了拿酒得先扒开菜刀之类的……野木当时还反问你：‘听你这么说，不也记得挺清楚的吗？’如果他的手并没有碰到菜刀，反倒在上面找到了你的指纹的话，现在又会是什么情况呢？”

所有人的表情都渐渐僵住了。倘若如此，那就意味着野木拼命筑起的城墙的基石，恰恰成了他通往牢狱的踏脚石。

不，比这更令大家提心吊胆的，估计是这样的怀疑吧。哪怕蚁川，不，哪怕自己代替野木被当成嫌疑人铐走，大家也会像现在这样罗列一堆理由来合理化吗？

“这当然是臆测，是毫无道理的臆测！我要把话放在这里，我实在看不惯你们把朋友当成凶手来对待的做法！更别提你们还揣度警察的意图，到处寻找疑点了。听着，先不提其他几桩谋杀案如何，哪怕他再有能耐，也不可能跑到‘彗星 3 号’上捅死加宫，跟我们一样！”

“……是啊，他根本去不了。”

过了一会儿，蚁川若无其事地改口，脸上的狼狈转瞬即逝。

“可是，野木为什么非得乘坐‘彗星 3 号’不可呢？”

什么意思？我不禁想要叫出来。这时，我的心中突然悄悄浮现出一个专有名词——×× 派。

×× 派，被视为绑架水松美里的凶手的校内过激学生集团。但是，在看到那则报道之前，我是不是曾经在哪里听说过这个名词？

对了！在诊室依次接受调查时，谈论与加宫相关的话题时，贺名生警部曾经提到过，说他和那个团体牵扯很深，曾经干出过携款潜逃之类的勾当……

（等等。）我喃喃道。（警部带走野木时是这么说的：‘关于海渊武范和其他四桩谋杀案，有件事需要你配合调查……’不是很奇怪吗？1+4=5。尸体一共有 6 具，那另外一具呢——我知道了！）

“是啊……你们好像也终于注意到了！”

蚁川的目光依次掠过我们的脸。

“警方是把加宫的谋杀案拆分开来调查的！不知道他们是不是采纳了那句名言——“把困难拆分’[1]。至于说到拆分以后合并到哪里嘛……”

“水松美里的绑架案吗？”我拍了下大腿。

蚁川点点头：“没错！讨论到这里，你们应该大体摸清了警方的思路吧？ ×× 派可能未必有杀人的意思，可他们为了报复加宫，在列车内袭

1　笛卡尔名言。

击了他，顺便绑架了他那个家里好像挺有钱的女朋友，打算狠狠地敲上一笔。警方应该是这么猜测的。”

原来如此，原来如此……如果将此时浮现在大家心中的词打成字幕，估计会被这四个字占满吧。

蚁川滔滔不绝道：“所以，警方便将卧铺特快谋杀案跟公司董事千金绑架案并案侦查了。可喜可贺，可喜可贺……但不幸的是，这么一来，就不能因为野木在‘彗星3号’上无法杀害加宫——至少不能因为没有搞清楚往返方式，就自动认为他在其他杀人案中也是无辜的。这本来就只是某个人乐观的推测而已。……不管怎么说，这下又回到原点了。”

堂埜微不可闻地清了下嗓子。直到这时，我终于明白了蚁川拐弯抹角的真心话。

他继续说下去：“事先声明，我并不是个相信朋友——这个词本身就令人作呕——不会是凶手的老好人。可是，我也不是会将警察的决定照单全收的笨蛋！所以我才忍不住思考，既然谁都有可能是凶手，那警方为什么偏偏把野木带走了呢？为什么不是我，不是会长，也不是咱们的作家先生？”

“……也不是我！”

一个声音冷不防响起，与此同时，有个特大号饭勺越过我的头顶，宛如创世神话中的天沼矛[1]一般落入锅中。我们目瞪口呆地望着那把勺子优哉游哉地舀起杂烩粥，盛到随后出现的大碗里。

“……？”

我缓缓转过头去。目光的尽头是一个抱着大碗、使劲往嘴里扒拉粥的

1　天沼矛，是日本神话中用来创造第一块大地的矛，又称作天之琼矛或天琼戈。

男子。他体格清瘦，浅色眼镜后的下垂眼耷拉得更厉害了。这个不断发出吸溜鼻涕似的声音的臭小子不正是——

“日、日疋？”

“你、你什么时候……”

对方仅仅从碗沿抬起头，轻蔑地瞧了我一眼，便又狼吞虎咽地喝起了杂烩粥。瞧那眼神和态度，不是日疋佳景还能是谁？

他吃光一碗，又不拿自己当外人地跑去添饭，要不是中途因为眼镜被水蒸气弄模糊了，他估计还不舍得放下饭碗。

“……刚刚好像听你们在聊野木被带走的原因啊。”

他一边磨牙，一边有些神经质地擦着镜片，不慌不忙地开口：“话说回来，警察也找我打听海渊消失那天晚上的事了，他这么问我：‘你朋友野木勇说他那天晚上来你这儿了，是真的吗？’于是我回答：‘没错，他不到十点半过来的。我们在寄宿公寓附近的餐厅吃了点饭，就回房间喝酒了。’嘿，真像小学生作文啊！”

（嘿什么嘿，这个笨蛋……）

他性格恶劣，行为乖张，又废话连篇，我们的脸上露骨地浮现出嫌弃的神情。但是如果在乎别人眼光的话，他就不是日疋了。岂止如此，他还越发来劲：“我说完以后，警察又问：‘野木说他是凌晨四点左右回到泥泞庄的，也就是说，他离开这里时是三点半左右？’他一边问，一边观察我的表情。当时，我斩钉截铁地回答：‘不是的！’”

（什么？）

听到他预料之外的话，现场的气氛瞬间凝固了。在大家注视的目光下，日疋更加志得意满：“‘不是的！野木回去的时候顶多凌晨两点半。行凶时间是三点，我觉得那个时候他肯定已经到了。’我说完以后，警察不知

道为什么一脸兴奋。我最喜欢看别人开心了，于是就上去握住他的手，跟他一起分享这份喜悦……哦，原来他是因为这件事被逮捕的啊！”

我望着喋喋不休的他傻眼了。经过这么多争论与唇枪舌剑，我们才刚刚抓住一些头绪，谁知这个难题竟然这么轻易地有了答案，而且还是从这个浑蛋嘴里……

“我也很无奈呀！毕竟被问到了，我也只好如实回答了嘛。至于结果如何，那就是警察的责任了。不过我也觉得很不可思议，三寸之舌竟然会左右一个人的命运……”

他觍着脸说完，再次捧起饭碗。这时，堂埜语气克制地开口：“你好像特别开心呢。”

“嗯？”日疋望向他，扶了扶浅色眼镜后，一脸讶异地望了一圈我们的脸。镜片后的下垂眼恐惧地眨了两三下，“怎么了，大家这是……”

日疋的脸上临时堆起谄笑，一步步往后退。我们站起来围住他，缓缓缩小包围圈。

他的证词是不是事实、野木是不是真凶都已经无所谓了。此刻，我们的眼里就只有这个无法原谅的渣滓。唯独这件事毋庸置疑。

堂埜卷起袖子，露出靠登山锻炼出来的精壮手臂，我则从洗涤台上拿出一个装满脏水的大盆。

“喂，你、你们冷静一点……”

这小子永远也无法理解自己为什么会遭到群殴。就算在饭前饭后都拿拳头教训他一顿，也别指望他能改，毕竟本性难移。

不光如此，不，正因如此，我们才必须揍他一顿。哪怕是无用功，我们依然在熊熊燃烧的使命感中付诸行动。

“揍他！”蚁川高喊。

“上！”我们纷纷响应。接下来要上演的大概就是“拳打脚踢、尘土飞扬”的情节吧——就像老动画片里那样。可就在群殴即将揭开序幕时……

“午安！”

门外传来两个人的声音，立刻削弱了男人们的气势。“呃？”扬起的拳头僵在半空，抓住日疋衣领的手也松开了。

这时又传来一声：“有人在吗……”

“我们来慰问你们……了……”

对方的声音变得有些不确定。我们维持着刚才的姿势，把脑袋扭向声音传来的方向，用开朗的语调应道：“请进！”

三十几秒后，两个风格迥异的人在餐厅门口探头进来。不言而喻，来客正是堀场省子和乾美树。

是啊，毕竟这里也不会有别的女生上门。还有一个人在接受完绑架案的问询后，正在大阪疗养……

“你们这是……”省子讷讷开口。

她呆呆地看着眼前这几座无比粗糙的“雕塑”，认出我们之后总算回过神来。她的神情与其说是震惊或无语，倒更像是茫然。美树却依然开朗，脸上一丝阴霾也没有。

“嗨，你们还好吗？”

然后，她们一起将剩下的话吞回去，被同一个地方吸引了目光。由于这两位守护神的意外出现，鼻青脸肿的日疋从“制裁圈”里挣脱出来。

她们同时喃喃开口：“哎呀……”

其实日疋现在的状态非常狼狈。他刚刚急中生智，将饭碗倒过来举到头顶当头盔，此刻仍旧保持那个姿势立在那里。

他突然一脸“糟了”的表情，望向自己的胸口。当然，那里已被洒出来的杂烩粥弄得一片斑驳，像是奇形怪状的立体地图，还隐约冒着热气。

“好烫！！！！”

日疋这才意识到，尖叫着跳了起来。他张皇失措地将外套脱下来扔到一旁，手指落到衬衫的扣子上，却怎么解都解不开。不光如此，这么一折腾，就连下半身都被他弄上了粥。

望着手忙脚乱地扭动着身子、狼狈不堪的他，我们捧腹大笑。别说是刚刚的事了，就连他迄今为止的种种无礼行为，我们都能一笔勾销。

当然了，这并不能拯救野木。不过这是一个大好的时机，可以锻炼一下因为很久不用、已经僵硬的笑肌。

但是哄笑的海潮骤然退去，空气中便只剩下冰冷的空气。不是扔馅饼[1]而是泼杂烩粥的搞怪表演，此刻也只剩下淡淡的污痕。

省子想缓解这尴尬的气氛，提议道：“去、去清理一下吧？那个，用抹布……还有，嗯……”

她说了一半，乾美树便点头打断她的话，道：“我去烧泡澡水吧？大家……尤其是日疋……最好把衣服也洗一下。你们说呢？”

她话音刚落，蚁川便用把嚼过的口香糖吐掉一般的语气嘲讽道：“干脆跟他用过的洗澡水一起排进下水道吧！”

*

“嗯，我只记得在回大阪的阪急车厢内，突然感觉到一阵困意。那之后的事我就不记得了。再后来，我模模糊糊地记得有人拉着我，在人群里穿行……”

1　日本20世纪70年代到80年代流行的搞笑表演，在聚会上也常用作惩罚游戏。

差不多一个小时后，我独自坐在椅子上，一边吹口哨，一边看电视。电视里正在播放昨晚水松美里的记者见面会。

之前还铺天盖地都是绑架案的报道，今天却突然没有任何媒体问津了。像是想帮我回忆一下似的，电视台开始重播之前的报道。我望着她那令人怀念的神情与举止，觉得无比新鲜。

“我好像因为安眠药睡着了，有一些模糊的记忆，但也只记得自己躺在一个光线昏暗，像是车库或者仓库的地方……凶手吗？有好几个人在说话，但因为有回音，我没有听清楚，视线也很模糊，只能看到一些剪影。”

经历了如此残酷的事，她自然很憔悴，但是那与生俱来的可爱不但丝毫未减，反而更添魅力。倘若此时她的身后有张金屏风，说不定我会以为这是偶像艺人的记者见面会呢！正在我浮想联翩时，有个记者强行插话，打破了我的幻想。

——也就是说，当时有很多男人？

美里点点头：“嗯，好像是。”

——你对那些男人的声音或身形没有印象吗？

他特意强调“那些男人”的意图非常明显。被绑架的睡美人会遭遇什么样的命运，真是惹人遐想。但是，她却声色凛然地打破对方下流的臆测。

“老实说，我不知道！就连他们是不是都是男人我都不清楚……不过，他们绝对不是我认识的人！”

正在气氛开始有些尴尬时，又有个莫名没有干劲的提问者插嘴。

——当你意识到自己被绑架团伙释放了的时候，有什么感受？

“感受吗？嗯……”她脸颊通红，第一次回答得这么吞吞吐吐，“这个嘛——当时我肚子很饿，非常烦恼。”

大家哄然而笑，她也轻轻地笑了。如此可爱的性情，哪怕有人因此变成她的粉丝也不足为奇。等这个案子解决了，说不定哪家演艺公司会过来找她签约。

正在我漫无边际地幻想时，画面从演播室切了出去，一个常年哭丧着脸的播音员，和一个长得像偷贡品的贼一样的记者出现在了画面里。

他们只发表了两三句可有可无的评论，便打算进入下一个话题，我抢先一步关掉了开关。身后好像有人来了。

是堀场省子。她说她难得来一次，一定要帮我好好打扫打扫，将我赶出了房间。我的公主穿上她特意拿过来的围裙，立在我的身侧。

我一边随口附和着她的话，一边回头看她。

她拎着拖把和水桶问："其他人呢？他们回房间以后就再没出来过吗？"

"怎么了？"

我反问道。我还是第一次看到她穿围裙的样子，不禁怔了怔，但我完全没有把我的痴迷表现出来。

"我刚刚去转了一圈，想让他们把脏衣服都拿出来，我顺便一起洗洗，但是……"

"但是他们都没开门吗？"

我不由得露出冷笑，这帮还没有习惯有人关心的可怜鬼。

"你就原谅他们吧！他们大多在女生面前很腼腆，也有可能不在房间。"

她却更加疑惑："可怎么连美树同学都不见了……"

乾美树——听到她的话，我的心中不由得浮现出最简单且最下流的联想。

据省子说，她最爱慕的人是野木。他当然不在这里。可即便在，她也不会有所收敛，她就是个水性杨花的女人。

“谁知道呢！她肯定去哪里办事了吧？话说回来……”我觉得再聊下去就有些糟糕了，忙话锋一转，问出那个突然想到的问题，“有个重要问题我忘记问了，今天你怎么过来了？当然了，我由衷地感谢你特意上门提供的扫地和洗衣服务。”

岂止如此，对于心情低落的我们而言，她愿意来已经是一种救赎。

我再次体会到女性的伟大，不过，她们二人会结伴来这座普通女生肯定不会接近的“恐怖凶宅（the old dack house）”，实在有些令人意外。前天跟省子分别时我明明暗示过她，为了避嫌，这段时间最好不要过来……

“啊，因为我接到了美树同学的电话呀。”

省子的答案非常简单。

“她说怕你们精神吃不消，想过来帮帮你们……”

我心想，嘴上说得好听，其实——哎呀，这实在是跟本格推理无关的联想。

总而言之，我非常心疼被人彻底利用的她，于是绕到她身后，想要轻轻揽住她的肩头。

谁知，省子突然回头望着我：“对了，日疋同学还在洗澡吗？”

这个时候提那个臭小子干什么？大概是我的不悦表现在了脸上，省子慌忙添道：“要是他再不出浴，把洗澡水放掉，我就没办法打扫浴室了。”

又是一句令人想哭的台词。以前洗澡还有个先后顺序，如今已经彻底乱套了。谁、什么时候烧水洗过澡、洗澡水有没有换过，一概没有人知道。否则，就算是乾美树小姐的建议，大家也不可能答应让他用浴室。

我之前也提到过，他经常会来这里蹭澡。所以，听到美树的话之后，

他高兴地说："好啊，那我就去洗个澡吧！"说完，他便轻车熟路地跑去开热水器了。但是我很清楚，大家都想干脆把他扔进冷水里让他洗个够。

"真是个麻烦鬼。"我笑着帮他打圆场，"那小子就那样！他肯定觉得免费的澡不洗白不洗。你着急的话，我过去帮你催催吧？"

"不用，不用。我也没那么着急……"

她摆着手，扑哧一笑。我受到她的感染，面部肌肉也松弛下来。

"对了，说起日疋同学，有件事情……"

"慢着，慢着。"我忙打断她，"不用喊那个浑蛋'同学'，就喊他日疋佳景，省略敬称。"

"日疋佳景，省略敬称。"省子乖乖地重复了一遍。

"嗯，很好。"

我气定神闲地点点头，丝毫也没有注意到，她马上要提出一个爆炸性的问题。

"要是事情像你刚刚说的那样的话，野木同学之所以被逮捕……"

听到她突然提到那个危险的词，我大吃一惊。她深思熟虑地继续说："是因为他二十五日凌晨时的不在场证明遭到了否定。也就是说，关于海渊同学的命案他做了伪证，这件事性质好像挺恶劣的。一切都是因为日疋同学，不，'日疋省略敬称'的证词……可是，他的证词难道就一定是真的吗？"

"什、什么？"

那一瞬间，我勉强忍住了，不让自己的嗓子发出惊讶的声音。

"你是说，日疋用编造的证词陷害野木……不会吧？"

如果说我没有想过这种可能性，那是在撒谎。比起相信野木是杀人凶手这个残忍的真相，我宁愿相信日疋的证词是他编造的。

可是，我们的天平却倾斜向了警察权力的那一端。最重要的是，我们都是老实人，并没有在那个娘娘腔身上找到如此强烈的恶意。

（可、可是，如果真是那样的话，他到底是为什么要做那样的伪证？）

理由有两个。其一是他想借这个大好时机让野木社会性死亡，还有一种可能，那就是牺牲者是谁都行，只要无辜的人被逮捕，就会对他更有利——

然而，我们接下来却双双选择聊一些不痛不痒的话题。

“……话说回来，日疋这小子也太慢了。”

“是啊，这个澡洗得好久啊。”

“而且，我总觉得过于安静了……你呢？”

“……我也是。”

沉默。

好！我下定决心，站了起来。被她用担心的目光望着，我哪里还有继续坐着的道理！

“……我去看看吧。他要是晕倒了就麻烦了。……啊，你就在这里等我吧。我、我一个人去看就行。”

我尝试说服她，却没有成功。大概是因为那个不祥的预感，省子紧紧贴着我的后背摇了摇头。

一拉开简陋更衣室的门，热气便扑面而来，那是从前方的浴室里飘出来的水蒸气。换洗衣物被丢在旁边的衣篓里。他理所当然地把沾满杂烩粥的衣服丢给省子洗，乾美树则靠她的美色帮他到处借衣服。

（那个女人实在是……）

我厌恶地嘟哝道。就在这时，我听见洗澡间水龙头的滴水声，回音响

亮而悠长。我们不禁打了个寒战。

我被那个声音吸引，凝神细听。……但是，在花纹细密的装饰玻璃门对面，我却没有感觉到任何异样的气息。

岂止是异样，就连往水桶里注水、毛巾在身体上摩擦、在洗澡间冲洗身体的声音都没有，完全感觉不到里面有人。对了，我甚至连浴缸里的一波涟漪都没有感觉到！

“日疋？”我战战兢兢地喊他，“怎么样，水温合适吗……”

无人应答。我犹豫了一瞬，握住门把手。

“我进去看看情况哦！你要是想恶作剧，别怪我没有提前打招呼！听见了吗？我真的要开门了哦——嘿！”

我大喝一声，不由得与省子对视一眼。

“打不开吗？”

“是啊，门闩好像从里面插上了……”

他并不是那种会害怕色狼的男人。我讶异地把脸凑到门边。

可是，就算房子再破旧，浴室也不可能有缝隙。我死心地抬起脸，这时，却突然有股腥臭钻进我的鼻子里。

我不由得从那里闪开，耳中突然响起过去读过的江户川乱步的小说里的台词。嘿嘿嘿嘿嘿，是血，是血。是令人怀念的血腥味……

“让开一点！”

我从省子手中夺过拖把，砸向玻璃，然后将胳膊伸进砸出来的洞里，努力朝门闩摸去。我的胳膊险些抽筋。仿佛有个力道正从里面把门往回顶，我忍受着那种别扭的感觉，几秒钟后，终于把门打开了。

“不、不行……你别看！”

我拦住从身后探头往里面看的省子，将拖把和水桶递给她。

“情况紧急，你快去把大家叫过来！”

接下来，我极力克制住干涸的喉咙，不让那句话破口而出——“第七桩谋杀案”发生了！

* 这个说法所指的“从列车上把现金丢下来”的情节，不光被改编成电视剧，现实中也接二连三地发生。一九八四年由“格力高·森永”犯下的丸大食品绑架案就是一个典型的例子。

** 一九八七年五月二十四日，三条—七条间的地下线路竣工并成功开通。在此之前，透过车窗可以看到鸭川大堤上的樱花和情侣。但是，在这个故事发生的季节，估计这两样“史迹”都难以见到。

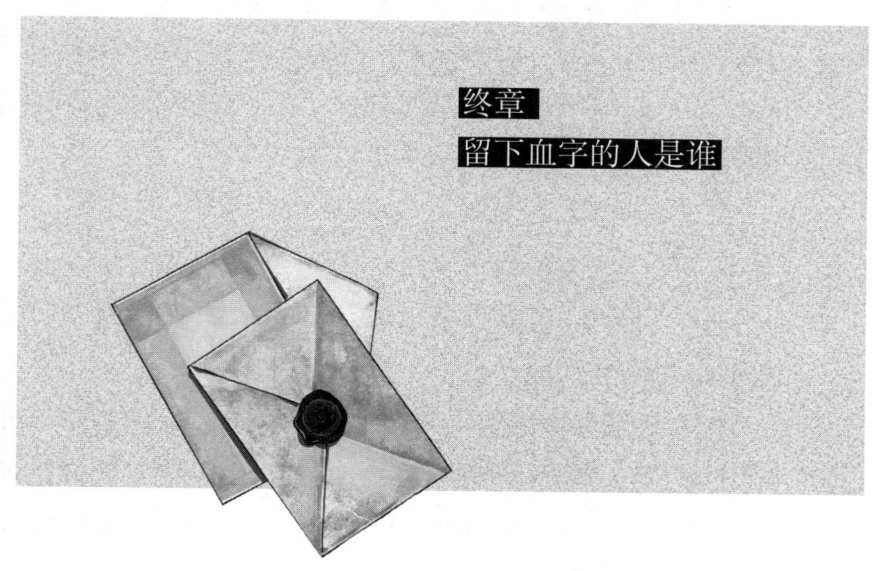

终章

留下血字的人是谁

那个瞬间，我的脑海中浮现出的是隐藏在白茫茫水雾中的凶杀现场，即劳森和克劳夫兹笔下的“烟雾缭绕的密室”的浴室版。但是，门后的光景却跟我预想中的截然不同。

能见度约百分之七十。一直开着的热水器发出怪声，浴缸里的水似乎已经烧得滚烫。不过，就像面向小学生的理科读本里介绍的那样，冬季本来就很难产生水蒸气。别说是活生生的人了，即便是半透明人恐怕都无所遁形。

我缓缓望向脚边，双唇不由得哆嗦了一下。

（好吧……幸好没让省子看到这个！）

——日疋佳景就趴在门口的地板上。他扭曲的左手垫在胸口下方，右手则高高地伸到门上去。

我开门时感受到的阻力，原来是来自死者本人。因为那里正好是个死角，再加上装饰玻璃的透明度原本就不好，也难怪我看不到里面的情况。

就算不把尸体翻过来，他的死因也一目了然。从胸口到颈部渗出的黏稠鲜血将湿毛巾染红了一片。他是被捅死，不，是被砍死的！

但是，砍杀现场确切来说应该不是这里，而是更里面的浴缸附近。他应该是奄奄一息地从那里爬过来，在门口力竭而亡。

证据就是浴缸附近有一条蛞蝓爬痕似的血迹，一直延伸到门口。

（这种死状可真适合他这只臭鼻涕虫啊……）

我不禁腹诽，但又为自己的冷漠惊愕不已。这二十二年来，我一直深

信自己是个尽管懦弱但心地善良的人。

这时，热水器的热水口响起“咕嘟咕嘟”的声音。再烧下去恐怕要把水烧干了。血腥味和水蒸气掺杂在一起，实在令人难以忍受。

好吧！我脱下鞋子，努力不破坏血迹，小心翼翼地踏进蒸气弥漫的凶杀现场。我才不管“希斯警探”会不会发牢骚呢！有件事我必须亲眼确认。

燃气阀上到处是水滴，应该不会留下指纹，我关上热水器，一抬头就看见了弹跳式窗户的锁。

不出意外，把手状的锁扣确实是扳下的，牢牢地嵌入窗框的下端。

我回过头，看到省子还站在更衣室的拉门后面，正一脸担心地望着这里。

“你在干什么？还不赶紧喊大家过来？快去！”

听着她匆匆离开的脚步声，我终于吁出一口气。此时，我莫名强烈地想要抽支烟。

……又是密室杀人，而且还是更高纯度的密室杀人。没错，密、室、杀、人——直到几天前，我还非常喜欢这个带感的词，如今它却只给我带来深深的倦意。

对于这次的谋杀现场，应该把着眼点放得更广。

（不过。）我喃喃道。（如果日疋的尸体浸泡在这沸腾的热水中，会是何等情形呢？炖蜗牛还能接受，但要是炖这只臭鼻涕虫的话……）

我想到那个恶心的场面，不禁毛骨悚然，忙从浴缸中移开视线。下一刻，我的目光蓦地凝固在那里。

这……这莫不是……

“哎哟！”

我的脚底在湿瓷砖上滑了一下，差点俯冲到热水里，目光却死死地盯着那个疯狂与愚昧的产物。

ULCERA MALIGNA

在窗框上端和天花板之间的墙上，有一行像是用手指涂写的红字，那些字经过像百叶窗一般张开的通风窗的格棂，继续向右延伸。

多么具有古典气息啊！而且，留下这个信息的人，竟然在这里找到了红墨水！这不是百年前的法国连载小说（Roman feuilleton）里的情节吗？

看来下面的事必须要请维多克[1]搜查局局长出马了——我正替贺名生警部发出长叹，便听到众人一窝蜂地跑下楼梯的声音。跟在他们身后“咣咣咣”地敲打着水桶的当然是省子。

可惜，用拖把敲塑料水桶的声音，一点也不及堂埜的开饭信号响亮。就算我再偏心，那声音听起来也像某种邪教的咒语。不过，倒是挺适合紧急召集他们这些提线木偶的。

第一个闻声赶来的是堂埜仁志——泥泞庄的水桶“打击乐手”祖师爷本人。

“十沼，是真的吗？日疋他……”

他在浴室的门槛处急刹车，因为眼前的惨状倒吸一口凉气。他单手撑住敞开的门，却被那湿漉漉的触感吓了一跳，慌忙把手缩了回去。

“我靠！”

蚁川声音嘶哑，用拳头抵在嘴边。

我们三个男人面面相觑，对着像垃圾一样躺在那里的尸体陷入沉默。大概只有几秒钟的空白，我却觉得那段时间无比漫长。

1　世界上第一位私人侦探，生活于十九世纪法国。

“喂，你们快看那边……”

蚁川终于找回语言的能力。我得救一般喘出一口气，他却无视我，诧异地眯起眼睛，抬起手臂指向那里。没错，他好像注意到了那个。

“好像是拉丁字母，以前有这个涂鸦吗？”

“怎么可能……”堂埜声音格外低沉地反驳道，“你在说什么傻话？以前怎么会有这玩意儿！”

可是，蚁川却用手打断会长的话，死死地盯着前方。

“U、L、C、E——写得真潦草啊。一共多少个字母啊？一、二、三……”

他仿佛连脚边的尸体都忘了——不，他好像就是为了忘记尸体，才故意掰起手指头的。堂埜似乎被他吓到了，顿了顿，突然重重地打了他一下。

“笨蛋，你还有心思数数！”堂埜抓住他的手臂，“你看那些字……是血。是用血写的！”

“十、十一……血？！”

蚁川张口结舌。无奈之下，我只好代替他数下去。

“十一、十二、十三，一共十三个字。”

堂埜擦了一下苍白的额头，回头望着我们，一字一顿地道：“究竟、是谁、做了、这种事！”

“是、是啊。到底是谁……”蚁川终于回过神来，喃喃重复着，语气不复往日的刻薄。

有个声音突然从背后传来：“肯定是凶手嘛！”

我大吃一惊地回过头，在门口看见乾美树推开省子挤了进来。她倚在更衣室的墙上，目光冷冷地在我们身上转了一圈。

“我不知道除了日疋的尸体以外，你们还发现了什么稀罕的东西，不过都一样——肯定是凶手留下的，凶、手。”

她语气像是在开玩笑，眼中却殊无笑意，仿佛在说——就是你们中的某一位。

瓷砖上面有一层脏兮兮水垢，在不停闪烁的闪光灯下，如同电脑绘制的图案一样定格在那里。

身穿白大褂、工作服以及西装的工作人员，在狭窄的浴室里走来走去，还不时旁若无人地交流几句，这里简直变成了一个走调的音响合成器。

接着，小卒们——抱歉，我太失礼了——官老爷们一边发着牢骚，一边将日疋的尸体从瓷砖上抱起来。虽然没有发出“刺啦刺啦”的声音，但他们那轻松的样子，就跟撕掉贴在柏油路上的贴纸没两样。

哎呀——突然有个便衣刑警激动地叫了一声，就像是随手从河滩上捡起一块石头，却在底下意外地发现了一只丑陋的小虫一样。

在已故的日疋佳景的胸口上，覆盖着纵横交错的伤痕。但是，这种程度的伤口肯定吓不到他们。

他们感兴趣的是出现在他身下的东西。可能是在他向着死亡匍匐前进的路上或者在那之前掉下来的，就那样被他压在身下，带到了这里。

他们集合商量了一番，然后，有人用戴着白手套的手，小心翼翼地把它拎起来，装进透明塑料袋中。没多久，它就被举到可怜的老百姓——被关在旧诊室的我们的鼻尖前。

——对这个凶器有印象吗？嗯？

中气十足的浑厚声音的主人，自然就是“希斯警探”。被举到我们面前的“叉”是一把血淋淋的西式菜刀。

冷不丁听到这个问题，谁能立刻回答出来……

“我有印象。”

我刚刚抱臂思忖，就听到堂埜的低沉嗓音，他的声音从未如此洪亮过。

“什么？”

他不理会目瞪口呆的其他人，就像是轮到他在研究会上发言一般，道：“这把西式菜刀，在我今天准备午餐时，还放在原来的地方，我肯定没有记错。顺便一提，位置是餐厅碗柜左边抽屉从上数第三个……”

他话音刚落，蚁川就发出一串怪声。我也叫了出来：“什、什什什什什么！”

我有太多“什么”想问，结果被自己的唾液给呛到了，爆发出一阵剧烈的咳嗽。

堂埜却淡淡地继续：“……从位置上看，凶手自然是瞄准无人的时机下手的。只要好好利用其他餐具的死角，就能轻而易举地把它带出去了。”

听到这个出乎预料的回答，就连“希斯警探”都不禁拧紧那宛如被煤灰抹过的眉毛。不过，他的脸上很快又浮现出财神爷得了面部神经痛一样的笑容。

——佩服！不愧是我的学弟，难怪你能当会长！

“谢谢。”

会长没有表现得多高兴，只是轻轻地点了点头。我们惊愕地盯着堂埜的长脸，他那没什么表情的脸上似乎有一丝苦涩。

他这么快就回答出了用于谋杀的菜刀的位置，是不是因为事先就有所预感呢？

堂埜轻轻动了动唇，继续道：“不过，知道这件事以后，我很后悔自己只确定了每把刀的位置，我应该干脆把所有刀具都收起来的。”

（听他的语气，好像一直在暗中留意其他菜刀，不，是其他有可能成为凶器的刀具。他这么做究竟打算干什么呢？）

“你究竟想干什么？”蚁川代替我说出了我的心思，“你为什么像个毛贼一样偷偷摸摸地调查这些？你打算变成警察的眼线吗？嗯？”

堂埜却不为所动，用下巴示意了一下便衣警察们。

“反正这些事，只要这里的诸位查一查就清楚了。事已至此，我还能有什么办法？”

他的语气有些忧郁：“动不动就要揣摩谁做了什么、哪样东西放在哪里、证词究竟是实话还是谎言——我已经受够这些了！”

“可、可、可是，也没必要特意……”

我总算不再咳嗽，插嘴道。

“你、你一直在监视我们吗？难道你一直都在怀疑我们，怕我们什么时候又作案……”

“不是的，恰恰相反！”堂埜斩钉截铁地回答。

“恰恰相反？”

“是啊。为了证明所有人都是清白的，我必须找到真相。只有掌握了所有人都不能反驳的数据，才能把大家从愚蠢透顶的闹剧中解放出来。这就是我得出的结论。直到现在我也如此坚信。我甚至想，如果在锖田他们被杀之前我就这么做的话，情况就不会这么糟糕了。”

所以，他才会关注起庄内的一切吗？首先是保管备用钥匙，接着就是亲手做饭——到这里为止，他的举动我都可以理解。可是，他竟然出于同样的目的管理起了凶器？

（倘若真是如此，他的目的岂不是彻底落空，反而惹祸上身了吗？因为他证实了谋杀日疋的凶器和上次一样，都是来自这个屋檐下……）

不。我调整了一下思路。

如果堂埜依旧认为凶手并不在我们内部的话，或许在他眼中，各种证据和证词都是我们无罪的证明，哪怕这些证据和证词乍一看好像印证了“内部犯罪论”。

这是一种什么样的乐观主义精神啊！绞尽脑汁的推理、令人抓心挠肝的困惑，仿佛都跟他没有关系……

突然，“希斯警探”有些讥诮的嗓音地震般撼动了我的思绪。

——感谢诸位学弟协助调查！你是不是叫堂埜来着？请放心，我们一定不会辜负你的期待！我们会根据你提供的证词和证据，全力缉捕凶手。……不过，关于从哪里将那小子揪出来，说不定会让你失望！

“不，我相信诸位。”堂埜立刻摇头，“大概是因为我有很多亲朋好友都是诸位的同行吧……而且，我本人也打算明年参加老家的警察招聘考试。”

“希斯警探”的脸上掠过一丝不悦，但立刻就又挂上爽朗的笑。

——哦？不错……行了，继续调查吧！

他气定神闲地宣布。可是对于我们来说，接下来要应付的场面就不那么从容了。我写得有些着急，不过说实话，我已经开始对没完没了地重复老一套的问答感到厌倦了。

当然，“希斯警探”一行为了撬开我们的嘴，又想到了新花样。

尤其是对于我的所作所为，他们非常生气。区区一介草民竟然打破浴室门，徒手摸门闩？就连我为了防止干烧关掉热水器，在他们眼中都成了好心办坏事。

这一天的调查，可以说是在警方的盛气凌人和口若悬河当中度过的。他们已经不满足于一直以来的“日场演出”，开始进入“深夜秀”的环节。我认可他们的这份热情，但并不认同这种做法。

阅读这本手记的人（我知道不可能有这样的人，不过，高中时代，我经常会让同学传阅自己装订的手写作品集，所以从那时起，我写作时就常常会有这样的意识），应该也不会期待这是一个“87分局[1]”或马丁·贝克系列[2]的探案故事吧？

所以，我现在只是要把我所获知的事实记录下来。

——也就是说，星期天，在十沼（我）像个可怜的丈夫一样，跑下楼迎接追上门来的省子前没多久，有人用跟杀害濑部、海渊时使用的同样锐利的刀割破了日疋胸口和喉管。这段时间内每个人的行动如下：

○○证词“我正好在自己房间听音乐（读书/换内裤的抽绳）。堀场下来通知之前，我什么也没注意到。”

可以将○○替换为堂埜、蚁川中的任何一位。至于没有“自己的房间”的乾美树小姐——

“我和○○同学在一个房间。做什么？这个嘛……”

至于这位○○是谁，她却绝口不提。就在我怀疑能不能称赞她道德感强的时候，有人道：“好吧，是我！那个人就是我！”

蚁川曜司突然站起来宣布。他完全没有了平时挖苦人的劲头：“这么一来，她的不在场证明就成立了吧？”

与此同时，他自己的不在场证明也能成立……不知道他是不是想说这个。可是，并没有人说一声“哦，是吗”，就轻而易举地接受他的说法，这是理所当然的。大家送给他的就只有充满尴尬和猜疑的无数个白眼。面对这种情况，一般人肯定会萎靡不振地坐回去吧。

1　87分局系列为艾德·麦克班恩创作的系列小说。

2　著名瑞典侦探小说作家马伊·舍瓦尔、佩尔·瓦勒这对夫妇共同创作的系列侦探小说。

（真是了不起的骑士精神啊！不过，这本来就是他应尽的义务。）

他豁出去地说完这句话以后，一屁股坐下去。我不禁望着他腹诽。

但是，“希斯警探”却无视我们之间的暗流涌动，轻咳了一声，重新望向美树。

——谢谢，我已经知道你很忙了，真是辛苦你了……不过，还有个重要的问题忘了问你。这几天，这里发生了这么多棘手的案子，你为什么会过来？

“那还不是因为……”美树噘着嘴道，“省子想过来送慰劳品，人家就陪她来了嘛……”

她说什么！难道事实不是恰恰相反吗？我试图代替目瞪口呆的省子向她提出抗议。

但是，“希斯警探”却比我快了一步。他的眼皮尽管困倦地耷拉着，目光却锋利地逼视着美树。

“好、好啦！”

美树像是画里的荡妇一样怄气道：“实话实说，我接到了日疋那小子——不，日疋同学的电话，他说今天会来这里玩，问我要不要一起来。不，他说的是让我务必来，带的人越多越好……你们爱信不信！”

其实我不信……按照日疋的性格，确实有可能带柔弱的女生来这座住着一帮讨厌他的人的“血之馆”。

不过，根据我的所见所闻，美树不可能对他有好感，既然如此，她为什么会接受他的邀请呢？更重要的是，日疋故意邀请她陪自己来这里，又是在打什么算盘？

还有另一件事令我心生疑虑，那就是贺名生警部的表情。

听完美树的“坦白”之后，他的表情宛如一尊笑里藏刀的佛像。那是一切尽在掌握、仿佛眼前的人是个跳梁小丑一样的嘲笑……

总之，他应该没什么要问的了吧？正在我屁股发痒，开始有些坐不住的时候，“希斯警探”冷不防伸出他那胖乎乎的手指了指我，吓得我心脏差点跳出喉咙。

——我还有话要问你！怎么了？你做了什么亏心事，这么害怕？关于浴室锁的情况，有些事还没有搞清楚。所以，就请在这方面颇有造诣的作家老师来说一说吧！喂，吓晕过去了吗？真是个胆小鬼。这边，跟我过来！

“希斯警探”无语地说完，指了指诊室深处那扇破旧的门。又是一个糟糕的地方。那是一个很少有人想起、已经被遗忘的小屋——顺便一提，在白羽医院时代，那里的名字是治疗室。

走进“嘎吱”作响的门，裸露的灯泡“啪”的一下亮了起来。我就在它的下面接受了“单独面谈”。

我在自己的作品《前往白夜的密使》中，曾经描写过前警视跟记者对峙的场景。我试图代入那名记者，可是，这里的氛围和对方的尊容，却令我觉得自己更像是在遭到恐吓。当然，我并没有选择的余地。

寒冷的小屋里空气不流通，莫名令人窒息，堆在角落里的奇形怪状的床、银色的煮沸器等都覆盖着一层薄薄的灰尘。可是，混凝土裸露的地面却像是洒过水一样，非常干净。

“希斯警探”转了转短粗的脖子，环视四周。

——这里好像很少有人来，不过倒是挺干净的！哦，是女生打扫的吧？还真是个细心的姑娘。

他自言自语说道。不过，他似乎是为了提醒我，连这些无关紧要的事都休想隐瞒。仿佛是为了证明我的想法一般，下一刻，他浑厚的声音便直奔主题。

——对了，凶手留下莫名其妙的血字的那个通风窗，一直都是那样紧紧关着的吗？

“是的。”我点点头，“平时我很少碰……毕竟那里位置不方便，关得又很紧。最近估计一直都是那样吧。”

——这么说，即使没有那些血字，也不可能从外面关闭那个通风窗喽？

“呃，应该不可能吧……”

如果有必要，我可以赌上脑袋……我想这么发誓，但最终作罢。这件事警察可以自己确认，不用我多嘴。

——那么，那个弹跳式窗户呢？

“您说那、那个啊……”我精神突然一振，道，“谁、谁知道呢。假如提前把锁扣弄成半挂不挂的状态，从外面重重地关上，锁扣会不会就能挂上了……呃，估计挂不上吧。对了，还有一种老套的方法，就是在锁扣的把手上挂一根鱼线，从关闭的窗户外面把鱼线一拽……”

——的确很老套。

对方一脸失望地评价道。

——不，应该说你毫无观察力。从外面重重地关上，锁扣就能挂上了？在这里住了这么久，你连这种事的可能性都不知道吗？实在是太没用了！

“哦哦。”我搔了搔头。

——而且你想想看，那可是浴室的窗户。窗板完全嵌在窗框里，就算穿一根鱼线进去，估计连五毫米都拉不出来。你就这个水平吗？当然我一开始就没对你抱什么期待。

“希斯警探”自我认同地轻轻点点头，又继续提出下一个问题。

——对了，你现在想起来了吗，浴室的门闩真的是插着的吗？

“啊？”

面对这个始料未及的问题，我不由得发出一声怪叫。……被他这么一问，我当时只是把手伸进了玻璃的破洞里，并没有亲眼看到上锁的状态。但是，我的手指确实触到了门闩，并且操作着上面的把手打开了门。那种感觉难道有误吗？

（难不成我碰到的门闩是假的……这就是全新的诡计了！）

太好了，如此一来，我就能写一本密室推理了——我并没有产生这样的喜悦。这不仅没有可行性，更重要的是，当时假如在门的内侧有那种东西，我不可能注意不到。不过，假如它非常小，而且涂成和门板的油漆一样的白色的话，也许就另当别论了。

（不，归根结底。）我转念一想。（“希斯警探”只是想说，浴室并没有关闭——简单点说，就是我做了伪证。）

岂有此理！比起遭到怀疑的不悦，我最先感受到的却是怜悯——他们这些专业人士，竟然还在这个阶段原地踏步！当然，我并没有将心里话说出来。

“不，我绝对不会记错！浴室的门闩确实是插着的。您也许会去跟省子，不，堀场确认，但我觉得大可不必。比起这个……”

既然都遭到怀疑了，我干脆把自己好奇的问题说出来得了！

“请问，在乾美树说她受到日疋邀请，来泥泞庄的时候，您为什么会是那副表情？”

——哦，你是说那个时候啊。

我本以为他不会正经地回答我，谁知，“希斯警探”却爽快地开了口。有一瞬间，我隐约又在他的脸上看出了一丝笑里藏刀的意味。

——听到可怜的学弟如此一本正经的询问，我怎么舍得行使沉默权呢？那姑娘知道野木被逮捕后，立刻就怒气冲冲地到搜查总部大闹了一场。

她说："日疋佳景在撒谎！他恶意捏造了否定野木的不在场证明的证词，说不定那个臭小子才是……"你要是问她的根据是什么，那就说来话长了。简单点说，就是感情方面的新仇旧恨……

"也就是说，因为日疋嫉妒野木……"

——她好像没有意识到，把这些说出来反而证明了野木的动机。她表面和日疋交好，实际上深爱的却是野木勇。不过她坚决强调，野木本人对此一无所知。简单点说，就是那姑娘脚踏两条船！

准确地说，包括"公认"的蚁川曜司在内，她脚踏三条船——我想这么补充一句，但是不想徒增麻烦，于是作罢。无论怎么说，哪怕是蚁川……

——那样的女人，会毫无目的地接受日疋的邀请吗？她来这里肯定有她的企图……总之，就是这么回事。

"希斯警探"带着惯常的倨傲微笑总结完毕，突然转身离开。

（原、原来如此。）我呆呆地立在那里，喃喃道。灯泡突然灭了，我这才意识到自己被丢在了治疗室，慌忙追了上去。

——总而言之……

三十秒后，"希斯警探"不知道第几次环视着我们开口。出乎意料的是，再次出现在明亮的灯光下的那张巨脸上，却赤裸裸地挂着对这个混乱的案件的恼怒。

——今后会继续对你们进行人身限制，不，可能会更严！放心，不会很久。我一定会在今年内侦破此案！

他的眉间写满了疑惑与焦虑。我感觉自己好像看到了不该在地区公务员的脸上看到的情绪。

——另外，姑娘们，你们既然与此案有牵连，就跟他们一样待在家里别出去。哪怕你们有滑雪旅行或海外旅行计划，我也劝你们慎重。正好出现在命案现场，算你们倒霉！

我觉得乾美树估计会抱怨一句，谁知她却和省子一样顺从地点了点头。估计每个人都希望他们赶紧回去吧，但就在这时——

“请等一下。”

突然，堂埜却对着离去的便衣警察们的背影开口，声音沉稳但尖锐。

“还有一件事您忘了吧？既然这里又发生了谋杀案，您可别忘了把‘失物’还给我们。”

听到这句话的一瞬间，便衣们的反应非常精彩。他们仿佛被戳中痛处似的颤了颤。只有“希斯警探”仍旧不失领导的威严，脸上挂起如同半老徐娘厚重的脂粉似的诧异微笑，佯装不解。

——哦？失物？不好意思，我会安排人送回来的！放心，放心吧！

*

“来，喝一杯……”

“可真够受的！大家都放松放松吧……”

大家开心却又克制的声音，环绕着我们的座上宾。这是一场无比诡异的晚宴。

中午才刚吃完杂烩粥，把这顿饭称为晚宴或许太夸张了。那叫什么合适呢？

把这顿饭称为晚宴确实值得犹豫。——在蚁川拉出来的“嘎吱”作响的长桌上，堂埜盖了张床单并用图钉固定。我在高高悬挂的万国旗下，勤劳地绕着桌子把纸杯和铝箔盘分给大家。

一开始是女生们精心摆盘，后来这个工作被那帮浑蛋抢了过去，他们把薯片和寿司都盛在一个盘子里，搞成了大杂烩。

如果只把这顿饭称作聚会的话，气氛显得过于严肃，但又完全不像普通晚餐。首先地点就与平时不同。这里是二楼北侧室内楼梯旁边的空房间。我们也得偶尔转换一下心情嘛！

但是，隔壁就是发生“第四桩谋杀案”——被枕头毒死的小藤田的房间。所以，我们的心情完全无法焕然一新。不过，这里总好过昨天和今天不断发生惨案、每次聚在一起都没什么好事发生的餐厅。

尤其是对于今天晚上的座上宾而言，那里也没有什么美好的回忆。我们对他的关心可以说无微不至。

“啊，这个很好吃哦，我帮你夹吧？”

“不，比起那个，要不要再来一杯……你可千万别客气！”

除了无微不至的关心以外，桌子中央还摆满了各式各样的酒，当然不是料酒或甜酒。这是经过大家的一致同意，以特别开支的名义匆匆买来的。

“喂……人家在说话呢！可以吧？你听见了吗……喂！”

美树丢下因为内疚而小心翼翼的男人们，抢先占据了上宾旁边的座位，叽叽喳喳地说个不停。但是，我们最重要的客人——按照堂埜的要求，被送回泥泞庄的“原重点嫌疑人”野木勇，却一直在闷头灌酒，脸黑得跟青铜像似的。

“希斯警探”贺名生警部信守承诺，把因为日疋的死而获得了绝对的不在场证明的“失物”送了回来。

对了，我竟然忘了最适合这个场景的名字——庆祝出狱！

“确实挺够受的……是吧？”

“对、对啊。对了，野木，再来一杯吧……”

其他人翻来覆去地重复着同样的话，野木却始终沉默不语。沉默本身并不稀奇，只是今天他的周围环绕着一股异样的氛围。我觉得，要是凑到他身边仔细听，估计能听到变压器里流过高压电流一般的低吟。

在仿佛喷了消毒液般的干净的空气里，我突然格外渴望尼古丁和焦油。我把手伸向七星，又匆匆将抽出一半的香烟塞回烟盒里。

“嘿嘿嘿……”我只好用格外讨厌的谄笑弥补现场的尴尬。

野木虽然喝酒，但完全不抽烟。不过，他从来不曾要求朋友中的烟鬼禁烟，也从来不曾对点烟的其他人目露凶光。

今晚他却性情大变。眼前的一切好像都不顺他的眼。我们也不好说什么，只能迁就他。

再一看，被我硬塞回烟盒的香烟断在了过滤嘴的位置，这足以令一个老烟枪心烦意乱。

出去吧——我给省子使了个眼色，悄悄地起身。顺便去倒杯咖啡好了！

“可是，他也太过分了！只在那里待了一天……就别扭得跟全世界都背叛了他似的！”

我刚浑身松懈地靠在餐厅的椅子上，就忍不住对省子发泄起自己的满腹牢骚。

“你说的是野木同学吗？”

她弯下腰，依次将碗橱下部的门拉开。

“那也在情理之中吧。就算只有一天，也只有野木同学一个人在面对啊。要是日疋同学没有发生那种事的话，他现在……”

“你想说他会在逼供下承认自己没做过的事？或许吧。可是，日疋发表的不利于野木的证词真的是伪证吗？如果是的话，那又是为什么呢？现在已经死无对证了。但这都改变不了我无能为力的事实，我最受不了的其实是这件事。”

“可是……”

这一次她用力踮起脚尖，一边搜寻上层的每个角落，一边回答我。

“我们必须要做的不是标榜正义的哗众取宠，而是尽自己的所能，不落入凶手和警察的陷阱……不，是祈祷自己走运。除此以外，我们还能做什么呢？”

对于她这番不能更有道理的话，我不由得点头称是。

“……对了。”

望着更加困惑地重新翻找橱柜和抽屉的省子，我实在看不下去，问她：“你从刚刚开始就翻箱倒柜的找什么呢？你到处乱摸的话，警察恐怕又要说三道四了！”

“我想削个苹果之类的。”

“我还以为什么呢！”我有些扫兴，“用平时用的菜刀不就得了？”

“可是……”她有些为难地回过头，“我习惯用的刀被警察先生们拿走了，剩下的菜刀都太大了！”

“哦哦，是这样啊。”

听她这么一说，我便理解了。谋杀的影响已经波及到了意想不到的地方。

“水果刀呢？我记得哪里好像有一把有些民族风的木柄刀，我之前还用过呢！”

望着回头问我的省子，我突然一拍大腿：“听你这么一说，是有这把刀来着！不过不常用，我也不知道放哪儿了……毕竟这里住的都是一些懒得削皮直接啃的家伙。你说的那把刀的刀柄是不是棕色的？”

“对，我就是在找那把刀。刀身大概这么长——”

“对，对！你好像用它帮我削过梨！”

说着说着，本来已经彻底遗忘的刀的形状，在我的脑海中逐渐清晰起来。

两个人在记忆的铁轨上不断前进，令我觉得莫名有趣。我继续驾驶语言的“矿车”，完全没有意识到前方会通向哪条铁轨。

“然后，刀柄的位置有些圆，对不对？还有，在这个位置有根固定刀刃的……钉子……？”

我们突然对视一眼，几乎同时脱口而出：“刀刃脱落的水果刀？”

那一瞬间，仿佛有蓝色的疾风在我们的小小矿车旁呼啸着掠过。在远去的火车上写有“彗星”二字。那是前往都城的特快卧铺“彗星 3 号”！

那天在这里的电视机上看到的画面、听见的声音和当时我们的聊天内容，突然鲜明地浮现在我的脑海里。

“被害人加宫朋正”

<致死原因是插入其后背的类似水果刀的刀具，但是刀柄部分已脱落遗失——>

“他好像是死于内出血。”

……

“京一，难不成……”

省子盯着我，瞳孔里写满恐惧。

“等等，别慌！”这句话倒更像是说给我自己听的，“没有任何证据表明，之前放在这里的水果刀和杀害加宫的凶器是同一把。对，我们连插在他后背的刀是什么形状都不知道。这只是偶、偶然的巧合罢了。99.999%……”

可是，倘若情况真的是剩下的百万分之一，那么，把加宫谋杀案从一

系列案件中剔除，将校内过激集团 ×× 派预设为杀人凶手的观点，还能站得住脚吗？难道他们会特意跑到这座泥泞庄来寻找凶器吗？

（怎、怎么可能！这才是万万不可能的梦话吧！）

这时，突然又有个车影出现了，高鸣的警笛贯穿我混浊的脑海。

这辆红色系的两种颜色交织的列车，与适才的那辆截然不同，正是在同样被视为 ×× 派的手笔的绑架案中，用来运送赎金的京阪特快。

有句歌词是“二人登上永不停车的火车”，人生幸朗[1]曾经吐槽这句歌词，说“究竟是从哪里搭上这列火车的啊”。可是，后来浮现在我脑海中的正是这句歌词。我现在的情况，正如死死地抓住迷迷糊糊间坐上的云霄飞车，在迷宫里疾驰。

即便如此，也必须让这场混乱收场。至少，要把事态往那个方向推动。没错，我们不是都学过吗？最重要的是，无论如何都要怀有坚持到底的意志！

可是，我能做的事，终究只有困在“嘎吱”作响的椅子里，写啊写啊，不停地写下去。写什么？鬼知道。

反正我成不了福尔摩斯。既然如此，我就主动承担起华生的角色，为不知何时会出现的福尔摩斯汇总记录好了！这也是一种乐趣。

而且，还有堀场省子这个华生的华生协助我。我和省子聊天，就算见不到她，也幻想她就在我身边，腹稿就在这个过程中自然而然地打好了。

没错，正所谓一泻千里，星火燎原，文思泉涌，下笔如风。可是，语言仍然追不上思绪——我时时刻刻都梦想着自己能够像茨威格写巴尔扎克时一样，此时此刻，我感觉自己起码往那个境界前进了一小步。当然，我

1 人生幸朗及其夫人生惠幸子是著名的夫妻漫才组合。“二战”后主要在大阪一带活动。

连品味这份喜悦的时间都没有。

不开玩笑地说，我已经废寝忘食，连说话都忘了。不过，后者对我而言并不算辛苦。我们泥泞庄也越发有鬼屋的样子了，不过疑神疑鬼的幽灵们基本上不再露面。

但是，在这种沉默、写作以及艰难的禁足修行中，也有例外。

“总之，必须从头开始把问题再整理一遍，或许用‘复习’这个词更合适吧！你大概会觉得事已至此，我这样没有任何意义……”

惨淡的阳光透过窗户照进来。我摇了摇晕乎乎的脑袋，用尽全力动了动发麻的唇。

“比如说呢？”她有些不解。

我继续说道：“比如说在加宫谋杀案中，凶手是怎么乘上‘彗星3号’的，这是问题①……大概就是这样来梳理一下。你愿意听吗？”

在唯一的听众点头之后，我清了一下嗓子，道：“很好，那我就一口气说完吧……在锖田的案子中，问题就是②如何将他那么庞大的身体吊上去。③如果是有人把他吊上去的，为什么没有在底下放一个踏脚凳，伪装成自杀？④他买的避孕套和灌肠药有什么用途，更重要的是它们去了哪里？接下来是⑤和⑥——”

我焦虑地撕掉烟盒外的玻璃纸，又抽出一支新的七星叼到嘴里。

“在濑部案中，凶手应该利用了更换放映卷盘的诡计，但是，通过这个诡计而多出来的时间，被他用在了哪里——”

我深深吸了一口。香烟迸发出噼里啪啦的火花，转瞬间化为烟灰，被我掐灭在烟灰缸里。

“在枕头毒杀案——小藤田的案子中，他为什么会那么早就上床？

还有，凶手利用那个库房的机关，把所有人都吸引过去以后，又打算做什么呢？”

我用连自己都觉得很优美的姿势，将空烟盒丢进废纸篓中，然后把手插进口袋里。

“嗯……刚刚说的是问题⑦。⑧海渊散发出去的奇怪信息，是想传递什么呢？然后就是他的房间的钥匙之谜。钥匙是怎么跑到唱片底下的？以及留在门扣上的黏糊糊的感觉是什么？⑨须藤的常备药盒里，是什么时候、如何被掺进氰酸毒的？他指着野木是想告诉我们什么？

“⑩日疋为什么要说出对野木不利的证词？⑪如果凶手杀害那只臭鼻涕虫是有计划的话，又是怎么提前预知他会来泥泞庄，并且会洗澡的呢？⑫最后一个问题，门闩是怎么插上的……”

我说完了——代替这句话，我用一声长长的叹息结束了话题。她好像还在等我继续说下去，不过，这已经是我肺活量的极限，也是我想说的全部内容。

“你漏了一个问题。”

良久，她才有些焦躁地说道。

“⑬凶手犯下如此多的凶案的动机究竟是什么？”

“哦，你说得对。”

我喃喃地说着，又在口袋里翻来翻去。

“那……确实是一个问题。不，我没开玩笑。”

——就这样，我们结束了有意义且收获满满的对话。不过，完全比不上《格林老宅谋杀案》里列举的九十七条……

分别之际，暮色四合，我突然回头看她。

“对了，说这个或许有些突然，我必须找时间见见你的父母，尤其是令尊。不过，就别介绍我的梦想是成为侦探作家了。”

“我明白。我会说你是个作家，有前途的大好青年，而且雄心勃勃……”

仔细想想，这个无比爽快的回答可以说是我当时唯一的收获。

“哦？那真是感激不尽！”

为了表达我的感激之情，我由衷地对她鞠了个九十度的躬，决定返回自己的书桌前。从握住钢笔的那一刻起，我就不允许自己休息了。哪怕手腕肿起，两颗眼珠子掉出来，我也无所谓。

我继续压榨已经像豆渣一样的脑浆，不断将稿纸的格子填满。对她的承诺就是对我的鼓舞。

——你应该早就发现了，我在写的正是如今你手上的这本长长的“手记”。这是从那场欢迎野木勇回家的糟糕的晚宴算起，大约五十个小时（当然包括吃饭、打盹、排泄和其他最低限度的琐事在内）的辛勤劳动的成果。

在腕表显示屏上的日历即将从 28/SUN 这一天翻过去时，我总算回到“现在”。

没错，从你正在阅读的这一页的这部分起，我的笔头开始实时同步。下面，我将同步汇报事件的进展……这当然是不可能的，倒不如说恰恰相反。

简单点说，该写的内容我早就写完了，至少在此时此刻。总而言之，我的苦修也要就此告一段落了。我刚刚松了口气，却发现自己忘了一件重要的事情。

关于那十三个愚蠢的血字，我必须立刻解释一下。你可能很快就会知道了，ULCERA MALIGNA 用英文来说就是 Malignant Ulcer——《旧约圣经》约伯记第二章第七节中出现的“恶性溃疡”的西班牙语翻译。

我们 D** 大学在入学时会发放《新约圣经》，真应该同时配一部《旧约圣经》的！好吧，这无关紧要。这个似乎意有所指的词，究竟有着什么样的隐喻呢？

这姑且不论。明天我打算久违地逛逛街，和省子去祭奠一下朋友们。

怎么祭奠？唔，要不就在京都站十几号站台给加宫放一束花，给锖田买一堆少女漫画书好了。我再努力想想给小藤田、海渊、须藤他们送什么比较合适吧。

不过，日疋就免了。我会给他念念经，祝他尽量不要瞑目。至于濑部，我想到了一个有些残忍的吊唁方式。我打算抱着他的遗像，去看一位曾经是独立电影人的导演的作品。我要告诉他，在这条街上曾经有一位电影收藏者绝不能错过的人物。

不，还是把期待都留在明天好了。写完目前的这一部分，不如久违地把收音机调到那档深夜节目（哎呀，实在令人怀念！）吧！我们的庄名的灵感就源于它。

说实话，如今就连那首曾经无比熟悉的开头曲——大卫·格鲁辛的《Catavento》，都令我觉得无比遥远，可是，当时的事却依然历历在目。

当时，我们总算决定要把大本营搬到老臼羽医院，并决定为它取一个新名字。作为那档节目的忠实粉丝，我非常庆幸还有别的听众。前段时间，我绞尽脑汁想出来的杂志名，在同人志的命名会议上遭到否决。为了一雪前耻，我坚持要用“泥泞庄”这个名字。

顺便一提，我提议的杂志名是“幻想旅馆”，灵感来自川端康成的《掌上小说》卷尾的一篇文章。这个名字竟会以悬殊的票数败给“蘯蓙录”，简直没有天理！

哎呀，我已经开始用回忆来凑字数了，看来马上就没内容可讲了。该写的已经写完了，精力和体力也都逐渐进入“没电状态”。

你听过这样的笑话吗？一个五岁女孩收到笔记本和铅笔的礼物，兴高采烈地开始写作。少女写道："我正在写自传。"可是没过多久，她就放弃了，有人问她原因，她说："过去的事情我都写完了，已经写到上周了，现在我正在等接下来要发生的事。"

我也效仿那名少女，暂时把笔放下吧。

为了不引起误会，我要提前声明，我不知道上述内容是不是包含了全部破案线索，也不知道是不是已经把所有数据都穿插在了这本手记里。

至于能否只凭这本手记，便可以推理出凶手，我就更不得而知了。我能保证的就只有十三个字——好了，祝我们每个人都晚安好梦。

"'好了，祝我们每个人都晚安好梦'？这小子开什么玩笑。以朋友的死为素材写这种东西，实在太过分了，而且……"

堂埜仁志"哗哗"地翻着沉甸甸的手稿，目光迅速浏览完最后一页，一脸沉重地嘲讽道。

"不不，这可是莫大的幸福！"

蚁川曜司接过足有四百多页的手稿，露出令人毛骨悚然的冷笑，随口应付道。

"最后的最后都还在玩推理作家游戏，这不是他的夙愿吗？"

"这么说来，这就是他的……"

"遗作，咱们这位老师的。"蚁川向下瞥了一眼回答。

"有书名吗？"堂埜探头道。

"我看看……"

蚁川疲倦地把封面翻到上面，但立刻扯了扯唇角："叫《谋杀喜剧之13人》。"

片刻的沉默过后，野木勇好像抑制不住某种翻涌的情感，开口："这个数字里自然包括我还有你们吧？"

"似乎是呢，至少作者是这么打算的。"蚁川说。

这时，难以言喻的怜悯微笑传染到了每个正在俯视尸体的人的脸上。因为，最能体现这个古怪的书名的喜剧，此刻就倒在他们的脚边。

十沼京一。他自己正像他写错的手稿一样倒在地上。扭曲的身体就像是瞬间被冻住的尺蠖一般，试图往门外爬。

他的遗容无比狰狞，仿佛马上要哭出来似的，唇畔还垂着几道血痕。在他身边还躺着一个烟头，把地板烧出一片丑陋的痕迹。

……良久，蚁川道："所以，这小子怎么处理？要爽快地交给警察，对他们说'发现了这个，不好意思，请诸位鉴定'吗？"

"别开玩笑了。"堂埜慢条斯理，但斩钉截铁地摇了摇头，"谁要交给他们啊！这一次，问题由我们解决！"

"没错。怎么能交给他们那种……那种废物！"

野木目光炯炯地咕哝着。仿佛是为了附和他似的，远方传来嘹亮的警笛声。

然后，他们同时在心中发表了临别赠言——晚安好梦，第八名死者。

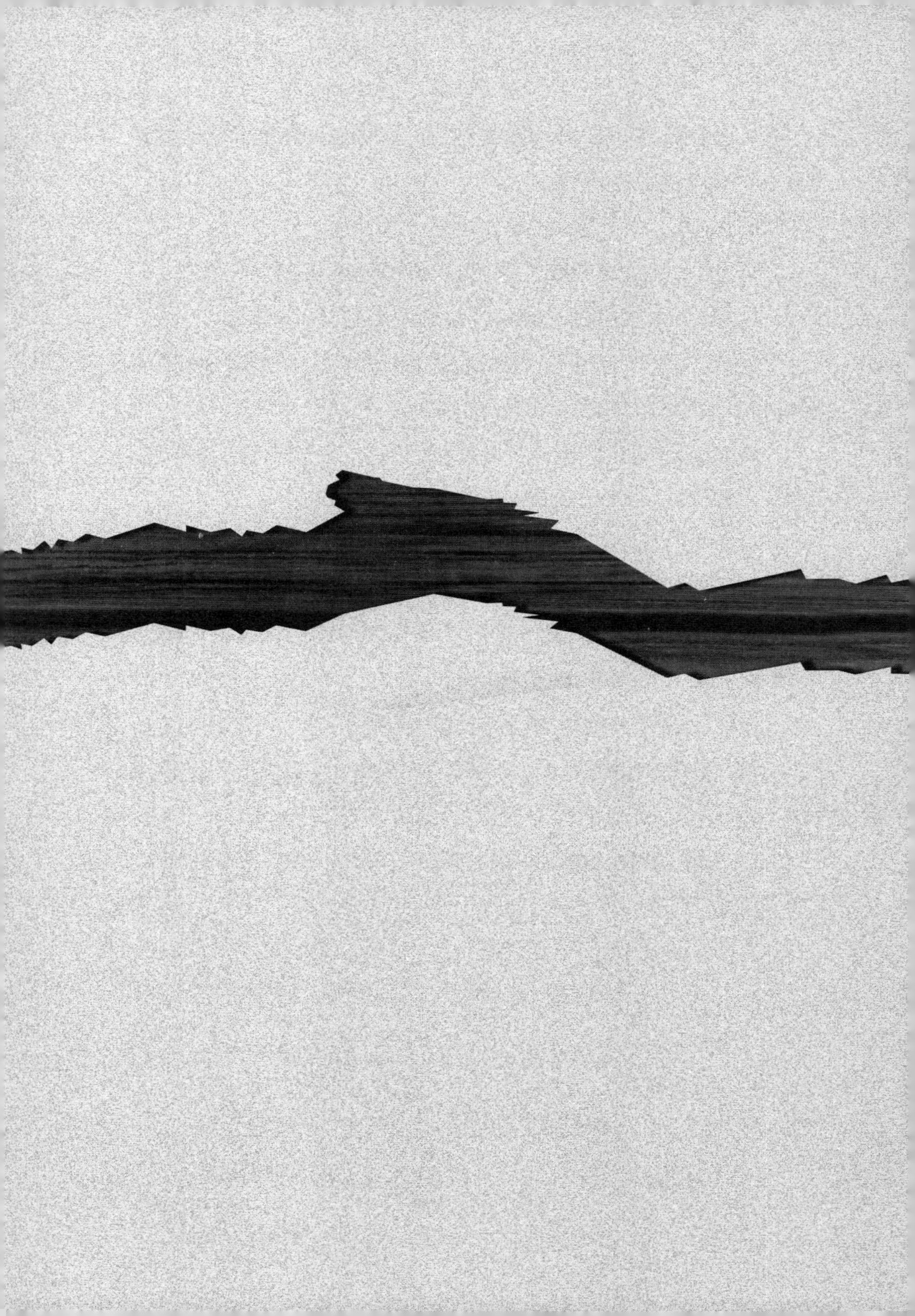

谋杀喜剧之13人
II

1

森江春策，返回京都

在夜行之旅的途中，列车突然剧烈地颠簸了一下，打破了正在打盹之人的美梦。就是在这个时候，这名乘客注意到了那个奇奇怪怪的小伙子。

准确而言，是注意到了他奇奇怪怪的举动。不过，他本身便莫名散发出一种与众不同的气质。

几个小时前，他刚要睡着的时候，这个小伙子慌里慌张地上了车，从那时起他就很惹眼。

一看就知道，他不是自己这种因公出差的上班族，也不像是返乡的学生。

（年底了，还心血来潮出门旅行，真安逸啊！）

乘客暗道。不过，当时他并未多想，扯了扯衣领便又闭上眼睛。

再次睁开眼的时候，那个青年正蜷缩着身子，在和他座位之间的空席上窸窸窣窣地不知道在干什么。

窗外是无尽蔓延的茫茫夜色，浑身仍旧沉重而乏力。

乘客无法立刻再次入眠，便将眼睛撑开一条缝，想看看他在鼓捣些什么东西。结果发现他正在做一件无聊透顶的事。

从刚才起，这个小伙子就一直在从脚边的手提包里拿出行李，一样样摆放到铺在座位间空隙里的报纸上，再一样样装回去。

闹钟、糕点袋、空胶片罐、文库版图书、用旧了的文具盒等。他旁若无人地不停把东西拿出来。

看样子多半是为了拿出某个要用的东西，正在焦头烂额地奋战。不过，

他的手慢吞吞的，动作也非常笨拙，把一样物品拿出来，又放回去。

装着学生证的月票夹、皱巴巴的车票和宣传册……还有印有 <ON THE ROCK> 的刊名标志、看起来有些廉价的迷你杂志。

托这些东西的福，他得知这个小伙子是京都 D** 大学的学生，名叫森江春策，他买了长途旅行联运车票和夜车票，正在旅行的途中，还顺路去了趟温泉小镇。不过，这些信息很快就打翻在他浩如烟海的记忆里。

说到打翻，倒是巧了，那个小伙子在包里取放某样东西时，手肘不小心撞翻了旁边的东西，他忙蹲下去捡，结果又带倒了别的东西，简直笨手笨脚到家了。

就这样奋斗了几分钟，他终于找到了要找的东西，此时已经满头大汗。

小伙子展开那本像是田野笔记的略大的硬壳笔记本，提起一支颇为廉价的粗杆钢笔，开始奋笔疾书。望着他的动作——

（啧啧……）乘客叹了口气。（该怎么形容这个小伙子好呢？）

如果是喜剧谜的话，也许脑海中会浮现出那位无比鲁莽的雅克·克鲁索探长[1]吧。可是，他只是一名普通上班族，并且热衷福尔摩斯、乱步、鲁邦等人的本格推理小说，所以他联想到的是一位经典的名侦探。

你想问他是谁？就是那位善良的天主教神父啊！话说回来，布朗神父[2]不也是在列车上第一次亮相吗？更巧的是，当时他也因为处理不了手中的纸包，不时地将晴雨伞放到地上。

当然了，这个小伙子与那个人物年龄相貌迥异，信仰估计也不同。可

---

1 喜剧电影《粉红豹》中的角色。史上最伟大之“乌龙探长”，法国警界最头疼的“神”探人物。

2 英国著名侦探作家G.K.切斯特顿笔下的著名侦探。他是一名天主教神父，身材奇胖，身边常带着一把大雨伞，有着很锐利的直觉。

是，看看那不高的个头儿，还有那称不上苗条的体形，也不能说他们全无共同之处。又或许是因为二人身上都有一种迷迷糊糊、优哉游哉的气质，他才会产生奇怪的联想吧。

想通之后，他再次闭上眼睛。就在这时——

耳畔响起垂死的蟑螂一样的声音，他睁开眼睛一看，发现方才那个小伙子正发疯似的将刚刚用来铺地的报纸展开又合上。他呼吸紊乱，像是在泥泞中滑倒了一样，嘴里不时发出不明就里的喃喃自语。

注意到他的目光，小伙子有些难为情地点头致歉，但是，在那双被旧报纸遮挡的眼睛里，依然残留着非同寻常的惊愕。

乘客有些羞愧地想，自己刚刚竟有一瞬间将他与那位名侦探相提并论，这么一看，这就是个傻小子而已嘛！就算剁开那颗藏在乱糟糟的头发底下的脑袋，估计里面也没什么东西。

更何况，他还逮住路过的乘务员说出这样的台词……

“不好意思，请问从这里回京都，应该在哪一站换乘？是的，我想立刻返程。”

“嗯……十沼京一最初的推断死亡时间，是二十九日凌晨三点到四点。不过，后来考虑到这个季节凌晨的气温，警方的委任医师认为时间还可以提前十五分钟左右。”

——在十四五铺席大小的冷飕飕的会议室里，荧光灯闪烁不定。最先冲进现场的那位老刑警说完这些话，舔了舔有些干裂的嘴唇。

“组长，下面要汇报的是发现十沼尸体时建筑物内的情况。有人证实，大门和里面的木门在就寝前，也就是凌晨一点左右是锁着的。”

天花板上有一片像是尸斑一般的污痕。贺名生警部撑着困倦的眼皮，

专心听完这些汇报，扭了扭塞在椅子里的庞大身躯："……又是堂埜仁志多嘴的吧？"

看见老刑警点头，贺名生的脸上浮现出难以形容的苦笑，继续道："那他有没有提到通往二楼东头的室外楼梯的上锁情况？就是那个马脸的臭小子。"

"啊，关于这件事，"刑警慌忙添道，"他肯定那里也上锁了。另外，不光是睡觉前，在今天早上五点多，也就是发现十沼的尸体之后，堂埜也去看过。"

"我记得是偶然来到走廊的蚁川摔了一跤，然后发现了尸体，对吗？"

"没错！当时野木听到动静跑了出来，一开灯就发现十沼死了。事情发生以后，堂埜立刻去查看了一圈庄内的门锁，但并未发现异常。"

自己的话冷不防被打断，刑警也没有畏缩，耐心地把话说完。

"他还是一如既往啊……"

贺名生自言自语着，脸上浮现出一抹坏笑。

"我们能生在日本，偶尔也得心怀感激，在这个国家从事这种职业，实在是太幸福了。总是能碰到这种古道热肠、愿意主动协助警方破案的市民！无论他本人有什么目的。对了，女生们的不在场证明呢？"

他恢复严肃的神情。话音未落，骨干组的一个下属就弹簧似的起立。

"报告！首先据堀场省子本人说，昨晚他们和野木一起吃晚饭，时间挺晚的，她帮忙收拾完以后，十一点才回家，回到卧室的时间是凌晨零点半多。我问了她的家人，证词跟她的说法没有出入。"

这位刑警无比细致。普通人只要接受过一次他的审讯，不，哪怕只接受过一次简单的询问，恐怕浑身的血液都要逆流。

不过对于上司而言，他的工作就无可挑剔了。

贺名生满意道："嗯，正经人家的姑娘，这是理所当然的。还有呢？"

"报告！今天早上，她八点起床，又过了一段时间，我们联系了她，当时她的情绪非常激动……呃，那帮人好像没敢把十沼被杀的消息告诉她。"

"女大学生的生离死别啊！倒也是人之常情。"

贺名生警部露出一副自负的神色，将短粗的脖子扭向在座的最年轻的便衣刑警。

"那么，乾美树呢？"

"报告！"

响亮的回答跟刚刚的前辈相比并不逊色，年轻的刑警开始回答。

"她也一样。不过，因为她住在普通公寓里，所以能够证明她十一点左右回家的人，就只有隔壁的女大学生，不过对方只听到了声音。第二天早上，管理员碰到过她——当时她一副刚睡醒的模样，已经是中午左右了。另外，她说她在新闻里得知了十沼的事。"

"嗯。毕竟她看起来也不像是那种冬天起个大早，勤奋地练习"干布摩擦"[1]的类型。这么一看，当晚全部相关人员的不在场证明都有可疑之处。"

贺名生警部愉快地晃着大肚子，突然恢复一本正经的表情。他刚开口，会议室的门突然开了，一个看起来刚毕业的穿制服的警员捧着一张便条闯了进来。

被恐怖的前辈们死死盯着，小警员不禁吓得缩成一团，战战兢兢地走到贺名生面前，恭敬地将带过来的纸条递给他。

1 "干布摩擦法"是日本民间流传的一种健身方法，日本人认为用干布摩擦身体，可使血管扩大，全身产生和缓的成果，还能用来预防感冒和医治肢端酷寒症。但这种健身法并不科学，还有可能引起皮肤炎症。

“卑、卑职先行告退……”警员抖着嗓子敬了一礼，抬起颤抖的双腿离开会议室。他走后，贺名生警部望着接过来的便条，道：“啊，关于十沼京一的主要死因，最初的意见是他在昏倒的瞬间撞击到了头部造成重创，又加上被发现得太迟，最终导致死亡。不过，当时并不清楚他的晕倒是不是因为外部的暴力，也不清楚他轻微吐血的原因。经过尸检，终于得出了结论——他是因为某种吸入性毒素，导致肺部血液急速凝固，引起窒息死亡。”

下属们开始窃窃私语，贺名生抬起堪比棒球手套的大手，往下压了压，示意他们闭嘴。那张纸条捏在他的大手上，看起来就像是一张邮票。

“没错……就是香烟！从结论说吧，从掉在十沼尸体附近的那支抽了一半的七星烟里检测出了异物，成分目前还在分析当中。不过，经初步判断，他吸入的应该就是碳酰氯。碳酰氯是一种很久之前的毒气，好像有两种物质经过加热可以产生这种气体。一种是三氯甲烷，另一种是用来擦拭8毫米胶片上的灰尘的四氯化碳……无论是哪一种物质，在泥泞庄似乎都不难搞到。”

独特的浑厚嗓音异常兴奋，经油漆剥落的墙壁反射，产生嗡嗡的回音。

“现在最重要的问题是，凶手是什么时候把那支有毒的烟混进烟盒里，并且让十沼京一抽上那支烟的。作案手法其实很简单，凶手只要往‘药瓶’里掺一粒毒药，躲得远远的，等着受害人无意间吃下去……”警部继续道。

他浑然不知，自己曾被已经躺在那里的死者取了个“希斯警探”的外号。另一方面——

“总而言之，把那些显眼的家伙……”“一个个绑起来！”“绑在一起，狠狠地揍一顿。”“……组长！”

同样被那个人赋予刑警a、刑警b等代号的刑警们，也都七嘴八舌地发表意义非凡且丰富多彩的意见，不遗余力地为独奏会——不，搜查会议出谋划策。

“且慢，老夫有一妙计！”

贺名生警部为每个人分派完任务，宣布散会。显而易见，他的话并没有平时那么自信。不过，他仍然迈着威风凛凛的步伐，慢吞吞地离开会议室。他一出门，就在走廊的一角看到刚刚那个小警员正在跟某个人争执。

“你别难为我了。告诉你谋杀案的情况？开什么玩笑！你是社会记者？宅男？不管你是什么人，说了不行就是不行！赶紧出去，别碍事……”

对方是一个其貌不扬的小伙子，娃娃脸上还带着些学生气。但是怎么看都不像撰稿人。贺名生警部瞟了他一眼，从他们身边经过，小警员注意到他，立刻恭敬地敬了个礼。说时迟那时快——

“站住！”

一不留神，对方就乘虚而入。别看小警员外表不靠谱，身手却无比矫健，一把就将他按住了。

——真是的，最近怪胎可真多啊！

贺名生哀叹着走开了，耳边传来小警员教训那个不懂规矩的普通市民的声音。

“不要乱动！听到了吗，听到的话就赶紧……什么，你跟受害人是同学？这是两码事！”

“谁？”

水松美里喃喃地发出一声惊呼，从床上坐起来。她感觉病房白色的门后有人的气息。

朋正……？意识到自己想这般唤他，美里的心口不禁一跳。

从时刻表上的遥远地点传来的噩耗，已经是无可挽回的事实，她也是因为这件事才会在这里。可是，在脑海中的某个地方，她却总是幻想着回到那个一切都不曾发生的世界。

不能去平行世界的话，至少让她来一次短暂的时间旅行也好，就让她回到凶刃挥向加宫的那一刻……不，哪怕只能回到他断气的那一刻也好。她就只想陪在他的身边——

（不行，太不切实际了。）

美里缓缓摇了摇头。她迎着从巨大的窗户照进来的阳光，眯了眯眼睛。

这里是父亲的熟人经营的私立医院，位于大阪北郊，阪急京都线的沿线，环境幽雅。她如今就住在这里的一间宽敞的单人病房里。

在被绑架期间，凶手给她服用了大量药物，她正在住院疗养……对外是这么个说法，但是，除了吃饭时间会有人来量体温以外，其余时间都没有人会过来。住院的目的，倒不如说是为了挡住那些纠缠不休的家伙，而且敌人不只是那帮记者，还包括警察。

——折腾了一大圈，爱女好不容易被释放，却立刻被警察抓去问话，作为父亲岂能不起逆反心理？

因此，外界想要访问这个房间的困难度，比她自己出门的自由度高得多。

“……谁？”

美里再次抬头，这一次，她的声音很清晰。她已经确认那不是错觉。的确有人在门外踱来踱去。

“谁在那里？”

但是，对方又犹豫了几秒钟才回应她。

先是从门缝里伸进一束乱蓬蓬的花，接着一颗毫不逊色的乱蓬蓬的脑袋出现了。一张似曾相识的脸迅速露了一下，又马上缩了回去，她只看到了他圆溜溜的眼睛和鼻子。

会是谁呢？美里冥思苦想。这一次，那人终于不再闪躲，整张脸慢慢地探进来，进入她的视线。

“……森江同学？”

美里一瞬间瞠目结舌，叫出那张脸的主人的名字。

“啊，是我……森江。”

他隔了一会儿，才傻乎乎地回答了一句。然后，他怯生生地走进来，整个人都透着些不合时宜和搞笑，但是，最搞笑的还是他刚刚打招呼的那句话。

“那个，最近真不太平啊。其实，我最近才在旅行地得知那些事。无论是水松……呃……水松同学的事，还是泥泞庄那些家伙的事。啊，先不提这个，请收下这束花。那个……放在哪里好呢……”

森江春策。二十二日与他在派对上分别后，就再也没有见过，不过，以前他们的关系也没有多亲近。

她一上大学就加入了“ON THE ROCK”的编辑部。好像从那时起，每三次例会，她才能目睹一次他独特的风采。总之，她与他的交情仅此而已。

直截了当地说，她对他没有兴趣。不过，她倒是被他应邀投给他们的充满奇诡幻想的作品迷住过。

交情一般的他，为什么会专程来找她呢？

“你怎么找到这里的？”

听见美里惊讶的问题，森江春策的脸上浮现出憨厚但很难取悦女孩子的羞涩笑意。

“我、我也有女性朋友哦。虽然只是朋友的朋友的、朋友。”

这个回答完全让人摸不着头脑，不过，她却灵光一闪，腹诽道。

（肯定又是妈妈。）

当然了，自从绑架案的报道限制解除以后，打到家里来的知己好友的电话不计其数。

母亲无法当面谢绝，只好通过电话婉拒。但是，面对那些名字格外熟悉、连家人都对得上号的人，她就会把疗养地址告诉对方（但会特别嘱托对方不要去探视）。

森江的意思估计是他辗转托了很多熟人，才找到这样的朋友，打听到了这所私立医院的地址吧。

（妈妈可真是的……）

美里忍住咂舌的冲动。她自己也因为百无聊赖，从医院给朋友家打过电话。而且，她该讨厌的不是妈妈，而是这个千方百计不请自来的男人。

森江好像全然没有感受到她冰冷的目光，他找到一个花瓶，将带来的花插进去。但是，一大半都被他掉在了地上，他只好手忙脚乱地蹲下捡。

这个男人笨死了！美里再次咂舌。但是，下一刻她就笑喷了出来。她是被对方那毫不做作的样子给逗笑了。就算自己求他——加宫朋正，估计也看不到他这一面吧。

可是，她立刻就后悔了，她不该对他笑的。因为，森江受到她流露出来的这丝好意的鼓舞，竟然毫不铺垫便道："希望你能告诉我，加、加宫和……那个 ×× 派的关系。"

"×× 派？"

他冷不防问什么呢？美里暗道。下一刻，她的心里便涌现出一团怒火。

"我凭什么回答你这种问题？"

"因为，那个……"

森江词穷地吞了吞口水，故意清了几下嗓子。

“关于你的绑架案，我个、个人很有兴趣……抱歉，这么说太不礼貌了。”

他说了一半，慌忙闪烁其词道。美里的目光自然变得更加危险，他像是要避开她的目光似的，慢吞吞地转过身子，双手撑在病房的窗户上。

“你当然不可能不知道，你……不，水松同学，你从 ×× 派或者别的莫名其妙的家伙手里逃脱了，有人却没能活着回来。虽然有些晚了，但我想知道他的死亡真相。可是说实话，我不知道该从哪里着手。所以，我想先从二者之间是不是有关系，或者说是不是没有关系着手调查。我是说……你的绑架案和一系列的杀人案之间。”

简直是强词夺理，不，是诡辩。美里突然想。

（难道他想学警察问询吗？）

这个男人专程跑到这里，就是为了玩这么幼稚且毫无目标的侦探游戏？真令人难以置信。她向对方的后背投去讶异的目光。

“你知道就在不久前，十沼被杀了吧？”森江突然回头，“他一心想成为侦探作家，甚至让人想对他说‘你烦不烦，我早就知道了’，这件事你应该也知道吧？”

美里点点头。

他继续道：“一直以来，他写的小说——准确来说应该是他创作的诡计，我几乎都能破解。因为这个，他恐怕非常怨恨我吧。不过，如今这已经无关紧要了。我想说的是，只有十沼京一能够让我的脑子有用武之地。所以，我有义务解决他——那个我在学校结识最久的朋友留下来的谜题。这个谜题哪怕不是他自己创作的，也是他奋不顾身记录下来的。不过，这只是我自己的臆想，并不是另外一个世界的十沼托付给我的，或许你会觉

得事不关已吧。”

这确实是他单方面的臆想——美里暗暗想道。不过，她也做不到事不关己。

能继承他未能完成的目标的只有自己……在得知加宫被凶刃刺死时，美里曾这般想过，而且，从那一刻开始，一切都变成了她自己的问题。

“我好像懂你的心情。”

片刻后，她发自内心地说道，也开始想要听听这个男人的“侦探游戏”的后续了。

她当然恨刺死加宫的人，对于继锖田敏郎之后的社团学长们的死，她也不可能漠不关心。

“可是，这和我被绑架有什么关系？”

美里问完这句话以后，突然有个疑问掠过脑海——莫非这个男人在怀疑我？

（怎么可能！）

她一笑置之，但更多的却是厌烦。她腹诽道，只是推理游戏的话，她就陪他玩玩吧。

迄今为止，虽然很少有机会跟他交流，但她对他还是有一丝敬意的。可是，如果森江的推理太蠢——蠢到认为刺杀加宫朋正的人是自己，或者杀害了锖田敏郎的人是自己的话，那么，她就有必要撤回那份敬意了。

“我想问的就是这个！”

森江的语气却突然激动起来。

“那个……绑架和监禁你的家伙，有没有什么容貌特征？”

“怎么又是这件事？”美里烦躁地回答，“警方也啰里啰唆地问了我很多遍，我就只记得，当时我躺在地板上，水泥地又凉又脏……”

“我在报纸上看到，那伙人至少有三四个人。”

森江毫不气馁地继续发问，美里轻轻叹了口气。这个男人，究竟想找到什么结论呢？难道他和警察一样，都想证实绑架犯就是 ×× 派不成？还是说……

“我想问……只看报道，好像所有人都默认为你是被迷晕之后，才被绑架到大阪方向的。可是，你自己有没有这么想过，那会不会只是个错觉，其实你是被带到了自己来的方向呢？”

“来的方向？”

美里瞪大美目。

“是的。”森江点点头，“你先从大阪，被带到了阪急的列车中，然后到京都，再到自己的公寓。最后，到‘泥泞庄’。”

这个人的大脑里到底还塞着多少妄想啊——美里认真地怀疑对方的精神是否正常。难道他想说，是住在泥泞庄的那些人绑架了自己？

她抗议地瞪大圆圆的眼睛。

“我从来没想过这种事……一次也没有！”

森江十分轻易地接受了她的说法。

“我懂了，那也难怪。那么……”他轻咳一声，继续道，“那么，空间的问题暂且不论，先把时间往前推一些好了。你能讲讲那天晚上，也就是‘春天’的派对结束后的事情吗？”

美里当然没有义务回答。但是，她却像是被他奇怪的话术给吸引了一样，打开了话匣子——准确而言，她是想看看这个男人还能有什么更过分的妄想。

派对之后，她回到居住的女生公寓，接到了堀场省子的电话。第二天，她又接到通过本地新闻得知锖田被吊死的省子的联络，赶到了泥泞庄。接着，她在“验尸官法庭”上突然遭到日疋佳景的诽谤。她把这些毫无保留地说了出来。

“太过分了。”森江皱起眉头，“你刚刚得知那样的新闻，本来已经很受打击了，他竟然还这么口无遮拦。”

“……是啊。”

美里轻轻地点了点头。那个目光下流的猥琐男，简直是个毫无下限的男人。

“亏你能忍下这口气。这可以说是双重打击了……不过，那小子那么旁若无人，简直是满不在乎的平左卫门[1]。对了，说起旁若无人。”

森江若无其事地继续道：“听说 ×× 派那伙人经常会闯到加宫的住处，他搬到那栋公寓以后也是如此吗？”

“是啊。好不容易从廉价公寓搬进了新家，那帮人却马上又找到那里了……”

森江从刚才开始，就不停地把手中的笔记本翻开又合上。她说着，森江手中的笔则在那个笔记本上飞快地记录着。不过，他突然被翻开的某一页吸引，停下了笔。随后，他便把美里撂在一边陷入了沉思。

“……？”

美里好奇地探头看向那个笔记本，结果对方随着她的动作同时抬头。森江羞涩地笑笑，将刚刚看入神的那一页转向她。上面有几个特大号的字：

ULCERA MALIGNA

1　日语中“满不在乎”的发音与人名“平左”发音相近。在说一个人满不在乎时，就会说这个人是“满不在乎的平左卫门”。

不用说，这正是出现在日疋谋杀案现场的那则用鲜血写下的信息。不过，她也只不过是通过报纸了解到的。

片刻后，美里带着一些嘲讽，询问“业余侦探”：“关于这个，你有什么线索吗？”

有必要的话，这个称号她可以承认一半，美里心想。不过前提是，关于这十三个莫名其妙的文字，他能给出一个能让她明白的答案。

其实对于美里而言，般若心经什么的还更好理解一些。

可是，森江的回答却跟她的预期不符。

“水松同学，你知道‘约伯记’吗？就是《旧约圣经》中的‘约伯记’。”

“哦，这个标题我倒是有印象……”

美里老实地回答。他像是在反复品味这个刚刚获得的知识一般，眯起眼睛：“约伯记讲的是，住在巴勒斯坦的乌斯地区的约伯，是一个虔诚信奉真神的好人，但是他却被问罪，失去了地位和家产。也就是说，这是圣经中的一则荒诞故事。约伯已经陷入非比寻常的绝境，可是这时，他又遭遇了更大的不幸，导致他妻离子散，那就是名唤‘恶性溃疡’——‘ULCERA MALIGNA’的难治之症。”

她恍然大悟。可是，即便他如何解释，都改变不了他离题千里的事实。

如果有必要，她愿意向神发誓，在她（以及她所了解的加宫）的人生中，她不记得自己曾接触过这种东西。

“所以，森江同学。”美里略微压低声音，“凶手……写下那个‘恶性溃疡’的理由，究竟是……”

“那就是……”

森江春策有些困惑地用钢笔挠了挠自己的太阳穴。美里正充满期待地盯着他的嘴，等待他接下来的话，外面却突然响起尖锐的警笛声，两个人

都吓了一跳。

森江用手制止美里，慢悠悠地走到窗边，将大脸贴在窗户上，盯着外面的景色看了半晌，最终喃喃道："出车祸了吗……"

阴沉沉的灰色天空令人联想到死人眼睛。

"好，上了！"

森江春策为自己壮了壮胆，鼓起勇气迈出第一步。转眼间，他就接近了目的地——那个石砌的门柱。

正要越过它，他的脚却突然僵住了。他像是遇到了磁场的斥力一样，开始后退。一开始还越来越近，后来却越来越远……

（——唉！）

森江像是倒转的胶片，又回到了出发点。他不知第几次发出叹息。

他的目标是前方那座平平无奇，只有旧这一个优点的建筑。这不是他第一次来了，住在里面的也都是他的老朋友。

可是唯独今天，他觉得在脏兮兮的围墙内的大门口，盘旋着阵阵妖气。他使尽浑身解数，也无法迈入石砌门柱对面的世界。

（好吧……再来一次！）

从刚才开始，他已经在老白羽医院的门前来来回回了六次之多。至于口号，从他在市内公交车站下车的时候起，已经喊了几十遍了！

可恶……他对自己咂了下舌，突然摆好助跑的架势，不管不顾地冲了上去。结果他刚出发，就被铺路石绊了一下，狂叫着往前冲去，等他意识到的时候，已经紧紧攀住大门，站在了大门口。

好歹算是突破了难关。森江调整了一下气息，挺直腰杆。

他大声激励自己，用力敲门……里面却没有回应。他有些扫兴，但很快就再次握起拳头，用力地砸着门板。突然间——

嘎吱——伴随着轻微的摩擦声，大门开了。门扇像是在朝他招手一般，轻轻地抖动、摇晃……

森江有些纳闷地通过门缝，把头探进有些昏暗的空间里。就在那个瞬间，有个非同寻常的力量抓住了他。

啊啊啊！他来不及尖叫，就被那几只钳住他手臂和肩膀的手拖了进去。如果有人正好路过的话，应该会看到那幅荒诞、罕见的景象。

那栋建筑宛如水木茂的怪奇漫画中的食人屋一般，将森江春策的身体吞入腹中。然后，门“砰”的一声关闭了。剩下的只有阵阵寒风卷起落叶，在除夕的街头掠过。

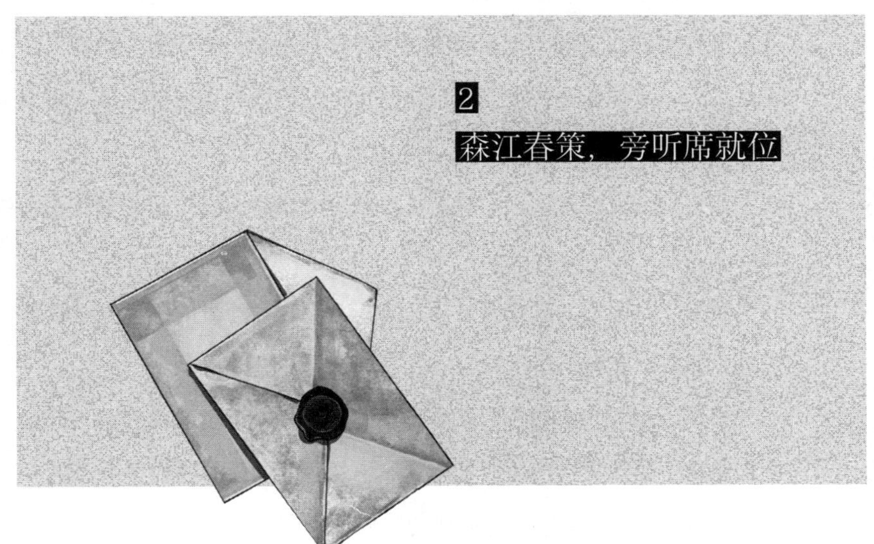

2
森江春策，旁听席就位

森江春策坐在乍一看挺豪华、实则破旧不堪的椅子里，坐立不安地扭了扭屁股。一堆五颜六色的彩带散落在他周围。这是什么？派对？他不禁困惑地眨了眨眼。

——这里是泥泞庄二楼北侧的空房间。但是不管这是哪里，都没有这么跟人打招呼的道理。几条胳膊突然将他拽进来，把他像“货物”一样运上来之后，又把他强行按到“指定座位”里，还在硬板纸上穿了根绳子，挂在他的脖子上。

（可是话说回来……）森江再次眨了眨眼睛。（这个派对，到底是在搞什么名堂？）

实际上，眼前的景象很诡异。首先，在森江座位的不远处摆放着一张长桌，旧桌布上有一些崭新的污痕，看着非常滑稽。

“杀人屋”的幸存者们立在长桌旁，或者说远远地围着它，都是一副不知道是不是该为自己还活着感到庆幸的表情，而且他们每个人的手里，都有一本用雪白的纸张装订而成的厚册子。

更奇怪的是，对面摆着一个讲台似的东西，上面同样铺着桌布。那张桌布看着挺眼熟，大概是从哪里扯下来的窗帘吧，隐约还能看到下面的纸箱。

（这些人在搞什么？如果是恶魔仪式的话，地上应该有五芒星的图案。）

“——好了。”

堂埜仁志对森江的慌乱视若无睹，缓缓开口。

“因为稀客的到来耽误了一些时间，我们继续吧。首先，接着刚刚的话说……”

会长慢悠悠地走到“讲台”旁边，尽管语气依旧慢吞吞的，声音却像是从丹田深处发出来的，低沉而浑厚。

“‘手记’的复印件……啊，我还是去那家常去的十元复印社复印的，钱是从社团的团费里出的，大家没有异议吧？下面，我想请大家谈一谈这份文稿的读后感。”

什么文稿，什么手记？他刚刚好像提到了“复印件”，大家手上的好像是B4大小的复印纸。难道那家伙……？

“总而言之。”

堂埜沉重地清了下嗓子，接下来的话令森江心头的那个预感更加强烈。

“我们不能辜负这份遗稿。在我们被接二连三的谋杀案搞得焦头烂额的那段时间，他为我们完成了这份珍贵的实录，我们现在要做的就是……”

“就是根据这份手记，通过比全共斗[1]还热烈的讨论，将那个可恶的凶手揪出来！”野木仿佛难以抑制自己内心的挣扎，烦躁地扶了扶眼镜，又道，“赶紧开始吧，别再讲这些大家都知道的废话了……”

“能有什么办法？”蚁川辩护一般插嘴，“毕竟这里还有个一头雾水的家伙！对吧，会长？不，陪审员先生。”

（陪审员？原来这是一场庭审。这么说，这副模样出现在这里的自己，就是……）

森江再次盯着挂在自己脖子上的硬纸板。左右两边都打了孔，穿了

1　1968（昭和43年）—1969年（昭和44年）发生在日本的学生运动。

一根不知道是哪家商店的绳子，上面用万能笔粗暴地写着几个大字——旁听人。

他纳闷地想，这难道就是他们分配给我的身份？

“对了，差点忘了最重要的东西了。”堂埜说着，把一沓沉甸甸的稿纸丢到一头雾水的森江腿上。森江为他这突如其来的动作吓了一跳，更令他吃惊的是第一页上面的署名。

（十沼、京一……！）他目瞪口呆。（这是他留下的？难道是关于这次案件的记录吗？他自己也惨遭杀害，却记录下了这一系列的谋杀。真的吗？）

“这是手记的原稿，你要好好保管，因为复印的时候没有算上你。”

“我也……可以看？”

森江因为这意想不到的礼物抬起头来。

野木在旁边说道：“真的要把我们愚蠢的历史给这小子看吗？他又不住这里！”

他的语气里充满怀疑。才一段时间不见，他就对自己如此针锋相对，令森江有些寒心。

“我是想，他或许能够提供给我们不同角度的解读。”

堂埜气定神闲地打圆场。蚁川有些不悦地说：“这不是挺值得期待的吗？既然让他以这种形式坐在这里了，肯定要为他提供相应的信息。”

“对啊。一个完全不了解情况的人，就算让他站在旁观者的角度分析，他也分析不出来啊。”

野木仿佛在说“想得真周到”一般，嘲讽道：“都别说得那么肯定，我看也不能对他抱有太大的期待。”

（我终于懂了。）森江带着些自嘲，将脖子上的绳子拉近一些。（所以，

他们才为我搞了这么个名牌。专程送上门来的傻瓜，他们岂能放过？）

他们把自己拖到这里，是为了交给他一个重要任务。他的角色与其说是决定他们命运的审判的旁听人，不如说是电视节目的观众评审代表。

可是，这个聚会究竟能不能称为审判还值得商榷。毕竟在这个法庭上，所有陪审员都可以是检察官、法官或被告人。

“我先说一句。”堂埜像是参加班会一样举手发言，“为了避免误会……实际上，这并不是审判，对，准确来说……”

“你想说这其实是一场‘讨论与检举的读书会’吗？”蚁川用讥诮的口吻打断他。

“还是‘辞世友人追悼会’？”

“我提议叫‘通往死刑台的单程票抽签大会’，如何？”野木轻蔑地道。

堂埜却摇了摇头：“不……叫什么无所谓。”他生硬地清了下嗓子，又道，“那么，我们就开始吧——‘互相证明清白的信任与友爱会’。”

（不不，恰恰相反。）森江悄悄地摇了摇头。（这是一场可怕、伪善的“谁是凶手”游戏，剧本就是十沼的遗稿……）

他难以苟同地看向原稿。

起初，他对于它的厚度和重量还有些迟疑，可是，当他开始浏览格子里的文字时，眼睛却瞬间放大，手指也匆匆开始翻页。

《谋杀喜剧之13人》/十沼京一/序章·怪胎云集的爱之乐园/在地下餐厅的一角回荡的歌声……

他几乎是以一目十行的速度浏览的。他一口气看完几十页，猛然翻回去，动作粗暴得几乎要将装订的线给扯掉。看完眼前这页，又匆匆翻回到几章之后。

过了一会儿，他的目光突然从纸张上离开，盯着某处念念有词。那副模样就像是等待上场的演员。有只手突然伸到他面前，夺走了手记。

“你到底有没有在认真读啊？你的复印件是不是缺页了？快对照一下原稿！”

森江像是被收走玩具的孩子一样，抬起空了的手虚空地抓了抓，抬头看向那只手和声音的主人——野木。

“看，就是这里！我让你看的是这里！”

“喂，请你冷静一点！”

堂埜的声音压住了野木的大呼小叫。

蚁川依旧是惯常的语调：“你才应该认真点，这一段怎么了？给我看看……”

他从野木手中抢过原稿后开始粗暴地翻页。

旁边的堂埜探头看了看，道：“随便怎么样。”责备道，“请大家讨论的时候尽量不要太暴力……”

看样子，是他们在根据十沼的手记互相确认记忆的过程中，产生了一些分歧。

看来他们暂时不会结束了。森江缩回空空如也的手掌，悄悄地站了起来。他的喉咙干得厉害。

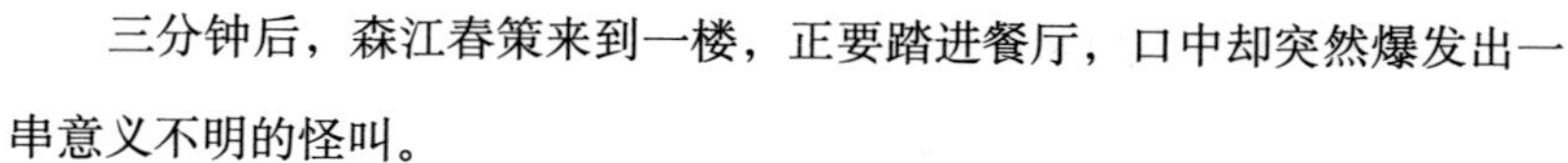

三分钟后，森江春策来到一楼，正要踏进餐厅，口中却突然爆发出一串意义不明的怪叫。

“呜哇哇哇……”

他叫得很没出息。但是，在空无一人的地方突然撞到一个人，估计谁都要吓破胆。何况对方的肢体还非常富有魅力。

“吓、吓死我了！唉……”

森江惊魂未定地大声抱怨，再次看向对方。有一半，不，九成原因是羞涩。

“抱歉，我正要倒茶。”

对方——乾美树轻轻眨了眨眼睛，坐在餐桌边上对他莞尔一笑。

“你是森江学长……对吧？”

“感谢你还记得我。”

森江女人缘本来就差，很少有红颜知己，而且不知道为什么，越是性感的女性，就越是跟森江无缘。他带着疑惑向她道谢。

美树一脸诧异，为什么森江学长会来这里？看到她的神情，他挑重点解释了刚刚的情况，又道：“对了，你又是为什么来这里的？难道也是在外面徘徊的时候被硬拖进来的？……不，应该没这个可能。难道和验尸官法庭一样，你是受邀来参加‘泥泞庄陪审法庭’的？”

“是啊。”美树点点头，“会长他们给我打电话，说是有要事相商。他们好像找到了重要证据，有机会揪出凶手……可是……”

她晃悠着肌肉绷紧的双腿，目光淡淡地往二楼瞥去。

“我赶来一看，却发现他们在搞那种推理游戏。太蠢了，说推理都是抬举他们了。”

“确实无法否认。”

“对吧？于是我就放弃参与权，赶紧逃出来了。他们还说，复印的时候是按照庄里的人头数算的，忘了复印我的份儿，所以要把珍贵的原始手稿交给我。语气夸张得要死，真讨厌。”

“你的心情我非常理解。”

森江不停地点头。

（原来如此。也就是说，那份原稿原来是她不要的，或许那才是一个聪明的选择，不过，我……）

他像是要说服自己一样，在心里喃喃自语。森江的脑海中突然掠过一件被他遗忘的事。他环视四周，问道："对了，堀场省子呢？"

美树也纳闷地歪了下脑袋。

"不知道啊，他们不可能不邀请她的……"

"是啊……"

说实话，森江有些失望。照他目前读到的内容来看，堀场省子在手记中扮演着非比寻常的角色。

即便不是如此，她也是最了解十沼的人，必须听听她的说法。她到底为什么没有来呢？

（唔，邀请她来这里参加寻找凶手的聚会，确实有些残忍……）森江暗道。（她应该是受了打击，失魂落魄，才没有出现吧。倘若如此，十沼泉下有知也能瞑目了。）

他不由得感到一丝羡慕。不过，他却突然意识到一件奇怪的事，怀疑地望向美树。

"不过，亏你能满不在乎地一个人待在这里啊！你就不怕凶手突然出现吗？"

"那不是正好吗？"

美树的脸上浮现出一抹微笑，手伸向背后，下一个瞬间，便有一把剃刀伸到森江眼前。

她面带微笑继续："比起等待无聊的班会结论，那反倒更省事呢。"

她的个性纵然强悍，也只是一名普通的女大学生，可是，那个瞬间，

她却向他显露出了恶魔的一面。

“原、原来如此。”

森江努力保持镇定，只能这么回答。

“……言之有理。对了，能给我也倒杯茶吗？”

几分钟后，他用茶水润完喉，抱着一堆“行李”回到“法庭”，两只手不够用，他只好在腋下也夹了一些。

“好了，到这一段为止。”

森江缩着身子，蹑手蹑脚地重新回到旁听席，耳畔回荡着堂埜一成不变的声音。

“你们对这份手记中描写的自己的行动，都没有什么异议吧？”

哦哦……在一片敷衍的赞同声中，没有一个人注意到自己，森江有些沮丧，同时也松了口气。不过，他刚刚若无其事地坐到圆椅上，野木便找茬儿道：“旁听人，你未经允许跑哪儿去了？”

“抱、抱歉。去、去了趟厕所。”

“厕所……？”

蚁川鹦鹉学舌般重复了一遍。接着，他狐疑地看向森江放在旁边的那堆东西——蒙着一层灰尘的百科事典和旧报纸。

“哼，算了。这么重的玩意儿，你带这么多本上来干什么？”

他抱怨地说完，将原稿扔回给他。

（真是个任性的家伙。）森江春策腹诽，表面却不动声色。他不停地更换着双手和腿上的原稿与资料，继续埋头阅读起来。

也不知过了多久，他突然意识到说话声停了。一抬头，发现外面的天色已经暗了下来。堂埜像是一直在等话题结束似的，长出一口气，道：“到这里终于告一段落了。我们进入正题吧？”

（还没有进入正题吗？）森江有些无语，不由得抬起脸。

“且慢。”野木突然大声插嘴，“在此之前，还有一件事必须要讨论，不是吗？”

“在此之前——注意，是在脱离文本，彻底解决案件本身之前。”蚁川像是外国人一样摊开双手，补充道。

堂埜看了看他们二人，抚摸着长下巴：“你们的意思……难道是对手记本身还有疑问？”

“没错。”野木用钢笔重重地敲了敲复印件，“我们早已经证明，这不仅仅是一本日记，还是珍贵的证词、资料，这些话我已经听腻了。或许的确如此吧，可我强烈地感觉到，其中还隐藏着更多秘密。”

堂埜眯起眼睛：“更多秘密，具体而言呢？”

“你还不明白吗？”野木来了劲，自信满满道，“那就是十沼留下的信息！我们有义务把它弄清楚。而且，那就是——”

他像是缺乏百分之百的自信，突然退缩了。

蚁川淡淡地接过他的话头：“直截了当地说，就是检举凶手的线索。”

“线索啊。好吧，具体来说呢？”

“线索。”蚁川率先趋身向前，脸上浮现出装模作样的微笑，充满自信地继续道，“打个比方，它可以用一个数字来代表。借用莫名执着于此的十沼的话来说，那是一个不吉利、滑稽且无比怀旧的数字。”

“如果要在这些麻烦的废纸上指出的话……”野木的手轻轻伸到眼镜上，“它就出现在开篇的部分。不过，是在‘春天’的派对散场之后的段落。很不巧，我当时并不在那儿。”

“……”

诡异的沉默再次降临在众人之间。堂埜的眼睛半闭半睁，困倦地看了

他们一眼，道：“……好像大家的想法都很一致。”

“是啊，简直太有默契了。”听到堂埜的自言自语，蚁川的唇角勾起一抹讥诮的笑意，不过，他像是突然反应过来似的，又道，“喂，这么说你也是……”

“是啊。”堂埜点点头，“要是其他人都不说的话，我本来打算再缓一缓的。”

“没想到你也这么老奸巨猾啊，会长！”蚁川的声音有些扫兴。

野木莫名严肃地压低声音：“大家都是一路货色……关键词，不，应该称为密码吧，就是‘sa ku si ya ha、to、nu、ma、ki、yo、u、yi、thi’——‘作者是十沼京一’这十三个假名。”

他依旧是嘲讽的语气，但很快又精神百倍地道：“没错……在派对后的咖啡馆的那个段落里，十沼罗列了他打算自费出版的短篇集里收录的作品。把标题的第一个字和最后一个字提取出来，可以分别组成一句话。他对那一段的描述既冗长又不合时宜。我觉得里面肯定藏着什么信息！”

野木说到这里顿了一下，继续道：“说白了，就是十沼用类似的方法，将没有写在手记中的信息留了下来。他之所以写那段内容，就是为了暗示我们这件事！”

“看来每个人都得出了同一个结论呢。谁要是没注意到这点的话……”蚁川一副无所不知的神情，若有所指地瞥了他一眼，“就只能说明他是个蠢货。”

“即使我们都躲过了成为蠢货的命运，也于事无补……你们同意的话，我想申请先发言。”

野木轻轻拍了一下手。简直像个考试以后跟同学互对答案的中学生。

“啊？”

蚁川措手不及，看了堂埜一眼，有些不满地点了点头："好吧，随便你！"

"我发现……或许大家也发现了，"野木开口，"他总是寻找各种理由，拿自己的小说当例证。他装作若无其事，实际上却很刻意地罗列出来的那些作品名，其实是想让我们联想到什么，这就不用我说了吧？首先是第一章，在他送完堀场独自回家的路上，提到一部作品：

《冰冻的古都之犯罪》

"接着，他谈到锖田给他上了一堂少女漫画课，又提到一部作品：

《二八七议席乃谋杀许可证》

"然后是第二章，× 京警署的一行人离开后，在'验尸官法庭'上，他提到了下面这几部作品：

《傅科摆的偏差》

《段仓家的惨案》

《迷宫的死角》

"剩下的作品按照顺序来列举一下，分别是：

《野蛮之家》（第三章，药房调查时）

《近铁特快谋杀案》（第四章，讨论时刻表时）

《赤死馆惨案》（第五章末尾附近）

《夕蝉庄谋杀案》（第九章，引用《薀蓙录》）

《虹色密室》（第十章）

《绑架死亡之谜》（第十一章）

《前往白夜的密使》（终章）

“这就是他提到的全部作品。十沼的信息应该就藏在这些作品名里。不过，这些作品名应该怎么组合，说实话，我目前还没有头绪……”

原来如此——堂埜缓缓点了点头。

“等等，只有这些吗？”蚁川曜司突然停下记笔记的手，粗鲁地打断他的自说自话。

“加起来不是只有十二个吗？你打算无视十沼对13这个数字的执念吗？”

“我知道啊！”野木噘着嘴道，“从派对人数，到手记标题，他都执着于那个数字，我也拼命地找过了，可是就只找到了这些，我能有什么办法？”

“所以你这个笨蛋想得太简单了！完全被他的障眼法给骗了！”

蚁川毫不留情地破口大骂。他不给对方沉下脸来反驳的机会，冷不防望向森江。

“恕我冒昧，我想传唤一下证人森江春策先生。森江学长，你好像是已故的十沼京一为数不多的读者。请问你，刚刚野木勇列举的标题，都是真实存在的作品吗？”

“呃，哦。”

听见对方突然换上礼貌的语气叫到自己的名字，森江慌忙起身。

“确实……呃……”

他还没说完，对方就用手势打断他：“可以了，请坐。”蚁川恢复刚刚的语气，“听着，他写那部自费出版作品的时候，应该是先有密码，再决定每一篇的标题的！可这一次不同。要把想传递的信息藏在既有的标题里，哪有那么容易？更何况他还不能捏造一些虚构的作品，只能在他已有的作品里面选择。最重要的是，他会设计模式完全一样的密码吗？那也太简单了吧！”

“有道理。”堂埜又点了点头。

“那、那这个呢？”野木突然恢复精神，又掰着手指道，“在说到小藤田和他的收藏品的时候，还有在其他的一些场景中，他引用过一些搞笑艺人的段子，比如《梦八》《喷嚏说书》《近日儿子》《出谋划策的平兵卫》《所购商品不存在》这五部落语作品，还有《搞笑玄治店》《喂，我是铃木》《搞笑金色夜叉》和大丸球拍的四部漫才作品，再加上录音版的《早庆战》，不正好是十三个吗？”

“妙极了！”

堂埜点头称赞，却又缓缓地翻着稿子道：“不过，你忘了把第五章开头的《炉灶强盗》算进去了，我是不是睁一只眼闭一只眼比较好？”

“呃……是吗？”

野木瞠目结舌，堂埜无语地望了他一眼：“照你的意思，难道除了十沼自己的作品以外，还要把这本手记中出现的各种标题都一个个串联起来吗？尽管我没有数过，但里面出现了一堆歌曲、电影和侦探小说，难道要一个个地数吗？”

“没那必要。”蚁川轻描淡写地笑道，“我们应该找的是更有十沼风格的标记——没错，我说的就是‘谋杀案’或‘杀人事件’的标记。”

“‘谋杀案’？”

“没错。这可谓是推理小说最常见的后缀了吧。不是有一堆带有‘谋杀案’或‘杀人事件’的标题吗？而且，这份手记里正好有十三部作品——《狗园杀人事件》、自费出版作品中的《空中庭院谋杀案》，同样是他自己的作品的《近铁特快》《夕蝉庄》，以及第八章里掘场帮他数的八部范·达因作品，从《班森》到《赌场》加上《冬季》（排除重复的《狗园杀人事

件》），再加上最后一部作品，也就是发现海渊尸体前，他突然引用的《黑死馆杀人事件》。”

“十沼为什么要在那里突然介绍花坛，这很令人费解，我觉得他的目的应该只是引出《黑死馆》这个标题而已，以便把他的密码设计进去。”

“太精彩了！”堂埜感叹，同时轻轻地鼓了鼓掌，“所以，你对这十三个‘谋杀案’的解读结果是？”

“不，还没有进行到那一步。”蚁川面不改色，“只要找到关键词，肯定能解读出来……对了，有人研究过濑部的《十三部私人最佳影片》吗？”

“如果要跟13这个数字死磕到底的话……”野木突然拍了下大腿，“堀场提议的短篇集的标题《13人之谋杀喜剧》呢？ジ・ユ・サ・ン・ノ[1]……这个标题也正好是十三个字！”

（这些人有什么误解。）森江暗道。（他们如何能够确信这份遗稿中肯定藏有真相，而他们只要跟着十沼的写作思路，就一定能找到“解决篇”呢？他们难道以为这篇手记跟侦探小说或考试习题册一样，只要翻到最后，就一定能找到标准答案吗？）

这样下去，最终只能对凶手更为有利。森江再次忍不住抬起屁股，无精打采地去楼下的餐厅……

“你又来了。”美树有些无语，撩了撩格外有诱惑力的秀发，“要再来一杯茶吗？”

“不必了。”森江回答，“我就是……出来散散步。”

他晃悠了一圈，再次回到旁听席，这次没有一个人盘问他。他们似乎终于走到了森江担心的死胡同。

---

1 “ジ・ユ・サ・ン・ノ”为“十三”的片假名写法。

“你们忘了一个重大发现。”

蚁川声音紧张地抢过发言权。

“文章中出现的漫画家，‘水木茂’和‘川崎幸雄’，用罗马字来写的话也都是十三个字。MIZUKI SHIGERU、KAWASAKI YUKIO。”

野木哼了一声：“确实，真是慧眼如炬。不过，希望你不要把 TABUCHI YUMIKO[1] 忘了。”

“对对对！”

蚁川难得坦率地点点头，继续道：“对了，你们发现了吗？被濑部特意排除在 13 部最佳影片之外的，他最爱的阿尔弗雷德·希区柯克，算上片假名[2]和中间的（·），也是十三个字。”

“有意思。”

“不对，不对！那 13 部最佳影片才是关键词！”

“把刚刚提到的‘谋杀案’换成英文，就是 THE MURDER CASE，这也是十三个字母。”

森江选择无视这场还没有完全白热化的讨论，继续埋头阅读。如同淡墨水一般的天色越来越暗，褐色的方格线和钢笔的轨迹开始模糊在一起。像是为了跟黑暗对抗似的，他“啪”的一声将手记合上了。

就在森江春策清了下嗓子，有些拘谨地打算起身时，有人打开了日光灯的开关。

微弱的灯光充满了房间，森江站了起来，在椅子轻微的“嘎吱”声中，他缓缓开口：“大家停一下……听我说。”被他拎在手中的原稿如同怪物的舌头。

1　即前文出现的田渕由美子。

2　阿尔弗雷德·希区柯克的日文为“アルフレッド・ヒッチコック”。

“别添乱，真是的！”一个无比焦躁的声音立刻回答，“很遗憾，还没轮到旁听人上场！”

“是啊，你先闭嘴！好了，刚刚的那件事，依我看来……”

他们又不厌其烦地讨论起来，但森江春策还是客气又不失耐心地打断他们：“……不好意思。”

你到底要说什么——他们不悦地向他投去谴责的目光。他有一瞬的胆怯，但还是继续道：

“我知道凶手是谁了。”

3 森江春策，开始说明

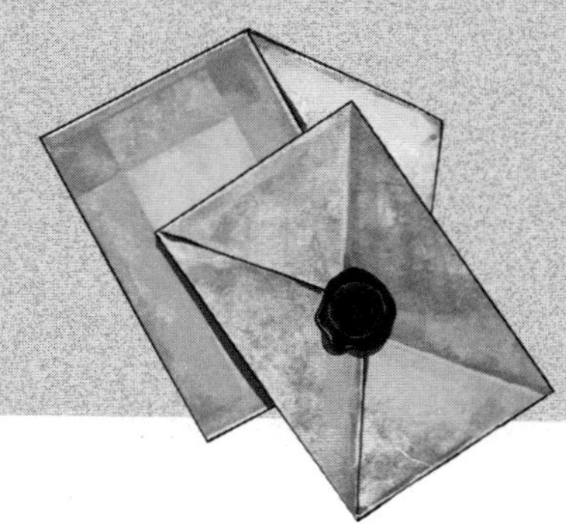

“那你可真厉害！”蚁川夸张地大叫出来，“你到底想干什么？”

野木勇和堂埜仁志皱起眉头，冷冷地望着他。森江春策有些畏缩，但仍然提高嗓门：“我确实是个局外人，连一系列案件的旁观者都算不上。可是，在十沼的手记面前，人人平等。不，我甚至认为我更有经验。毕竟我一直都是他的忠实读者，而且一直在接受他的挑战。另外……我的名字MORIE SHUNSAKU，刚好十三个字。看在这件事的份上，你们能听听我的看法吗？”

他如此牵强附会，实属迫不得已，但这句话比任何恳切的言辞都更有效。

“怎么办？”

过了一会儿，野木窥探了一下大家的脸色，询问他们的看法。

堂埜当机立断：“好吧。”他回头看了一眼森江，又道，“其实，我们之所以把在门前徘徊的你放进来，就是出于你刚刚给出的理由。”

森江瞠目结舌。

蚁川斜了他一眼，说：“您可真是一如既往地深谋远虑。既然会长都放话了，那好吧。”

“不过要长话短说。”野木不失时机地叮嘱道。

森江搔了搔头：“这个嘛……有点难办，恐怕会说来话长。”

他拿起桌上的原稿，整理了几秒钟思绪，很快就敛眸开口：“该从何讲起呢？比如，我很好奇这个段落。就是第一章十沼送堀场回家后，在寒

风中回到泥泞庄的那一段。嗯……他这么写道：‘刚刚有一瞬间，我好像透过一楼的窗户看见一丝灯光。’然后又立刻否定自己，说那也许是车灯的反照。你们不觉得这里像某种暗示吗？更奇怪的是下面这句话：‘我踩着又冷又湿的浴室瓷砖’……在好几个小时空无一人的家中，浴室的地板为什么会是湿的？”

“哦？”几道讶异的目光集中到森江身上。

他有些拘谨，但充满自信地继续说道：“这是否表示，十沼回到这里的时候，已经有人在一楼的房间了？而且，多半是那个人用了洗澡间，并且做了某件会弄湿地板的事。”

片刻后，蚁川插嘴道：“不就是洗澡吗？简直像是在洗濯除秽一样！换个说法就是祓禊[1]。”

“祓禊？”

森江闻言眨了眨眼，又立刻认同地点点头：“对，对啊，就是那个！祓禊！”

这个词汇仿佛深得他的心，他连连点头。

野木一脸莫名其妙地催促他继续：“……所以，你说的那个人是谁啊？”

“哦，对。”他像是刚想起这回事儿似的抬起头，“你是问当时悄悄躲在泥泞庄内的人是谁，对吧？”

森江一边说，一边哗哗地翻页。下一刻，他突然把原稿合上，像是在牛肉盖浇饭店点单时一般，果断道：“那个人就是——铸田敏郎。”

“你说什么？”

1　日本神道的一种仪式。在人身上有罪和不洁时，或在参加神道仪式之前，用水洗净身体。

大家都意外至极，惊讶的声音此起彼伏。

也怪不得他们。十沼说他上床前曾听到有人进来的动静，所以他们很难轻易相信在此之前锖田已经在庄内了。

“你是认真的吗？”

堂埜反复询问。森江却像小学生一样不断点头：“我很认真。为什么不能这么想呢？至少没有证据可以否定这个推断吧。在十沼回到这里的时候自不必说，在‘春天’的派对散场以后，也没有任何人可以证明锖田的行踪。”

“话是这么说，你不也一样吗？”蚁川突然抬杠一般道，“在你废话连篇之前，不如先找找离开咖啡馆以后可以证明你不在场的证人！”

“我会考虑的。”

森江有些不悦。接着，他却神色格外悲怆地将朋友们环视了一圈。

“这样或许比较公平，不过，你们能再听我多说几句吗？”

没有任何人提出异议。森江春策仿佛终于恢复了精神，继续道：“接下来……十沼送完省子，回到这里时是十点十五分左右，正好跟加宫朋正的死亡时间重叠了。没过多久，就有一个人乘上那辆出事的卧铺特快‘彗星 3 号’。地点是冈山站，时间是 22 点 31 分。”

“那家伙就是凶手喽？”蚁川气势汹汹地探出身子。

“凶手……没错，是的。”森江回答，但他似乎略有迟疑，“那个人……没错，就是凶手，他也是从京都乘坐新干线追上卧铺特快的，确实可以这么推测。感谢十沼替我们详细总结了当时的列车时刻表。就假设凶手乘坐其中的‘光 145’——20 点 41 分的那辆列车，并在冈山下车了吧。然后，被这辆列车赶超的‘彗星 3 号’比它迟十二分钟驶入旧干线的站台，发车时间是 22 点 35 分。又过不久，加宫死了。”

"等、等等！"

猝不及防地听到这些，就连蚁川都发出类似哀号一样的声音。

"你再说一遍，最好解释得再详细些！"

"听几遍估计都一样。"

野木透过眼镜，冷冷地瞥了森江一眼。

"你的结论下得未免太草率了！而且还是拾人牙慧的结论，这种可能性早就被丢到垃圾桶里了……"

"是啊，要是照你这么说，"蚁川焦躁地发问，"凶手之后又是怎么从'彗星3号'上脱身的？就算是下一站姬路站，也已经没有可以返回京都的新干线了！"

"是啊，森江。"堂埜缓缓开口。他隐隐带着已经可以称之为偏执的期待，道，"难道你找到了××派的犯罪铁证吗？倘若如此，这可是一件可喜可贺的事。"

"不，只要还抱有××派跟这个案子有关联的想法，就无法解释这个案子。"

他笃定的语气与平时截然不同。

堂埜沉默片刻，道："你说得很斩钉截铁啊，语气还这么冲。"

他失望地望着森江，又道："那么，谁符合条件呢？你难道想说，有人乘坐某辆光开头的列车，在晚上八点半多赶到了京都站新干线的站台吗？"

"有人可以。"森江更加果断地说，"这是对后一个问题的回答。至于前一个问题，我的答案是，凶手没那个必要，也就是说，他完全没打算返回京都。"

"你说什么？"野木扯着嗓子道。

“不，或许是我的说法有些欠妥。与其说是凶手，倒不如说是这个不在场证明的计划制订者兼执行者。算了，我干脆把他称为本来的凶手吧。”

“我越听越糊涂了。”

野木焦虑地扯了下嘴角。

蚁川催问：“你就别卖关子了，快告诉我们。那家伙，那个从‘光145’换乘‘彗星3号’的人到底是谁？”

“加宫、朋正。”

森江简洁明了地回答。

听话者有些始料未及，立刻噘嘴道：“事到如今，谁还不知道……”

“不，我说的不是受害者的名字。”

“所以，那个‘本来的凶手’到底是谁？”

但是下一刻，他们却同时尖叫道：“加、加宫朋正？”

“没错，就是加宫。”森江点点头，“他才是一切案件的开端。他从京都出发的时间，比他告诉身边的人的时间晚得多。如果他没有想到办法赶上原定的那一趟列车的话，事情就不会变得这么棘手了。”

蚁川哑声道：“可他为什么要那么干？”

“当然是为了制造他的不在场证明。”

森江淡淡回答。

野木突然抬脸：“不在场证明？什么的不在场证明？”

“多半是……不，肯定是……”森江痛苦地压低声音，“杀人的不在场证明。”

堂埜痛苦地低声沉吟：“‘本来的’原来是这个意思吗……”

沉重的静默蔓延开来，野木用力拭去额头上的汗水。

“那个人，莫非是……”

“锖田敏郎……吗？”

堂埜代替他说出了那个名字。

“没错。”

森江只是小幅度地点了点头。一石激起千层浪，在凝滞的空气里响起“不可能吧”“太离谱了”“难以置信”的声音。

“可是，加宫不可能把锖田吊上去，从时间上来看绝不可能！”

蚁川恍然回神，喃喃道。

野木半分茫然地添道：“而且，加宫本人也被人捅死了。所……所以到底是……”

他的目光游移不定，磕磕巴巴地发问。

也不知道森江有没有注意到他的反应，仍旧淡淡地回答：“也就是说……濒死的受害者自己拔下了房间的钥匙，导致杀人现场变成了密室。这个案子就是这种情况的不在场证明的列车版。”

“！”“！”“！”

三双眼睛中都迸出惊愕的火花，游移的目光终于在这位古怪的客人身上找到归宿。他们静静等待着故事的下文。

“我的设想其实非常简单。”

森江春策拨了下刘海儿，淡淡继续：“就像这份手记中一再论述的那样，没有任何一个身在京都的人，可以在追上‘彗星3号’后再返回京都。于是我想，有没有可能加宫直到最后一刻才离开京都，然后想办法搭上了那辆他原本要搭的列车呢？我一开始也不过是想想罢了。如果我是加宫的话，会如何行动呢？我按照自己的想法重现了一下，一切都要从十二月二十二日，晚上八点到八点半之间说起——

“那一天七点左右，加宫首先让身边的人误以为他要离开京都，然后把结束兼职准备去参加‘春天’的派对的锖田约了出来，也可能是在路上等他。把锖田引到一个不起眼的小巷子里之后，他掏出了凶器。……估计加宫本来是打算一刀捅死锖田，然后立刻离开现场的。但是，那个计划终究只是纸上谈兵，实际上却发生了一件无比荒谬的事。”

野木喃喃地插嘴：“他自己反而被目标给捅了吗？”

“没错！锖田拼命夺下了凶器，也就是加宫提前从泥泞庄的餐厅里偷出来的那把水果刀。在推搡的过程中，他不小心把刀扎进加宫掀起来的风衣底下的后背。他吓得赶紧往外拔，但因为刀被提前动了手脚，所以只拔掉了刀柄，刀刃仍然留在加宫的身体里。锖田束手无策，只好死命地逃离现场……

“后来加宫怎么样了呢？当时插入体内的刀刃，意外地发挥了塞子的作用，所以他出血量很少。但是，内出血却越来越严重。加宫不知不觉地踏上了死亡之旅。当时他在想什么呢？有个念头仅次于对锖田的杀意，不，在某种意义上应该比杀意更强烈、更深刻地刻在他的脑海里。那就是——换乘计划。”

“你是说，他要去坐‘彗星 3 号’？！”

蚊川冷不防叫道。

“在朦胧的意识里，他的耳畔就只回荡着这句话，是这样吗……”

“或许吧。”森江极为严肃地点点头，“加宫在这句话的指引下，将致命伤隐藏在外套底下，往京都站的新干线站台走去。接下来的事就像我刚刚解释过的那样了，他钻进了‘彗星 3 号’的 B 卧铺车厢。在他奄奄一息的身体完成那个过于沉重的计划以后，终于耗尽了全部力量。一切都是内出血的恶作剧……就像菲洛·凡斯，不，应该是范·达因在《狗园杀人

事件》中举的例子那样……”

“《狗园》？”堂埜反问道。

“没错。就是濑部在被砍死之前观看的那部电影的原著。在那部小说里，有一个被捅死了‘却不知道自己已经死亡’的受害人，曾令案件陷入一团迷雾。加宫的情况与他一模一样，但是，这只是个小小的巧合罢了。更有意思的是……不，现在暂时将此事搁置，还是先说一下锖田吧。”

“好吧。”堂埜缓缓地点头。

“对方莫名奇妙地抡起刀砍向自己，回过神来的时候，自己已经把刀插进对方体内。当时锖田的心理活动究竟如何呢？而且，那个歹徒的真实身份竟然还是自己的同学。幸好周围没有目击者，他身上似乎也没有溅上血。他该如何是好呢？当然是要按照约定去参加圣诞派对。现在赶过去还来得及。大家都知道他要打工，会晚一些到。不过，他还是决定早些过去，免得大家起疑心……”

“可恶，为什么我没有早一点注意到呢？”堂埜悔恨不已，“他曾经站在悬崖边上，我们却丝毫没有察觉……”

“打住打住，事到如今，后悔有个屁用。”

蚁川自暴自弃地打断他，却突然沉声道：“……我记得，当时他的样子确实有些奇怪。”

“大伙儿可真是同情心泛滥，我都要感动哭了。”野木龇牙讽刺道，“别的没有，就只剩下同情了吧。都已经堆在那里烂透了！”

无人反驳——森江窘迫地咳了一声，道：“呃，我能继续吗？好吧……诚然，当时我们或许什么也没有看出来，但是事到如今，我们却很容易就能想象到当时折磨着他的焦虑和良心上的苛责，哪怕是‘春天’的喧闹也无法驱散那些阴霾。

“锖田和大家分开之后，悄悄地回到了这里。虽然不知道确切时间，不过，我想肯定不会超过十点吧。然后，他整理好身边的物品，终于下定决心，独自从一楼的房间去了二楼，又拎着踏脚凳去了望楼。在阁楼，他精心挑选了一根粗草绳……”

“喂喂，你怎么说的好像锖田是自己上吊似的？”

蚁川像是听不下去一般，挥手打断他的话。

堂埜也蹙眉道：“是啊！你这话听起来像是在说他是自杀的。……难道你是认真的？”

“我本来就是这个意思。”森江眨了眨眼睛，“我还以为你们已经认可锖田的死是自缢了呢……”

“呃，我们当然有一些头绪了，但你说得未免也太突然了，对吧？”

蚁川向周围的人寻求同意。野木的脸色看起来如遭雷击。

“主要是你的结论太草率了！那天早上，我们没有在现场找到踏脚凳……接着，十沼又闻到了‘乙醚’味，这些你要怎么解释？”

“嗯，确实是个问题。”森江轻易地接受了他的说法，“可是，你觉得下面这两种情况哪种更简单呢？第一种情况是先让他睡着，再把他庞大的身体搬到望楼，吊到那么高的地方。另一种情况则是等他自己把脑袋套入绳结，吊死之后，再把踏脚凳从现场拿走，并在尸体上洒上麻醉药。手记里有一段说，在发现尸体的早上，十沼让濑部从储藏室里拿出了梯凳。但是，说不定那个梯凳就是锖田用来当踏脚凳的东西呢？”

“你是说，有人又把它收起来了？”堂埜道。

“没错。姑且不论是不是那把梯凳，肯定有人在锖田‘使用后’，将踏脚凳搬走了。”

“那个人为什么要那么做？”

“因为，锖田如果被认定是他杀，对那个人比较有利。凶手可以将那样一个块头吊上去，肯定是个力大无穷的人，这种印象就会留在你们的脑海里。”

“你刚刚说凶手？”野木耳朵很尖，立刻打断他，“你指的是接下来的小藤田和濑部等几桩谋杀案的凶手吧？”

“是啊，当然了。”

“这么说，在一系列的谋杀案中，加宫谋杀案和锖田上吊案之间完全没有联系喽？”

“我绝无此意！”

森江猛然摇头，甚至令人担心他脖子上的筋会不会错位。

“怎、怎么了？”野木有些慌乱，往后退了退，“好、好吧，这件事我稍后再问。那么，药房阿姨的证词呢？他买的那些东西可不像是自杀者会买的。关于这件事，你要怎么解释？”

“啊，你说避孕套和灌肠药的事啊！对，对。”

森江若无其事地翻着原稿，道：“在嗅到貌似乙醚怪味的地方，十沼是这么写的。嗯……他说‘锖田有独特的美学’。这句话可以解释他使用那两样东西的原因。”

“我还是不太明白。”野木道。

“首先，十沼是这么表述辖区的 × 京警署的随行法医的话的——‘这具尸体可真干净啊！’这句话的潜台词是，缢死的尸体绝不可能这么干净。哪怕他提前在浴室里做了祓禊，洗干净了身体，可是，一旦到了真正上吊的时候，就会大小便失禁，尸体还会随着绳子的扭转而旋转，将大小便撒得到处都是。甚至曾经有个死刑囚，在辞世之前留下了‘明日赴刑场 / 泻药度春宵’的诗句。不必我多说，你们应该也明白锖田使用那两样物品的目的了吧？”

耳畔响起一阵和当时的验尸官法庭一样的笑声，如同一朵诡异的花凌空绽放，颜色比当时更加浓艳刺目，花期也短得多。

“但是……”

蚁川依旧难以苟同：“先不提他是不是正当防卫，肯定不能跟单纯的谋杀相提并论。起码换成我的话，是绝对不会如此着急地上吊自杀的，更别提死前还想着自己‘独特的美学’了。”

“而且，”野木添道，“错田回到这里时是十点前，但是，他的推断死亡时间是十一点半到凌晨零点半之间，他为何要等那么久？赶紧上吊不就得了！”

不过，森江的回答却闪烁其词：“他当然有各种不得已的理由。总之，我希望你们知道的是，错田已经得知加宫为什么要杀他，而接下来的一系列谋杀案的动机也扎根于此。”

野木不等他说完，就反驳道：“了不起，难道你能‘通灵’不成？”

“我哪有那本事！”

森江的脸上泛起淡淡的红潮。

“这些话不是错田自己留下的吗？‘为了赎罪，我即将被杀。一切都始于米斯卡塔尼克开放参观日的那一天，我对一个幼小的生命弃而不顾。但是，我已经不堪忍受……’”

“哪哪哪哪、哪里！”

他们瞬间瞠目结舌地跑到他面前。森江被他们的气势吓得退后半步，将“十沼手记”第八章中插入的奇怪段落指给他们看。

“——瞧，这里写得很清楚。”

‘为了赎罪，我即将被杀。一切都始于米斯卡塔尼克开放参观日的那一天，我对一个幼小的生命弃而不顾。要是当时我丢下那个孩子就好了，说不定他还有救。一想到这里，我就备受折磨。更重要的是，我们当时为什么没能阻止加宫呢？锖田敏郎’

他们乖乖地听着森江春策从上往下念。当然，他念得并没有这么流畅，而是一边逐字对照一边解读。不过，这依然无法削弱从这段话里流露出来的悲痛。

“在第一章的前半段，”森江顿了片刻，开口，“有一段记述说，锖田一直在按照梅棹忠夫的方法整理少女漫画的资料，后面又出现了开放文件、京大式信息卡、档案柜之类的名次，没错吧？顺便一提，要是在这里再添加一个属于“智识的生产技术”的特殊工具，你们觉得会是什么？”

“不知道……”他们没把握地说完，陷入沉默。

森江继续：“就是平假名打字机啊！”

“平假名……什么？”

“平假名打字机，而非日文打字机。外壳和英文打字机相同，可以录入假名和数字。有一些进步主义文人和作家的预备军宣称它更省力、更合理，把它运用到了写作里。你们难道没有听说过吗？当然，之后必须手动改成汉字假名混合的文章才行。不过，自从《知性……》这部作品问世以后，人们对用假名打字机‘录入的日语’的认知度，确实有了一定程度的提升。”

“锖田也是其中之一吗？”

“是啊。可是，平假名打字机跟片假名打字机一样，可以大致区分为专用型和英文结合型。英文结合型省去了一些符号和表示拗音[1]、促音[2]的小字，将它们的功能分配给几个大写的罗马字母。普通的英文打字机，通过 Shift 键的切换，可以区分大小写字体。而这种打印机则可以通过 Shift 键的切换，打出平假名和英文……其实还挺难用的。”

“所、所以说，”蚁川讽刺地插嘴，“你也曾受到那位梅棹老师的理论的影响喽？”

森江的神色有些慌乱，道：“这不重要……锖田使用的应该就是那种结合型的打字机。我刚刚读的就是他留下的密码——这玩意儿或许幼稚到连密码都称不上。如果用这种打字机打字的话，按下 Shift 键后，打‘A’的时候就会出现‘ち’，打‘い’的时候就会出现‘E’。我只是想要试试，如果再按一次 Shift 键，也就是说，初始化的话，会发生什么样的变化。”

“可是，他为什么要做这么复杂的事？既然要留遗书，正常地写下来不就得了？我总觉得事出有因，可是只凭这些……”

面对蚁川的不满，森江一边撩了撩乱糟糟的头发，一边慢条斯理地开口：“他大概是做不到把秘密昭告天下，但又不愿就这么把秘密带进坟墓吧。应该就是这种矛盾和挣扎促使他切换输入法，把录好的信息夹进了别人房间的书里。”

1 拗音为日文的特殊音节，共有三十六个。

2 促音是在日语中用来表示停顿的符号。

“也许吧，真是一种复杂的心理啊！”

野木一脸通情达理地说道。但是，森江却自言自语般道：“不，这种心理很简单，完全算不上……”

“你说什么？”

“不，不用在意。”

堂埜摸着长脸，对刻意闪烁其词的森江道：“我还是有些想不通……铕田写的是‘被杀’，但如果是自杀，这样写不就有种‘被迫去死’的感觉吗？而且照你的说法，这个密码是二十二号晚上夹进书里的，可是他为什么偏偏溜进十沼的房间？最重要的是，他有那种机会吗？”

“我先回答第二个问题吧。因为，除去他自己的房间以及诊室、餐厅等公共空间，那里是他唯一能进入的房间。至于第一个问题，我的回答是——对于铕田而言，自杀是‘不得已而为之’的选择……这样说你能理解吗？”

“不，很遗憾。”堂埜带着一丝苦笑摇摇头，“不过，此时我好像也只能说‘请你继续’了吧？”

森江回他一个疲惫的微笑，道：“听你这么说，我就放心了，谢谢。那我就抓紧时间——这么说也有点奇怪，总之，就让我把时间跳转到第二天，也就是二十三号吧。”

他轻咳一声，同时换上紧张的表情，再次开始陈述。“十沼注意到《狗园杀人事件》的卷盘和胶片编号之间的错位，并且得出凶手故意更换了胶片的结论。他认为濑部谋杀案的案发时间应该提前一个小时左右，也就是说，是在小藤田被枕头毒死之前发生的。不得不说这是非常周密的推理。可是，假如这与制造不在场证明的手法没有任何关系呢？有种情况也完全有可能出现同样的错位。

“你说什么？”

蚁川瞪圆眼睛，怒吼道。与此同时，与其说是震惊，不如说是失望的目光集中到森江身上。

他却依旧一丝不乱，从容不迫地道：“听好了。胶片会被卷在四个卷盘上，然后依次装进包装盒里。就像十沼看到的那样，濑部首先是从Ree1.1（film.1）看起的。在它全部转移到卷盘（R0）上以后，他将空了的R1嵌进收卷侧，然后从下一个包装盒中取出胶片。

“可是，如果这个包装盒里装着的不是第二卷，而是第三卷的话呢？这是他第一次观看，并且没有字幕，是进口版本。或许他看了一会儿之后才意识到这一点，可这时已经不能轻易卷回去了。于是，卷在R3上的f3渐渐转移到R1上，这个过程结束后第二卷才开始播放。而这一次，接收从R2上送出的f2的，就是刚刚的R3。最后，f1被卷在R2上，只剩下空了的R4……

“我写一下吧。最后，摆在桌上的就是R0-f1、R3-f2、R1-f3。放映机的收卷侧是R2-f4，送出侧是R4-空。这不是和十沼记录的完全一致吗？”

很久都无人出声。蚁川突然把手伸到脑袋上，道：“竟还有这等事！他还那么拼命地找规律，简直是瞎折腾一场嘛！”

“这、这么一来。”野木慢吞吞道，“一切都是偶然的恶作剧……事情的开端原来是胶片的卖家装错了盒子！”

“不。”森江摇了摇头，“这么愚蠢的错误，很有可能是十沼自己造成的。至少我觉得这个概率很大。”

“你说什么？！”

面对再次怒吼的蚁川，森江抬起一只手安抚他，空着的那只手则把原稿的开头给他看。

“请你们回忆一下，在派对上聊起名侦探作品的影视化话题的那个段落。十沼对濑部他们说，在电视剧版的埃勒里·奎因系列里，埃勒里·奎因的演员与酷似菲洛·凡斯的劲敌的身高不协调等等，可是说到一半他突然不说了。把电视屏幕里的演员跟小说里的角色对比，说他们像不像、协不协调，不是很奇怪吗？真要比较的话，不是应该跟扮演凡斯的酷似威廉·鲍威尔的演员比较吗？无论如何，他都没必要突然闭嘴。”

“是啊。”野木道，“我当时也有些奇怪……”

“更奇怪的是他给来这里的府警警部取的外号。因为那部电影的片头有角色介绍。所以，他才会指着贺名生警部说他‘像尤金·佩里特扮演的希斯警探’。可是，十沼只看了片头，并没有听到演员的声音，为什么会说他们浑厚的声音一模一样呢？

“根据这些奇怪的事实，我猜，十沼应该是趁濑部还没看订购的胶片，自己先偷偷摸摸地放映了一遍。作为一个公认的推理小说狂，他肯定非常想看，可濑部那个吝啬鬼肯定不会给他看。于是，他就在派对之前，偷偷看了第一卷的开头。不过，他不是不小心把凡斯什么的说漏嘴了吗？于是他想：‘这下糟了。趁着他还没有起疑，我干脆看完得了。对了，不如就趁濑部今晚到处去喝酒……’他拒绝了堂埜的提议，决定送完堀场后直接回来，应该也是打的这个主意。

“现在，我们就来重现一下手记中没有记录的十沼当晚的行动吧——他一回到这里，就立刻去烧热水准备洗澡，‘半小时后’，他开始泡澡，身体逐渐暖和起来，‘又过了半个多小时’，他拖着有些冷的身体钻进被窝。这些是十沼自己写的。你们不觉得这两处空白正好吗？……没错，正好可以把《狗园杀人事件》看完。泡澡之前的那些时间，他拖着冻僵的身体鼓捣好放映机，看完了第一卷，出浴后又看完了第二卷、第三卷。这时，他听到‘有人回来的动静’。天呢，不会是濑部吧？十沼大惊，匆匆地收拾了一下，悄悄钻进自己房间的被窝里。当时，他完全没有意识到第二卷和第三卷被他装错了盒子。对了，顺便一提。”

森江又耿直地添道：“如果十沼卷得很仓促的话，应该留下了很明显的证据。与正常卷起来的胶片相比，应该卷得更松，在表面用手指按一下，甚至会产生凹陷。尤其是日本制造的放映机，哪怕是正常卷回去，也很容易松……”

堂埜沉默片刻，问道：“那……这意味着什么？”

“那还用说？自然意味着杀人顺序没有颠倒。也就是说，濑部案有可能发生在小藤田案之后。”

“啧啧……”这一次森江博得的不是满堂喝彩，而是疲惫至极的感慨。

但他一点也没有泄气。

“这样一来，就能否定濑部谋杀案的案发时间更早的结论了……接下来，我想反过来想想，假如小藤田谋杀案的案发时间更晚的话呢？大家能跟我一起想想吗？”

“那种情况可能吗？”

堂埜惊讶地抬起脸。在森江点头之前，蚁川拍了下大腿，道：“怎么不可能？！会长，假如，藤田并没有那么早钻进被窝呢？对吧，森江？”

森江再次重重地点头：“没错……如果是那样的话，你们觉得会发生什么？当然，如果那一晚他是在正常的睡觉时间上床，把脑袋枕到装有毒针的枕头上的话，他的尸体被发现的时间也会更晚，说不定会是第二天早上。这么一来，案子的整体情况会不会发生一些变化？你们想想，那个‘咣咣咣’的巨响的意义何在？

“如果小藤田谋杀案发生在巨响发出很久之后的话，你们自然就会这

样解释——‘那是把大家叫到一起的策略，凶手就是要利用那个空当潜入小藤田的房间，把涂了箭毒的针放进枕头里。’而且，你们恐怕会认为那正是凶手的目的。”

“这就是那阵巨响要达到的效果吗？”野木嘲讽道，“我们差一点就上当了。可是，凶手的计划也落空了。但托这件事的福，那反而变成了绝佳的障眼法。”

“如此一来，也就意味着，就跟杀濑部时一样，凶手同样没有想过要将行凶时间从下午六点以后伪装成六点以前。凶手不光没那个必要，还试图误导大家他着手准备谋杀小藤田的时间更晚。另外……”

森江的脸上浮现出莫名复杂的表情，继续说下去：“凶手……并没有设想到一个众所周知的事实。那就是……每个男人都有可能大白天独自躺床上干某件事。”

所有人都沉默了一瞬，仿佛难以理解这句话的意思。但也仅仅是一瞬间。

“说白了，就是被称为‘青春期之花’的那个吗？！”

“那、个！”

近乎哀号的声音像爆竹一般炸开。

他们的脸上都浮现出一抹一言难尽的笑容，仿佛这件事比锖田死前购买的东西更加荒诞。

“什、什么情况，也就是说，小藤田他……”

“在准备干那个的时候……”

“去了那个世界吗？”

他们本想一笑而过，但又莫名感到一丝沉重。不过，那份沉重却远远达不到为他的死沉痛哀悼的程度。唯一令人欣慰的事，大概就是小藤田用自己的生命，带来了一场谁也无法模仿的喜剧表演吧。

“对了……”

森江像是想要打破这诡异的气氛似的，提高嗓门：“锖田的遗书上说，米斯卡塔尼克文化节的开放参观日是一切的开端，就让我们尽情发挥想象，猜一下那天究竟发生了什么吧。关于这件事，有一份最重要的参考资料。”

“就是那篇只有内部人员才懂的文章吗？是《ON THE ROCK》第几期来着？”野木插嘴。

“没错！就是那篇十沼本人创作、手记里引用的《蘊蓙录——编辑值班日志》。那天野木和乾美树请假，海渊去打工，十沼和堀场为了躲日疋，走进一家咖啡馆，结果在那里碰到了蚁川，后来堂埜和须藤也进去了。简直是排除法的范本。那么，就让我们由此来推断一下，那天和加宫朋正同乘一辆车的是哪几位朋友吧……”

“和加宫……同乘？”

听到他口中突然冒出来的这个词，他们大惊失色，不停地眨眼。

森江难得有些焦躁：“喂，你们想想啊，加宫刚‘搬到有停车场的公寓’不久，还说‘大家一起去送送他吧’，这还有别的可能性吗？难道你们认为他们会手拉手集体放学回家吗？”

“你怎么了，突然这么凶……”

堂埜婉转地提醒他。

森江立刻轻轻低头道歉：“没有，抱歉。因为马上要到这个案件最讨厌的地方了……不过，总不能因此就绕开它吧。”

“开场白就算了，你赶紧说吧！按照那什么法来推断一下，后面到底怎么了？”

蚁川目光犀利地催促他。

“是排除法。按照排除法推断，例会结束以后，坐在加宫车后座的就是锖田、濑部、小藤田这三个人——好了，好了，你们等我说完嘛！”

森江在他们嚷嚷起来之前，为难地抬起双手安抚他们。

“没错，当时车里坐的都是此次案件中的死者，这不足为奇。问题是后来发生了什么。凭直觉，你们觉得后来发生了什么事？”

“这个嘛……”野木沉吟片刻，开口，“他们应该也不至于开太远，不过，估计会想找个地方兜兜风吧，毕竟机会难得。”

“是啊，这不足为奇，那三个人也都不是会跟人客气的家伙。”

蚁川也表示同意。见陪审员长同样没有异议，森江才继续道：“我估计也是。加宫把引以为豪的汽车开了出去，虽然不知道目的地，不过，就假设他们去了远离市区的地方吧。总而言之，在某个地方，发生了锖田所谓的‘一切的开端’。他们乘坐的汽车不小心撞倒了一个孩子——没错，就是那个‘幼小的生命’。”

那一刹那，有人身体前倾，有人身体后仰。这个房间简直像是正在行驶的汽车突然来了个急刹车一样，每个人都东倒西歪。

× ×

咣当！巨大的冲击力袭来，仿佛有无数冰块灌入四个男学生的心脏。尖锐的刹车声刺透耳膜，车厢宛如一个摇动器，剧烈地晃动起来。

晃动总算停止，四人不约而同地看向同一个地方——与他们同乘一辆车的美貌少女。

少女——他们那任性的偶像已经基本陷入呆滞状态。不光是精神，仿佛连那柔软的肢体也丧失了全部生气，整个人瘫坐在座位里。

“……喂！”

良久，恐惧的尖叫声在车内响起。

发出尖叫的人挣扎着把手伸向车门把手，推门的动作生硬至极，仿佛有生以来第一次那么做似的。

“快、快、快点……”

他嗓音嘶哑，从车内探出半个身子。这时，从少女口中突然爆发出凄厉的哀号。那是与她的身板极不相称的、宛若小女孩一般的哭声。

“让她闭嘴！”从其他座位传来低沉的嗓音，满是汗水的手掌猛然扑向她的嘴。

粗大的手指掐住她的脸颊，硬生生地截断了那刺耳的号叫……实在想让她闭嘴的话，明明可以勒住其他部位的。

开车的人再次启动汽车引擎，手忙脚乱地掉转车头往前开。那是在市郊的空地上紧急刹车后，三分多钟的时候发生的事。

× ×

“如果相信锖田的遗言的话。”森江继续说道，“他将那个孩子搬到车里，自然是为了能尽早送医。”

“真像他的作风。”蚁川的语气难得伤感，“他外表粗糙，可是若论细腻和善良，他几乎可以与少女漫画中塑造的女高中生相媲美。”

“是啊，可是也正是这份善良逼死了锖田。就像他后悔地说‘要是当时我丢下那个孩子就好了’一样。”

堂埜望了一眼喃喃自语的森江，皱眉道：“可是，加宫最后并没有把车开去医院。对吗？”

森江轻轻地点头：“当时，加宫满脑子都是钱。作为车主，他很害怕自己会承担超过刑事处罚的责任，肯定完全没想过去医院。为了讨恋人的欢心而挥金如土的他，一心考虑的就只有如何处理眼前的尸体。……当然，虽然我用了‘尸体’这个词，可我并不清楚车祸发生后那孩子的状态，只能祈祷被那个败家子撞倒的‘幼小的生命’，在被搬进车里时已经断气了。”

否则的话……众人交换了一个不寒而栗的眼神。难道他们眼睁睁地看着一个可以被挽救的生命……

蚁川像是突然想起什么似的，道：“传闻他跟××派有金钱纠纷，是不是也有这个原因？”

“不，假如情况恰恰相反，”森江答道，“如果是他侵吞了××派的活动资金的话呢？那不是他缺钱的原因，而是结果。”

听见他这个莫名其妙的回答，众人大吃一惊。

野木不理会他们的反应，挣扎般问道：“总之，那桩肇事逃逸事故，就是锖田笔下的‘一切的开端’吗？”

“嗯。不，如果硬要说开端的话……”

森江先点了点头，又抱起手臂，纠正道：“真正的开端是某个‘愿望’。估计是驾驶席旁边的人向加宫提出来的吧。”

“愿望？你说什么？”蚁川发出狂叫，“而且还是驾驶席旁边的人提出来的？”

“……简单点说，不就是副驾驶吗？”堂埜从容不迫地问道。

面对这个愚蠢的问题，森江春策也给出一个愚蠢的回答：“也可以这么说。拥有副驾驶座位的优先车票的人，是水松美里——这一点大家没有异议吧？至于她的愿望是什么，请你们发挥想象力。”

说到这里，他压低嗓子，仿佛想说“如果有可能，你们最好不要听”

一般，快速说道："恐怕她对加宫说：'让我也握一下方向盘。'"

森江那么体贴，他们却完全不领情，目光纷纷如利箭般射向他。

"你是说，开车的人是水松美里？"蚁川沉声道，"肇事者也是她？"

"锖田后悔地写'当时我们为什么没能阻止加宫呢'，说明在此之前开车的并不是加宫。如果开车的是剩下的两个人的话，他应该阻止的就是'濑部'或者'小藤田'了。那么，他们这些后座的乘客，为什么没有阻止加宫和美里交换驾驶呢……"

他擦了擦汗，斟酌了片刻措辞。

堂埜代替他说："因为他们坐着他的车，不好意思开口，而且，估计他们心里也都在盘算着'等会儿我也想开一下试试……'"

"极有可能。"蚁川嘲讽道，"简直令人作呕！"

"感谢你们同意我的意见。"

森江却怯生生地低下头，仿佛接下来要说的话非常难以启齿似的，清了几下嗓子。

"那、那么，请你们回忆一下我刚刚列出的条件。是谁在二十三日傍晚以后有不在场证明，同时大家认定的行凶时间越晚，对其就越有利呢？那应该是一个以常识来看，绝对不可能将一个魁梧的男人吊上望楼的人，而且，还是一个不太熟悉男性的生理行为的人……请你们想一想……"

森江就像是有块铅球落到了胃里一般，夸张地咽了下唾沫。

"有一个人不仅出现在那场肇事逃逸事故里，还完全符合这些条件。无论从哪个角度看，都只有那名弱女子——那个二十三日下午已经在绑匪手中，拥有牢不可破的不在场证明的……"

"你是说水松美里吗？"堂埜果断说出了那个名字。

与那平淡的语调相反，他浑身都散发出一种异样的肃穆气息——仿佛

自己刚刚说了一个无比荒谬的笑话。

“是、是的。我想说的是，她不光曾经坐在肇事车的驾驶席，还是一系列谋杀案的凶手……”

“住口！”

蚁川突然用有些走调的声音严厉地命令。

“差不多得了，你的话实在是……”

野木抢过他的话：“实在是太荒谬了！因为那个臭小子，我被扔进肮脏的审讯室里，估计也只是个荒谬的错误。”

就在堂埜慢吞吞地站起来，不情不愿地准备收拾残局时，突然有人大吼一声，惊得他们瞬间变成了静止图像。

“凭什么不能这么质疑？”

说话的人正是脸色有些苍白的森江春策。

他的语气与他一直以来的谦逊态度截然相反。他提前一步看见了那个荒凉的终点，已经痛苦到了临界点……

“我还想质疑，身为共犯的水松美里继承了加宫的杀意，绑架案自始至终都不存在。而且，留下这份记录的十沼已经洞悉一切，就在他发现真相的时候，却惨遭杀害——不可以吗？”

他丢给他们的只有一个问号，却有一个个感叹号像是大甩卖一般，在他们的头顶炸裂开来。

“！！！！！！！！！！！”

“大概水松美里对加宫的爱确实是真心的。但是，这和强迫他为她牺牲的后果是两回事……十沼评价她，说她绝对不是看上了加宫的钱，其实那是因为她一直娇生惯养，才不会那么虚荣吧。但事实上，加宫为她付出了自己的一切。他为她买高级轿车、搬到高级公寓、肇事逃逸，甚至还帮她抛尸。她估计完全没有意识到……这都是自己造成的。”

事到如今，他们已经连“随声附和”的力气都耗尽了。森江略有些疲惫地望着他们，却像是被附身了一般继续道：

“十沼在‘希斯警探’第一次调查的时候，曾震惊地表示，让‘ON THE ROCK’变成麻将社的元凶，竟然接二连三地遭到杀害。可是在第一章，他却说麻将病的蔓延是‘从今年十月’开始的。那自然与米斯卡塔尼克开放参观日即肇事逃逸是同一个时期。当然，麻将只是一个幌子而已，加宫、锖田、濑部、小藤田他们四人总是聚在一起，应该是为了互相监视，不得已而为之。

“不知道加宫用了什么手段堵住了他们的嘴，或者说给了他们什么承诺。唯一能确定的是，锖田比另外二人更早受够了沉默。虽说结果已经无法挽回，但他自己手上确实也沾有鲜血。他备受这种负疚的折磨，想要得到解脱。于是，锖田在这样的念头的驱使下，去劝加宫向警方自首了。

“‘如果你不肯，我就去报警’……他或许这般威胁他了吧。可是，他的话最终却只是让加宫坚定了灭口的决心。简单点说就是，他决定杀人。经过反复推敲，他制订了计划，打算利用回老家的时间杀害锖田。

“我想事先强调，这个时候，美里的角色还只是他的帮凶。虽然事件的开端是她，但加宫大概真心实意地不愿让她弄脏自己的手吧。

“关于加宫当日的行动，我没必要再重复一遍了吧？问题在于美里这边。最后一次碰面之后，她告别加宫，去新大阪乘坐七点多的新干线。

“‘彗星 3 号’在新大阪是 19 点 57 分发车，她要在火车进站后，提前到加宫所要乘坐的卧铺车厢内制造乘车的痕迹。只要她能够顺利乘坐‘光 510’返程，八点多就能抵达京都。然后，再坐出租车飞速赶往‘春天’，若无其事地在大家的怂恿下，握住麦克风唱歌……

“接下来，就只需等待明天抵达都城的加宫的联络了。……可是，计划之外的事却发生了。本应在某个地方变成一具冷冰冰的尸体的错田，竟然摇摇晃晃地出现在正在唱歌的她的面前。

“错田还活着——也就意味着计划失败了。经过对他的逼问，她得知自己的恋人杀人不成反遭杀害。……为了自己。再一次为了自己！就在那个时候，她的心里有一台精密的机器开始运转。

“她对马上要被加倍的罪恶感压垮的错田，庄严地宣布了死刑。她告诉他：‘今夜之内，请你自行了结。’也不知道在望楼自缢究竟是谁的提议，能确定的是，她宽限了错田几个小时，允许他打点好身边的事。

“独自回到这里的错田，先去浴室清洗了身体。对，就是‘祓禊’。然后开始整理衣冠。但是，在他做这些的过程中，也就是十点十五分左右，十沼竟然回来了。尽管他躲进自己的房间，没被十沼发现，可让他为难的是，十沼竟然直接去了阁楼，还私自借用濑部的放映机和胶片看起了电影。这么一来，他就不能去望楼了。错田只能等待。他受不了只是这么干等着，于是临时起意，用心爱的打字机把事情的基本情况像密码一样记录了下来。另外，根据药房阿姨的证词，错田是十一点之前回来的，所以他应该就是在那段时间，偷偷出门买了避孕套和灌肠药吧。

“至于十沼，他不顾自己在外面冻僵的身体，一直在看电影，播完一卷胶片以后，他估摸着自己一回来就烧上的洗澡水烧开了，便跑下一楼……在错田回来的时候，他正在悠闲地泡澡。错田很庆幸，去二楼的盥洗室尽情地完成了第二次——而且更加粗暴的祓禊。因为十沼在浴室，所以，他不必担心声音被听见。

“但是，正在他磨磨蹭蹭的时候，暖完身体的十沼为了继续看电影，再次上楼来了。于是，可怜的镨田只好再次翘首等待上吊的机会。

“一直在妨碍他去死的十沼……镨田不由得决定将自己刚刚打下来、不知道该发送给谁的信息，托付给这个不知是该感激，还是该憎恨的男人。当时，十沼的房间也是唯一一个没有上锁的私人房间。于是，他偷偷溜进去，带着对这个给自己节外生枝的男人的复杂感情，将纸条夹进了他的藏书里，还尽量选择了一本他好像不太会看的书。

“和逆向使用 Shift 键打字的时候一样，他的心里十分矛盾。就是这种矛盾心理促使他选择了《猎奇王》。可是，那说到底只是他自己的价值判断。诚然，在少女漫画爱好者的眼中，那种类型的漫画距离他过于遥远……不过，这个恶作剧产生了出人意料的效果。镨田发出的声音让十沼方寸大乱——不会是濑部回来了吧？他手忙脚乱地将放映机和胶片收拾好，从阁楼落荒而逃，浑然不知当时自己犯下的一个小小的错误，后来会让他吃尽苦头，用句俗话来说就是作茧自缚。不过，这跟镨田无关。他确认十沼躲进房间不再出来以后，便上到阁楼，踏上了通往望楼的楼梯。

“在三角屋顶底下，他迎着凛冽的夜风，将用剩的避孕套和灌肠药扔到了北侧的公园里。尽管这两样东西是他为了忠于自己的美学而买的，但如果它们被人发现了，可就没有比这更煞风景的事了。他摆好踏脚凳，系好上吊绳，缓缓将自己的头套入绳圈里，然后踢倒了踏脚凳……

“接着，在凌晨十二点左右，有个人来到了泥泞庄。那个人就是……好吧，我就不故弄玄虚了。她确认镨田履行约定以后，在他的尸体上撒上麻醉药，并且拿走了踏脚凳。药是从诊室里偷偷拿的，当然了，当时她并没有忘记把可靠的帮手们从药房贴有【毒药】标签的柜子里带走。

“那一天她很忙，但是再忙估计也比不上第二天，也就是二十三日。毕竟，她不仅要对外扮演好一位悲剧的偶像，还要将两个男人送上西天，

甚至还必须自己绑架自己。来到这里之后，她首先伺机上了二楼，将毒针放进小藤田的枕头里。这里她最得意的地方不在于何时杀害目标，而在于何时放置毒针。遗憾的是，她的计划并没有百分之百完成。对了，有件事不能忘，她还趁着帮忙端茶倒水的空当，从洗涤台上借用了柳刃刀。

“在验尸官法庭退庭后，她先是佯装离开，又立刻回到这里。她的工作有两项，其一是在院子角落的库房里安装那个机关。其二则是偷偷溜进后院，火速换好衣服……原因嘛，是因为她不久之后要在京都和大阪之间被某人绑架。要是她穿着原来的衣服，被人看到出现在这附近的话，那就糟糕了。而且，在她被绑匪释放时穿的衣服上，绝对不能有可疑的污迹，简单点说，就是溅在身上的血迹。但是，这件事却造成了一个荒谬的悲情喜剧——她万万没想到，这件事竟然差点导致她的计划破败。

“小藤田回到房间后，就像所有人一样，首先摸到墙上的开关，打开了日光灯。顺便一提，在发现他被枕头毒死的那个情节里，有一段描写指出天花板的日光灯很久才亮。那时当然也发生了同样的情况。在一段时间内房间里都是暗的，可就在这时，他透过窗帘的缝隙，借助围墙外公园里汞灯的灯光，看到了一个意想不到的场面。

“年轻女子的半裸体……尽管他看得不太真切，但确实有人正在后院换衣服。他立刻伸出手，在不解风情的灯光亮起之前，关上了日光灯的开关。他打开窗户锁，将窗户开了一条缝，想要看得更清楚一点，但因为害怕惊动对方，最终没再继续开窗。不久后，少女换好衣服，迅速消失在了淡淡的暮色中。

“被她抛在身后的小藤田，估计完全不知道发生了什么吧。但是，生理变化就是另一回事了。按照明治时代的官方说法，那是一种‘感官刺激’，以至于他面临着一个亟待解决的问题。他什么也顾不上，立刻躺到床上……

‘枕头毒杀’就这样完成了。

“这时，美里已经从后院绕回，经过室外楼梯回到庄内，正在虎视眈眈地等待着杀害濑部的时机。不过，她没必要着急。就算有好时机，她也要等‘绑架’的发生时间过去。——话虽如此，她当时肯定很兴奋吧。她大概早就从若无其事的交谈中猜到了濑部的行动，就连耳力好的十沼都没有听出来——他在阁楼看电影的时候，正是干掉他的理想时机。

“行凶之后，美里立刻逃出庄外。为了坐实‘内部犯罪论’，最好把用作凶器的菜刀留在庄内的某个地方，不过，考虑到那有可能会暴露自己的逃走路线，她最终决定将东西随身带走。留着也有用，说不定能用于下一场谋杀。

“接下来就要说到第二天，即二十四日的事了。这一天，美里原本另有大事要办，第一件事是‘假绑架案’的赎金交接，第二件事是身为受害者的自己戏剧性的回归。在打给自己家人的第一通勒索电话中，她传达了‘当天中午前准备好赎金’的指令，并且暗示他们届时会有关于赎金的运送和交接的指示。

“她要做的有四件事。① 伪装成绑架犯的代言人，发出运送赎金的指示；② 在从三条出发，开往大阪淀屋桥的京阪特快的临时座椅中，插入关于扔下赎金的指示；③ 确认赎金已被扔到指定地点并回收；④ 从最近的车站乘坐前往京桥的快车，十多分钟后，在京桥换乘前往淀屋桥的特快列车，服用药物，让警方发现意识不清的自己。

“我想，这个计划估计是她和加宫共同琢磨出来的。她想通过炮制出一桩绑架案，替因为她陷入窘境的男友捞上一大笔钱。不过，他们对这个计划究竟有几分认真，如今尚且存疑。

“这么一想，一系列谋杀案的诡计，或许也都是他们两个在幻想的世界里设计的。我不了解加宫，但是美里连埃勒里·奎因的名字都知道，应该对侦探小说很熟悉吧。更重要的是，这对于他们二人来说是生死攸关的问题。

“回到绑架的话题好了。当时发生了一件事，导致她这个煞费苦心的计划不得不整整延后二十四个小时。”

在众人询问的目光里，森江动作迟缓地深深点了下头。

“……没错。那件事就是……或者说，就是那件事导致了海渊被杀。不过此时此刻，在解谜之前，我先探讨一下他在被杀前想传达却没能传达出去的信息。回到这里以后，海渊接连提出了好几个令十沼瞠目结舌的古怪问题。《地狱中的奥菲欧》、《冬季杀人事件》、独自横渡大西洋的KORAASA号、与物质的变化相关的术语等，而且他分别从你们口中获得了答案。首先，我想问蚁川。”

他的提问比海渊还要突然。

“什、什么？”蚁川不禁有些畏缩。

“有件事希望你能回忆一下。在问到这部奥芬巴赫的轻歌剧时，海渊提到的会不会是其他作品？比如从电影还被称为‘会动的照片’的过去，日本人就耳熟能详的……”

“其他……作品？”蚁川眉间挤出几条深深的皱纹，“啊啊，被你这么一说，那部作品确实也可以这么叫！”

“嗯。接下来是堂埜。”

森江突然望着会长道：“在聊到独自横渡大西洋之类的话题时，海渊是不是既没有提到‘帆船’，也没有提到‘大海’？”

堂埜想了大半天，将那张长脸从右边转到左边，终于开口：“没错。”

他简短但无比诚恳地点了点头。

森江继续发问：“下一个问题就由野木代替须藤回答吧——在物质的变化中，固体受热后变成液体的情况叫作什么？”

“叫、叫作……”野木眨了眨眼镜后的眼睛，“融、融、融解——”

“好的，可以了。”森江满意道，“接下来是十沼……他已经不在了吗？好吧，我就不问了，可我想提醒你们注意一件事。海渊把希望寄托在他这个侦探小说的狂热爱好者身上，可他的一片苦心最终还是付诸东流。没错，如果他问的是菲洛·凡斯系列的最后一部作品，正确答案确实是《冬季杀人事件》，但是说起菲洛·凡斯的最后一案——

“好吧，我就不故弄玄虚了。海渊对于自己提出的古怪问题，究竟期待的是什么样的答案呢？第一题他问的并不是奥芬巴赫的轻歌剧，而是艾德·麦克班恩原创、黑泽明导演的电影《天国与地狱[1]》。第二题的答案并不是‘KORAASA 号’的鹿岛郁夫先生，而是驾驶‘圣路易精神号’独自完成跨越大西洋飞行的查尔斯·林德伯格。第三题的答案不是溶解，不是凝固，不是汽化，也不是升华，而是融解。至于第四题，菲洛·凡斯的最后一案（不是出版顺序，而是在小说的世界里）……

“答案是《绑架杀人事件》。说到这里，请你们回忆一下海渊在大阪的兼职单位——报社的编辑部。”

× ×

“……我们推断，案发时间是下午六点左右。随后，凶手立刻给受害者家里打了刚刚提到的第一通勒索电话。哦，我忘了介绍，受害者的父亲

1 《地狱中的奥菲欧（Orphée aux Enfers）》又名《天国与地狱》。

在那家众所周知的影视出版集团担任统筹制作人，同时也是人事部长。算了，这无关紧要。从刚刚提到的案件经过判断，估计这是一桩以赎金为目的的绑架勒索案。”

府警总部的刑事部长说到这里，停下满是唾沫星子的嘴，环顾四周。

这是总部办公楼的记者室。折叠椅上坐满了记者俱乐部各个会员社的成员，他们的疑问如箭矢一般飞来。毕竟经历过高级职称考试的洗礼，刑事部长从容不迫地应付过去，换上更加闲适的语调继续道：

“那么……接下来，希望诸位媒体朋友能够签署一份协议，承诺在协议期间内不进行任何采访或报道，而且需要尽快签署。”

“您是要求我们签署《报道协议》[1]吗？正式的？”

记者委员会的一名资深记者起身提问。

“也可以这么理解。”

刑事部长点了点头，对宣传负责人递了个眼色，指示他根据报社数量派发协议。

“诸位都是资深记者，比我经验丰富，如今应该不用我多作解释了。如诸位所见，在协议签署后，关于逮捕凶手、找到受害者等搜查进展，未经本人或一课课长批准，不得进行任何采访或报道活动。至于这段时间内的案件经过，则不受此限。”

× ×

“绑架这种犯罪的特别之处就在于——不过，这是从信息接受者的角度而言的——”

---

1 日本发生绑架案时，在可能威胁到人质生命安全的情况下，新闻媒体会根据警方的要求签署报道协议，对采访和报道进行限制。

森江春策对着几张像是得了突发性的失语症的脸，继续道："只有在以某种形式了结之后，案件本身才会被曝光。只有凶手被逮捕、受害者或者受害者的遗体被找到，才会解除报道协议，这是电视剧里司空见惯的场景。

"当然，媒体从发生阶段起就在等待那一刻了，尤其是报社，那里会比人员出入频繁的电视台更加活跃。因此……"

"你等等！"

野木似乎很难理解，本来就噘着的嘴噘得更高了："就算海渊在报社打工，还处于新闻管制下的案子，怎么可能那么轻易就……算了，我倒想听听你还能说出什么牵强附会的结论！"

"话虽如此，你好像已经基本上猜到我要说什么了。"森江淡淡一笑，"我貌似确实解释得不太够。简言之，我向和海渊做同样的兼职的朋友打听了一下，流程基本上是这样的——采访记者要先撰写案发后的详细经过，至于后续情况，除了我前面列举的'解决模板'之外，还要预设不同的情形，提前写好不同的模板（草稿）。这些模板在活版印刷场会变成活字盘，由各种人员经手和过目。编辑部内贴有一张巨大的模造纸，一有新的动向，便会将相关地名或人名标在上面，并逐一插入到备用稿中。在这个过程中，带有号外或正刊的大标题的版面会逐渐成型。在各个部门间来回跑的就是'编辑助理'——他们这些兼职学生。"

森江说完，稍稍歇了一下。

良久，蚁川才哑声道："你的意思是说……就算他们比普通人提前知道突然发生的绑架案，也不足为奇？"

"何止啊！"野木反驳道，"海渊回到这里时，如果对水松美里和绑架案一无所知，那才比较奇怪！"

“所以，他正沉浸在对社团的女生遭遇飞来横祸的震惊里，一走进大门，又碰到了合租室友的尸体。”

蚁川的脸上浮现出一抹古怪的微笑，突然又恢复严肃的表情，喃喃道：“海渊那小子肯定也很震惊吧。”

“就是那份震惊，促使他问出了那一连串古怪的问题吗？”

“是啊。”

面对堂埜无比沉静的问题，森江点了点头。“而且，他出于某种目的，试图婉转地把案件透露给你们。——在林德伯格完成那一壮举的数年后，他不满两岁的儿子遭到绑架，并惨遭杀害，这个悲剧举世震惊。而电影《天国与地狱》也是一个关于绑架案的经典作品。哪怕他并没有暗示到这个层面，可是影片中凑巧也出现了从高速列车扔下赎金的桥段，和本案的手法一模一样。

“接着是凡斯的探案集，尽管不像福尔摩斯那样有很多详细研究，但是某部书里曾介绍过，《赌场杀人事件》之前的作品的发表顺序与作品中的案件发生顺序相同，接下来的案件则分别是《冬季》《花园》《葛蕾西·艾伦》以及《绑架杀人事件》。海渊想当记者，应该是为了扩充阅读量才买了那本书。

“他是个彻头彻尾的门外汉，所以才会向十沼这个狂热的推理小说迷问出那样的问题！”

蚁川的唇角勾起一抹怜悯的微笑。野木差点笑出声来，但他像是突然想起什么似的，道：“可、可是，他的目的呢？”

“目的就是……”

森江说了一半，却又将另一半吞回腹中。

“这个姑且不论，我们现在要聊的难道不是平安夜——准确而言，是二十五号天没亮时海渊遭遇的事吗？不错，虽然我讨厌这个说法，但就是第四桩谋杀案。”

可是，就在他盯着对方的脸准备继续的时候。

“第四桩谋杀案？不是第五桩吗？”野木嘟哝道。

“都这个时候了，你还没搞懂吗？”他话音刚落，蚁川就咋舌道，“你听好了，锖田是自杀，所以就算是第五具尸体，也是第四桩杀人案！”

“喂喂。”堂埜抬手制止，“十沼不是把小藤田谋杀案称为第四桩谋杀案吗？濑部谋杀案是第三桩谋杀案……”

他缓缓抱臂，开始回忆。不知不觉间，所有人都开始记笔记。其中记得最细致、最全神贯注的就是野木，他将带有①②的编号的便条纸举起来，道：“所以，把锖田排除之后，小藤田谋杀案就是第三桩谋杀案。——不，十沼的‘先被杀害的是濑部’的观点站不住脚，所以应该是第二桩谋杀案，对吧？”

说到后半段，他以一副头疼的表情向周围的人求助。

“如此一来，濑部谋杀案依旧是第三桩杀人案……啧啧。”蚁川似乎从心底感到厌倦。

“我明白了，所以海渊谋杀案是第四桩杀人案。”

堂埜若无其事地点点头。森江为了不让他察觉，将叹了一半的气咽下去，道：“我能继续说了吗……数学问题就此打住，接下来是物理，不，应该属于地理问题吧。也就是说，水松美里是如何从海渊房间的窗户闯入和脱身的。”

他总算重新进入正题，可他的耐心立刻再次遇到考验。话音未落，他们便不满地嚷嚷起来……

“你是说从窗户？”

他们皆是一副难以理解的表情，齐声反问业余侦探。

“原来是从窗户啊。”

堂埜低声重复了一遍。

“他不是都说了吗，是从窗户！”

蚁川有些不耐烦地高声催促，野木缓缓地将钢笔重新拿起来。

“我听到了……也就是说，第四桩谋杀案的凶手是从窗户闯入的。不过，这样好吗？我们玩这种侦探游戏……”

“闭嘴。”

业余侦探的语气第一次这么粗暴，但转瞬间又怯怯地添道：“别这么说……你以为我干这种事就不害臊吗？”

“抱歉。不过彼此彼此。”

堂埜微微低头，努力不露出苦笑，道：“可是，也不知为什么，我总觉得自己特别没用，你们有没有这种感觉？”

蚁川嘲讽地环视一圈：“何止是没用，简直是被人耍得团团转！看来大家都跟十沼一样，尝试过破解上锁诡计嘛。”

“试、试倒是试过……”野木微微红着脸，添道，“可是，哪怕我们像十沼引用的那句名侦探的台词一样，置身于一篇弱智的侦探小说里，这个猜测也很扯！”

“哦？你说的是菲尔博士吧？就算真的是密室杀人，也不可能是从窗户！”

蚁川冷酷地眯起眼睛，看向森江：“所以呢？我们很乐意聆听您的高见。”

“好的。”森江立刻回答，“我一直在等这句话。刚刚我说凶手是从窗户闯入的，好像让大家很扫兴，这件事就留待后面再谈吧。我们还是先来追溯一下他的心理轨迹吧。——当时，海渊是唯一一个得知水松美里被绑架并且对四桩谋杀案有切身感受的人。他首先想到的就是加宫和 ×× 派的纠纷——是不是他们将私吞欠款的加宫迷晕，绑架了美里？不，莫非是加宫和 ×× 派之间围绕着绑架计划和赎金，存在某种罪恶的交易？可是，为什么就连‘ON THE ROCK’的人都接二连三遭到杀害？

“就这样，他的疑惑自然而然地逼近了真相。这不正意味着合租室友中的一人或几人，与绑架案之间存在着密切的关联吗？会不会是因为有人察觉到了这点，或者说因为犯罪组织内部的分裂，从而引发了自己不在期间的那几桩谋杀案呢……”

“所以说……海渊认为是我们把她给……？”野木的唇角僵了僵，冷笑道。

“那个蠢货！”蚁川直截了当地评价。

野木立刻透过眼镜朝他冷笑：“呵呵，可真意外。当时是哪位怀疑‘在场的诸位，哪个人对水松美里没有想法’的来着？”

“你小子什么意思……”

蚁川难得有些畏缩，嗓门却还是一如既往地大。就在大家觉得他们要干上一架时——

“都冷静！”

堂埜照例打圆场，一触即发的紧张气氛立刻烟消云散。准确而言，他们连那点力气都耗尽了。

他望着森江的方向继续道：“……所以，他是在这种疑惑的驱使下，才会问出那一些列奇怪的问题吗？他想通过带有‘绑架’这个暗示的谜语，看看我们会有什么样的反应？”

“没错。”森江点点头，“但是，他的压台大戏却完美地扑了个空，至少表面如此。面对那些令人觉得‘亏你说得出口’的稀奇古怪的回答，也不知道海渊究竟是失望，还是松了口气。但是，死神已经三度造访泥泞庄，更何况因为铕田的死，一楼就只剩下他一个人了，这个罕有的情况令他放不下心。他锁好门，把门扣也挂上，还尽量用胶带之类的黏性强的东西在上面缠了两三圈。因为他相信敌人肯定在内部，要是来的话肯定是从门进来。

“没错，这就是当时曾让十沼吓了一跳的门扣上那黏糊糊的触感的真相。当然，出现在一堆唱片封套底下的房间钥匙，是海渊自己小心翼翼地藏进去的。做完这些以后，他终于获得了一些安全感，放心地上了床。”

森江停顿了片刻——并非刻意而为之，但他确实很擅长讲鬼故事。

“那是一个狂风呼啸的夜晚。快到凌晨三点时，除了在日疋家的野木以外，所有人都睡着了，就连拼命破解铕田留下的信息的十沼也进入了梦乡。畅通无阻地进入泥泞庄内的凶手——水松美里，在茫茫夜色和呼啸的风声中来到海渊房间的窗下。她的身上藏着那把已经沾满鲜血的菜刀，手里还握着一把钝器。

“听起来夸张，手法其实非常简单。说是钝器，我估计大体就是用布裹着的石块吧。布的作用是消音，她只要拿它尽量往窗户玻璃的中间砸即可。不过，为了不让碎片掉进房间内，必须提前用什么东西固定住玻璃。接着，她凿出一个够将纤细的胳膊伸进去的洞，然后通过那个洞摸到窗框上的月牙锁，打开了它。这是非常普遍的手法，但这里必须注意的是，她必须选择左右拉的窗户内侧即她左手边的那块玻璃。

“至于海渊醒来的风险？应该非常大吧。但是，我怀疑那对她而言完全不是风险。请你们再次站在海渊的角度想一想。要是你半夜被‘敲击声’吵醒，发现本应被某人绑架的美少女站在自己的面前，你会怎么办？肯定会大吃一惊吧。

“可是，惊讶归惊讶，作为一个和编辑部的员工共同工作，自己也期望成为记者的人，应该会不由得萌生野心。不幸的是，尽管他知道水松美里的绑架案，并且认为它与镝田等人的死有关，却从来没有想过，美里除了是可怜的受害者以外，还能是别的角色。

“没错，如果我是海渊，在窗外看到她，肯定会匆匆让她进来。我一定会认为她是虎口脱险，前来求救的。简单点说，就算她被自己要闯入的房间主人发现，也不需要害怕。

“是的……绑架的遭遇、受害者的角色和那副楚楚动人的模样，就是时间和空间以外的不在场证明，它给了水松美里强有力的保护。不仅仅是当时，直到今天也同样如此。”

堂埜突然喃喃道:“说不定……在今后人生的所有场合,也依然如此？”

“或许吧……不过，前提是她始终能和现在一样可爱。”森江自嘲地表示肯定。

“我继续说吧。总之，美里拉开了窗户，悄悄地潜入房间。无论海渊醒了还是没醒，她要做的都是同一件事。她取出用来杀濑部的柳刃刀，迅速地刺穿他宽阔的后背。

“他就这么轻而易举地命丧黄泉。海渊之所以沦落到这样的境地，都要怪他一只脚在媒体圈内，比大众提前一步得知消息。我非常想问问他对这件事的感想，但是事到如今已经不可能了，接着……”

森江的语气有些感慨。这时，蚁川像是想到了什么可疑之处，突然抬起脸。

他好像有话要说，森江却故意提高声音，道：“接着……行凶之后，美里看向通往走廊的房门，注意到了贴在那里的胶带。倘若留下胶带，她

就无法从走廊那侧出入了，而自己从窗户闯入的事实就会立刻暴露。她忙把胶带撕下来，四处找钥匙开锁，然而她没有找到。

“她把房间弄得乱七八糟，这样做也是为了模糊杀人动机，但是她万万没有想到，钥匙就藏在那些堆积成山的唱片封套中间。她没有更多的时间去弥补这个小小的失算，就必须开始下一个阶段的行动。

“海渊当时或许还没有死透吧，她把他搬到椅子上——既然手记中写的是铁椅子，那么应该带有脚轮吧——然后将他推到窗边。刚刚砸开的洞从室内看就位于她右手边的玻璃上。她估算了一下海渊的身高，用闯入时使用的‘钝器’在那个位置轻轻地砸了一下、两下……这样做的目的在于扩大开锁时砸出的那个洞，同时适当地弱化玻璃。这件事本身的目的？别急嘛，我稍后会说。

“这个时候，她需要海渊的尸体保持一个有些奇怪的姿势，于是在椅子上放了个垫台，把他的屁股放上去，让他保持半坐半立的姿势，再将他的上半身扭到身后。这个姿势很有可能导致尸体直接往后倒，不过，她将早就准备好的绳子缠在他后脑勺上，支撑住他的身体。那根绳子绕过海渊的后脖颈，在他的面部交叉以后，两头都被丢到玻璃洞的外面。此时的他就像一个提线木偶。这么说可能有些欠妥，请原谅我的冒犯。

“而操纵木偶的凶手，则悄悄地拉开位于自己左手边的那块完好无损的玻璃。因为它位于尸体的额头抵着的那块玻璃的外侧，所以可以自由开关，这一点毋庸置疑吧？‘木偶师’从那里跳到院子里之后，先把窗户关上，再将手臂伸进去上锁。就这样，杀人现场除了一个洞以外，就是密闭的了。接下来要做的，就是将那里堵上。用什么堵？自然是海渊的脑袋……

“凶手握住绳子的两端，使劲儿往前一拉，海渊的上半身一下子就被拉了起来。他那颗引以为豪的‘硬脑袋’先是缓缓地、紧接着猛地往前撞去，最终以九十度鞠躬的姿势，撞上早已经脆弱不堪的玻璃。CRASH！海渊的脑袋深深陷入玻璃中，塞住了密室的洞。与此同时，椅子倒了，垫台也飞到一边，为十沼所谓的‘仿佛有场旋风席卷而过，整个房间一片狼藉’添上了画龙点睛的一笔。”

森江深深地吁一口气，耳畔鸦雀无声。但是，这种反应对于他刚刚热烈的演讲而言，是最好的回报。

“辛苦你了。”

蚁川焦躁地用手指敲着桌子。

“感谢你划时代的观点。从窗户偷偷溜进来，把刀插进海渊后背——到这里为止我还能接受。可是，你竟然说她把尸体搬到椅子上，还让他保持平衡立在那里？你有没有搞错？在她跨过窗户跑到外面的时候，又是谁在帮她拉绳子？

“而且这么一来，你推理的根基，即‘锖田是自缢伪装成他杀’的观点，也需要重新讨论了。因为，她要是有那么大的力气的话，又怎么不亲手勒死锖田，再一口气把尸体吊到望楼上呢？”

“比这个更不靠谱的是……”

野木像是要将所有的愤懑都倾倒出来似的，一本正经地咄咄逼问：“上锁的事你到底怎么解释？水松美里都把胶带撕下来了，为什么没有把门扣拿下来？按照你的说法，如果不拿下门扣，她的一切工作都没有任何意义！”

“……”

森江听到他连珠炮似的问题，轻轻低下头，像是擅长隐忍的古代武士一般，始终保持沉默。

堂埜突然开口，声音莫名有些发闷：“我们不是在挑你的毛病，反而是想请教你，海渊或许真的比我们提前知道水松美里的绑架案，可她又是怎么猜到海渊已经知道了呢？”

“是啊！”蚁川抢过堂埜的话头，“她戏剧性的生还，早晚会被媒体大肆报道，就算他提前知道了一些情况，为什么非得杀掉他不可呢？何况，关于美里的绑架案，海渊那小子完全没有猜中要害，不是吗？”

“到底怎么回事，你说啊！”野木咄咄逼问，但又突然怯生生地抬眼，“怎么回……怎、怎么了？”

在全员的注视下，森江刷地站了起来。他无比难过地环视了一圈，起初还像是在自言自语，接着却如豁出去一般道：“看来，绕开那小子确实说不通。既然如此，那就请你们听我说吧。在海渊谋杀案中，密室的出现并不是美里的本意。她没有找到钥匙属于不可抗力，可是，既然她都撕下防止外人闯入的胶带了，为什么没有把门扣一起打开呢？为了解释这一点，就必须有请一位傻小子上场了。他在案子里乍看起来很诚实，实际上却是个彻头彻尾的利己主义者。

“没错，水松美里需要一个不知廉耻的手下，他最基本的作用就是帮助她炮制绑架案——假装绑匪替她打第一通勒索电话。请你们回忆一下，当时电话里传来的是一个男子的声音。后来他也一直甘当她的工具，诱饵就是她父亲的地位。跟十沼看重的东西不同，他看上的是她父亲人事部长的身份，以及他在企业招聘中的巨大影响力，然后才是金钱，也就是赎金的分配。

“为了丰厚的诱饵，傻小子勤勤恳恳地变成了美里的走狗。他先是帮她打勒索电话，接下来……又一头雾水地帮她点燃了她在库房里安装的时限装置。就这样，他的把柄被她牢牢地握在了手中。因为，哪怕他只贡献了声音，他的声音也会牢牢地留在她家人的记忆里，而且，在他扮演完‘点火柴的少年’的角色之后，又连续有两个人暴毙，他已经彻底脱不了关系了。

“没错，正是那个男人将海渊搬到了窗边，并在美里逃到室外的那段时间内，替她握着支撑尸体的绳子，当然，也是他将海渊的头撞进玻璃里的，也是他上了海渊的套儿，不小心露出了马脚，苦苦央求她必须除掉海渊……

“海渊房间的门如果是完全密封的，嫌疑人的范围就会集中在庄内，他就会因此引火烧身。于是，他临走前悄悄地把美里拿下来的门扣复原了。

“可是说起背叛，他们二人其实难分伯仲。他悄悄地将门扣复原，水松美里则在他干力气活的途中，假装帮他拿外套，从他口袋里摸出了那个格纹盒子——为了在里面掺入氰酸毒。”

一听到“格纹盒子”一词，他们浑身如遭电击。这么说，那个傻小子就是——

良久，堂埜好不容易找回说话的能力：“你有没有搞错？须藤……那个须藤郁哉……他怎么可能干出这种事！你绝对是搞错了！”

“或许……不，我敢肯定。”森江的声音没有起伏，“但是，关于须藤我得多说几句，而且要从二十二号晚上说起。在‘春天’的派对上，水松美里向他透露了一些这次的工作，并在分别之前约他等会儿再聊。

“她先回了一趟自己的房间，徒劳地等了一会儿加宫的联络（就是在那个时候，被十沼送回家的堀场省子给她打了电话）……然后，她下定决心实施计划。须藤当然不知道这些，他只是贪图钱财和人脉而已。他只身前往约好的地方——就连美里为了确认锖田的死，拿走了他手上的大门钥匙他都不知道。野木，他根本不是跟你走散了，而是故意甩掉了你。

“没错，从派对的那天晚上直到天亮，须藤都在慢悠悠地陪美里谋划。当然，这时钥匙已经归还给了他。与此同时，她无意间看到了那个所有人都认为是糖果盒的常备药盒。或许就是在那个瞬间，她确定了干掉这个傻

小子的方法。你们说我是在妄想？好吧，如果你们不信的话，请翻到十沼手记的第三章末尾。上面写道，在得知加宫之死的那一刻，须藤把‘不小心含在嘴里的像是糖果包装纸的小纸片吞了下去’。我猜那张小纸片上其实写了美里老家的电话号码以及敲诈时的台词。就容我先这么假设好了。

“总之，须藤是在海渊被杀的时候，才意识到自己落入了一个多么恐怖的陷阱。估计他一直以来都是用电话跟她联系的，他从来没有想过自己有可能被杀。但是，他还是为了以防万一，挂上了门扣，让房间变成了密室。这个小聪明实在是弄巧成拙。说起小聪明，他当时选择诚实地说出海渊问他的那个暗示‘融解＝绑架[1]’的问题，而没有选择刻意地搪塞过去，也挺聪明的。不过，当时的他与其说是诚实，倒不如说是无计可施吧，因为他没空编一个假问题。

“最后，美里离开泥泞庄，须藤则从室外楼梯蹑手蹑脚地跑回自己的房间。当然，他没有忘记将那里的插销插上。可是，前面有扇门突然开了，他肯定惊出了一身冷汗。蚁川被玻璃打碎的声音吵醒，又因为脚步声而好奇地开门查看情况，但是须藤抢先一步钻进了自己的房间。第二天他所谓的‘我也睡着了’的证词自然是在说谎。证据就是须藤自己的说法……‘我穿着便服站了会儿，突然感到一阵发冷’。应该不会有人会把睡衣说成是便服吧？

“但是，他却没有意识到自己的失言。须藤为自己没有露出破绽悄悄松了口气。但是，他的身体却比他的心更诚实。他刚刚认为自己度过了危机，老毛病就发作了——他感受到那个征兆，慌忙把手伸进口袋里。

“十沼在手记里并没有写盒子里到底掺了多少粒毒药，但是能够确定

1　日文“融解”和“绑架”的发音相同，都为“ゆうかい”。

的是，他拿出来的那一粒正好中奖了。在氰酸毒的作用下，须藤一命呜呼。最后的那一刻，他试图向你们传达某个信息。”

“指、指着我来传达吗？”

野木目瞪口呆。

森江点点头：“没错……只是，他的目标并不是你。你们不觉得有问题吗？如果他想指的是自己正前方的野木，为什么不直接指他，反而故意把手臂抡了一个圆弧呢？我想象了一下当时的情景，他是不是想要越过在场的所有人，甚至越过那一圈刑警，画一个圆弧呢？于是我想到了，须藤想告诉你们的其实是水松美里的入侵路线——从院子到海渊房间的窗户。还有一个最重要的事实——闯入者不是从庄内，而是从外面进来的。”

“那些刑警连这种程度的想象力都没有，害我白遭了那么多罪……”

野木不知为何突然捂住嘴，慌忙添道：“总、总之，我有些明白了。”

“谢谢。”森江轻轻道谢，“看来你比刚刚更理解我了，那你们二位呢？没有回答吗？看来我们的讨论该结束了。……跟我来。”

他自顾自地说完，气定神闲地转过身，健步走到门口。迈出一步后，他突然回眸。

“……怎么了？我以为只要我的话足够负责任，无论有多荒谬，你们也能听进去的！难道你们对我的推理有什么异议吗？”

4

森江春策，实地演示

暮色逐渐向一楼东北角的浴室窗外移动，整栋楼仿佛都沉在浅海里。

堂埜、蚁川、野木三人莫名其妙地被带到这里，不禁面面相觑。

明亮的灯光从天花板洒落，脚下的瓷砖也是干的，然而，潮气已经渗透到左右的墙壁里，盘踞不去。而且，只要一想到不久前有人惨死在这里，谁都不会有什么好心情。

透过厚厚的玻璃，隐约可以看见一个忙碌的人影。被三道目光注视着的那个人影先是踮起脚尖，继而蹲了下去，就此消失在了窗下。

（…………？）

他们一脸诧异地等了一会儿，耳畔突然响起一声轻响，那是安装在室外的热水器点燃的声音。

他究竟打算干什么……三个男人立在冰冷的地板上，正盯着那里，突然瞧见银光一闪，有什么东西动了。原来是嵌在浴缸和窗户间的瓷砖墙上用来调节火力的燃气阀。

虚惊一场。他之所以蹲下去，似乎就是为了把热水器打开。窗外的人转动阀门，原本指在印在下方的绿色的“关”字上的燃气阀，开始向右旋转，正好旋转了九十度，停在了三点钟方向。

平时转到这个位置，热水器会火力全开，但估计是总闸被关上了，所以并没有发生更多变化。他们莫名有些扫兴，但仍旧继续盯着燃气阀。此刻，燃气阀的指针指向红色的“开”字。

背后突然传来一个奔放的声音：“久等了！”

用不着回头，也知道是森江春策。他风风火火地从更衣室里走出来，不过，却小心翼翼地避开了渗入瓷砖接缝中的日疋佳景的血迹，令人怀疑他只是装得桀骜不驯而已。

“那就……开始吧。抱歉，借过一下。”

森江把某样包在手帕里的东西藏起来，弓着身子，挤开他们三人走到前面，直接抬腿迈进了空浴缸里。

他对那些无语的目光视若无睹，踩在浴缸沿上，抬手伸向窗户上方留有 ULCERA MALIGNA 这十三个血字的通风窗的把手。由于关得太死，他费了很大的劲才打开，然后就在通气扇上的那些格棱之间摸索起来。

“嗯？”

野木不由得发出惊讶的声音，这也难怪，因为他简直像变戏法一样，从里面抽出一根黑线。刚刚他之所以踮脚，应该就是为了把它塞进去。

森江将那根线拉到面前，先将它缠到弹跳式窗户下端的把手上，又把往下延伸的部分同样在燃气阀上缠了一圈。弄完以后，他莫名其妙地用手弹了弹窗玻璃。

“好了，我刚刚也向你们展示了，这个阀门跟热水器的开关是相连的，双方可以隔墙联动。这是第一个戏法，第二个戏法——”

他说着，缓缓打开手帕，出现在他们面前的是一块坑坑洼洼的冰块，应该是从冰箱里拿出来的。

他用令人意想不到的灵巧手法，将冰块绑到线的一端之后，突然又从口袋里取出一个意想不到的物件。那竟然是一个盐罐。

“话说回来。”

森江把盐撒到冰块和线上，突然想起什么，说：“十沼在发现日疋尸体的那个段落，提到小学生用的理科读物如何如何，我记得那类书里也介绍过这个实验。你们忘了吗？就是用盐钓冰块的实验。不过，盐只是我的应急手段，我没时间找更大的冰块，所以不敢肯定凶手一定就是这么做的。”

“也就是说，其他的一切你都可以肯定喽？”

蚁川极尽挖苦讽刺之能事。

野木为他打帮腔：“是啊，包括那个闹着玩儿一样的用线钓冰块的把戏……”

“没错！”

他话音刚落，森江便郑重地点了点头，猝不及防地握拳朝窗户玻璃砸去。

伴随着一声怪叫，只见应该没有任何人碰的燃气阀，突然往右边的“关”字方向，即六点钟方向来了个九十度的急转弯。

只是松松地缠了一圈的黑线自然从燃气阀上脱落，如此一来，刚刚一直在中间支撑着冰块重量的力便突然消失了。冰块急速下坠，通过线传递的力便压在了第二个支点——窗户的把手上。

咔哒。把手被拉至接近水平状态，卡进了窗框的锁座里。整个过程极快，他们连插句话的空当都没有。

冰块如钟摆一样晃晃悠悠，线却仍然勉强挂在把手上。

紧绷在心头的弦刚刚松下来，那根线却突然脱离把手，冰块坠落下去，剩下的线自然也被人从通风窗上抽了出去。

（——！）

他们仿佛目睹了一场天大的事故，呆呆地注视着冰块坠入浴缸底，摔得四分五裂。

“当然了，”森江喃喃插了一句，“当时里面已经加满了热水……”

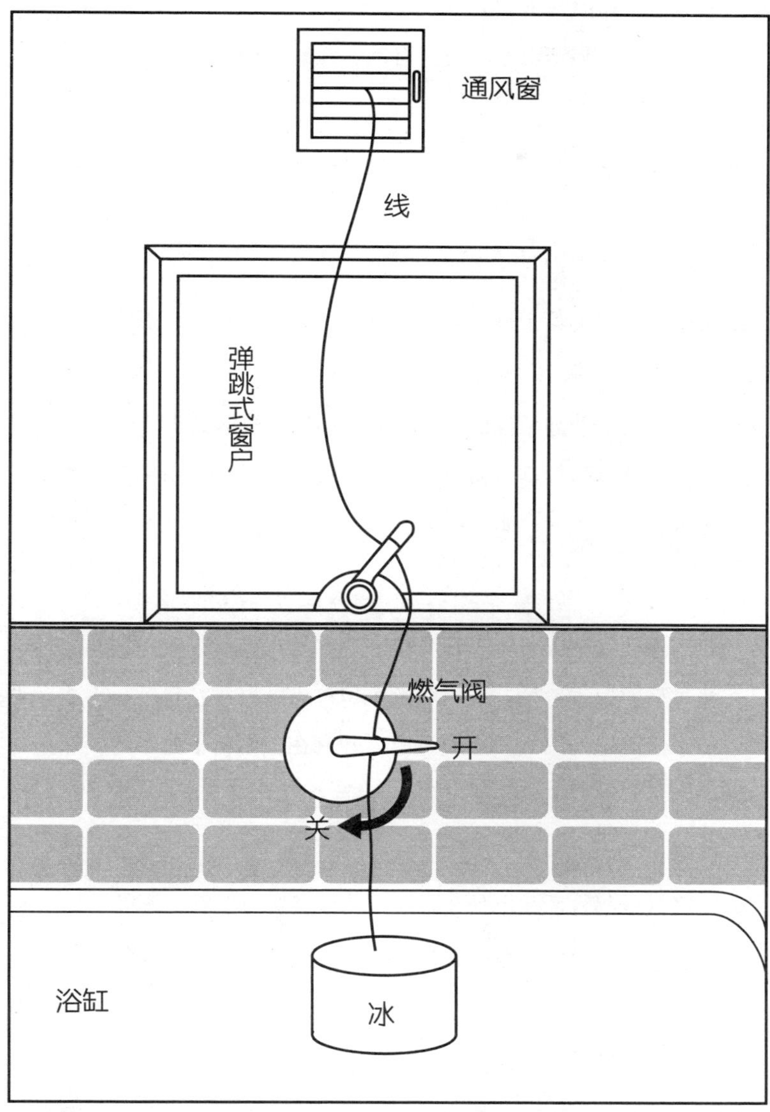
通风窗
线
弹跳式窗户
燃气阀
开
关
浴缸
冰

系在线上的冰块坠落之后，失去重量的线开始被拉向通风窗……最终如同被吸走了似的消失不见。

现场只有一阵无法言喻的诡异沉默。没有任何人说话，直到从外面传来敲窗户的声音。

森江一边“噢噢”地应着，一边将好不容易才扣上的锁打开，将窗户推上去。

“这样就行了吗？”

开窗以后，只见乾美树一脸无聊地立在那里。森江点点头，认真地向她比了个致谢的手势。

“非常好，辛苦你了！很冷吧？谢谢你帮了我这么多忙……”

她微微一笑，然后毫不留恋地离开了窗边。留在那里的男人们花了一分多钟的时间才找回说话的能力。

“原来如此。”

堂埜终于开口，声音如同远处的雷鸣。

“我总算明白怎么从外面关闭浴室窗户了。但是，你别忘了一件事。凶手……水松美里是怎么关闭通风窗，并且在上面留下血字的？照你的实际演示，她岂不是不可能做到了吗？”

“没错。”

森江略微板起脸，又像是在跟对方的目光对峙一般，深吸一口气。

“所以……哪怕一次也好，我什么时候说过她有可能做到？”

“看来我提供的观点又让大家头痛了。”

从浴室撤回后，所有人都瘫坐在餐厅的椅子里，森江有些抱歉地说。

接着他却一反常态，下定决心般开口：“可是我也并不轻松。顺序或许有些颠倒，不过，我想先请你们想一想在用那种办法关闭那扇窗以前的事，即为什么日疋会以那种形式死在那里。

“既然水松美里的目标，只有在那个米斯卡塔尼克开放参观日与她和加宫同乘的三人，那么自然就可以认为，除此以外的谋杀案，都是因为与她的秘密或者犯罪计划产生了某种形式的关联才发生的。是的，就像海渊那样。但是，日疋不可能像他那样比普通人提前知道绑架案的情况，因为他并没有那种途径和手段。

“说到这里，我希望你们注意几件事。其一是他不请自来一事。他没理由独自登门拜访，更何况他还以帮忙打扫卫生、洗衣服为由，叫上两名女生陪他一起来。其二，我总感觉他是在电视、收音机、报纸等媒体解除了对水松美里绑架案的报道限制之后，才突然跑过来的。在‘验尸官法庭’休庭后发生了一系列谋杀案，他却从来没有露过面，这不是很奇怪吗？

“看来，我们也有必要站在日疋的角度想一想，而且要和你们每个人对照着想一想……你们虽然近距离目睹了好几个人的死亡，但并不知道肇事逃逸的秘密，当然也不知道绑架的事。至于海渊，他先知道了绑架的事，又知道了谋杀的事，可他并没有把这两件事往一处想。不过，关于后者的内幕，他和你们一样一无所知。日疋则做梦也想不到会发生绑架案，但是谁又敢肯定地说，他对肇事逃逸也同样一无所知？”

堂埜插嘴：“也就是说，日疋知道肇事逃逸一事……”

“不，这归根到底只是我的假设。”

森江无比耿直地否认。

“啊，说到这儿，”野木突然拍了下大腿，“十沼在《蕰蓙录》中写过，在他沿着今出川大街往东走的时候遇到了日疋。这么看来，日疋会不会是在那之前，在某个十字路口附近，碰到了等红灯的加宫他们的车啊！”

“具体情况……我就不敢说了。”

面对他抢先的猜测，森江慎重地继续说下去：“如果日疋知道美里导致的车祸，他估计会比在座的所有人更清楚地看到谋杀案的全貌吧。先是同一辆车里的一名乘客上吊身亡，然后核心人物加宫死了，接着剩下的两名乘客也先后消失，即便他不清楚详细情况，也能轻易地猜出凶手的名字吧？所以，要是他猜出来了，他会怎么做？他会将只有自己看透的真相告知你们，将你们从惴惴不安中解放出来，还是会承担起法治国家国民的义务，向警方报案？”

“估计不可能，如果案件有赏金的话，他倒是有可能将消息卖给警方……”

蚁川忍不住笑道。

“这话太过分了！再怎么说，日疋的人品也没有那么恶劣！”野木立刻反驳。不过，不知他是不是被蚁川尖锐的话语刺激到了，慌忙调整一下眼镜，又道，“这么说，大家不会认为日疋他……？”

“无法否认。”

堂埜口吻淡淡，神情却有些苦涩。

“喂，他都死得那么惨了，你们不至于……”

“你还不明白吗？”

面对还想继续为日疋辩护的野木，堂埜的脸上终于忍不住浮现出一抹怒意。

“你也不想想，为什么他要提供对你不利的证词？”

“对啊！我可算明白了。这件事我之前一直没有想通……”

蚁川突然拍了一下手，咬牙切齿道：“你听好了，野木！那小子在作证时，把你从他的公寓离开的时间说早了一个小时。可这么一来，他自己

也少了一个小时的不在场证明，因为你也是他不在场证明的证人。可他却故意这么做，为什么？就是为了让你充当替罪羊，这样一来，他就可以抬高从美里那里敲诈的价格了！”

野木的脸瞬间通红，接着又变得像死人一样惨白。如果现在把鸭川搬到他面前，他恐怕会在里面冬泳好几个来回吧。

“没想到关于日疋的人品，大家的意见竟会如此一致……”

森江带着几分错愕喃喃道，但是他立刻恢复如常。

“总之，他选择了那样的下策。报道限制一解除，各个媒体开始大肆报道时，日疋的惊讶程度肯定是常人的十倍，不，百倍以上吧。因为美里被绑架了——那个他相信是凶手的人，拥有百分之百、铜墙铁壁般的不在场证明。而他此前向她发射的恐吓之箭，就这样威胁到了他自己。

“……对了，我还得说明一下那支箭是以什么样的形式发射出去的。首先，日疋肯定会想，水松美里的老家在大阪，她一定是在京都市内的某处制订杀人计划、做杀人准备的，而且她还必须要有一个用来休息的秘密据点。但是，单身女子用假名住旅馆太惹人注目。女生公寓的话，一来管理员盯得紧，二来万一被认识的人看到就糟糕了。

“剩下的就只有加宫的公寓了，那里虽然是他倾家荡产为她筑的爱巢，但是据说 ×× 派的人经常会上门讨债，而且主人已经身亡，说不定哪天管理员或者他的家属就会上门。除此以外，还有什么地方呢？如果我是日疋，肯定会站在加宫和美里的角度思考。”

“真复杂啊。”堂埜苦笑，“所以，结果呢？”

“这里又要请十沼的《温座录》出马了。答案就是在‘搬进公交站附近，带卫生间、停车场的公寓’之前加宫租的那间房子。如果他们二人依旧使用那里卿卿我我的话……不……”

森江再度发挥他的耿直作风，轻轻地摇了摇头："不，也有可能完全是其他地方，不能草率地下结论……"

"是留言电话！"野木突然用堪称尖叫的声音打破沉默。

"留言……你鬼叫什么呢？"

蚁川眉毛倒竖。

野木对他重重地点了点头，像是被附身一样开口："具体时间我忘了，有一次，我因为一件小事，好像是课堂上要用的一本贵得离谱的课本的事，给加宫打电话。当时，我有些心不在焉，里面的呼叫音一停，还没有确认对方有没有接，我就'喂'了两声……可是对方没有反应。正在我纳闷的时候，有个像恶作剧一样的笑嘻嘻的女声响了起来：'这里是留言电话'。我纳闷地挂断了，这才意识到，原来我不小心拨成了他以前住的公寓的电话了。"

野木抬手摸了摸自己的脖颈，继续道："当时事情就那么过去了……直到很久之后我才突然想起来，当时听筒中的声音有些似曾相识。——这也怨不得我吧？毕竟我很少通过电话线听到美里的声音。你们也都知道，给她公寓打的电话向来是管理员接，给她家里打，又都是她妈和一个非常啰唆的人接电话，大家都不喜欢给她打电话，都是……"

"别废话了！"

堂埜将手举到头顶，打断了他气喘吁吁的长篇大论。

"不过，只有一件事请你说清楚，你把这些告诉日疋了吧？"

"是的。"

野木疲惫不堪地垂下头。

"也包括……那个似曾相识的声音是水松美里的声音？"

"不，那倒不至于……而且，这是挺久以前的事了，也不能断定他就

是从我这里知道的。”

大概是因为被这么咄咄逼人的追问，他下意识就要逃，结果被蚁川一下子揪住了后脖颈。

“留言电话啊，怪不得呢！”

他咬牙切齿，嗓子里挤出怀疑至极的声音：“日疋那个臭小子听了你的话，估计怀着想要窥探他们爱巢的龌龊心思，打过那个电话吧。所以这一次他就想到了那里。……哼，原来是留言电话。用它也很方便恐吓呢。既不用外出，又能确保对方收得到。你们想象一下那样的画面——美里正蜷缩在秘密基地里，突然响起了尖锐的电话铃声，因为电话还是录音模式，所以在‘哔’的拨号声之后，那个混蛋得意扬扬的恐吓和要求，便以现场直播的形式传入了她的耳中。”

“佩、佩服！”

森江目瞪口呆地赞叹。

“就、就连我都没有想象得如此具体！好吧……呃，我可以继续了吗？怎么说呢，我稍微找回了一些自信……”

“随时可以！”

他们恢复了顺从的听众的神情，异口同声道。

“总之，如果按照你们的说法，原本是恐吓者的日疋，这次却因为留言电话的录音带这一证据，变成了担惊受怕的一方。我也效仿蚁川，想象一下他在自己的住处，接到暗示他为野木的不在场证明做伪证的威胁电话时，那副惊慌失措的样子好了。

“后来，对方所选择的归还那个可耻的证物的地点，自然就是这里——泥泞庄。于是，他为了让自己突然登门显得合理一些，就喊上了堀场和乾两位女同学，不光如此，他还卖力地献殷勤……”

“献殷勤？用那种方式吗？”

蚁川无语地喊道。

森江却置若罔闻，继续道：“……他本打算献殷勤，却遭到了你们的殴打。凶手自然必须将他邀请到浴室，不过，我怀疑日疋可能从一开始就被指定去那里取回‘恐吓信息’。毕竟哪怕他神经再粗，都该有所警惕。

“无论是不是他主动把杂烩粥泼到自己头上的，结果都无法改变——靶子自己没什么防范地去了洗澡间。十沼也写了，他每次来这里都要蹭饭和洗澡。日疋大概原本以为交易还要再等一会儿吧。总而言之，那时，美里已经在窗外等他了。”

“你是说，她带着用来制造上锁机关的冰块，大老远跑过来吗？”堂埜难以置信地问道，“还是说，她去取切肉刀的时候，顺手从冰箱里拿了冰块吗？”

“不不。”森江摆着手打断他，“她不是有个最适合装冰的容器吗？就是那个每天给她心爱的加宫装热乎乎的汤和亲手做的料理的便当盒啊！你们难道以为十沼专门提到它会没有任何用意吗？好吧，这次的谋杀也是从敲窗户开始的。不，只要提前打开窗户锁，或许连敲窗户都用不上。她可以上去就砍，还可以脱光了跳进去，那样做甚至不需要担心血会溅到身上，而且也能够先刺激目标的性欲，再将手伸向贴在背后的凶器——”

森江的话戛然而止，他大概是想要避免血淋淋的描述吧，但他的这份苦心白费了。因为，在那段空白的时间里，所有人似乎都听到了菜刀砍下的声音。

“接下来的事，就和刚刚我实地演练的情况一样了。和当时不同，发现他的尸体时，热水器之所以是‘开’着的，当然是为了让用完的冰块迅

速化完。另外，我要补充一下刚刚我跳过的部分。胸膛插着凶刃的日疋拼命爬向更衣室。一开始他或许是想要向外面的人求救吧。但是，当他意识到自己不可能获救后，便将原本伸向门把手的手伸到了门闩上。

“为什么？当然是为了告诉你们，凶手不可能从那扇门进来，而是从窗户，也就是从外面进来的。”

“原来如此。”野木看着地板，唇畔浮起怜悯的笑容，“但是，他那么做也纯属白搭。”

“至少到此时此刻为止。”堂埜添道。

“咔哒——他竭尽最后的力气挂上门闩，然后断气了。没过多久，十沼和堀场察觉到不对劲，赶了过去。十沼砸破门，为了不让堀场看到日疋的尸体，把她支走之后，又担心浴缸温度过热，走进水蒸气里。当他走到浴缸和弹跳式窗户旁边时，应该看见了某样东西。要么是热水中没化完的碎冰块……要么就是挂在‘还开着’的通气窗上的线头。”

“还开着？”野木抬头。

“没错，还开着。”森江重复了一遍，“有个念头在他的胸膛中激荡。迄今为止散落在到处的碎片，突然拼成了完整的图形。然后，他下定决心，将自己的手指蘸进血泊里，踩在浴缸沿上，小心翼翼地留意着不让自己的指纹留在把手上，在墙壁和通风窗的格棱上写下那些血字——ULCERA MALIGNA。估计他原本是打算把这个恐怖的词用在自己的侦探小说里的。因为那一刻这个词汇突然浮现在他的脑海里，他就拿过来用了。

“喂、喂……”

野木在镜片后眯起眼睛。同时，蚁川也皱起眉头，脸色阴沉可怕：

“请你不要出其不意地信口开河，简直比我还会胡说八道！而且，还是这么无凭无据的胡乱臆测……”

“绝无此事。”森江像是要将火星挥开似的，摆了摆手，“非常遗憾，我绝没有胡乱臆测。十沼自己不是写得很清楚吗？チノモジヲカイタノハオレダ——留下血字的那个人就是本大爷。……你们看，这些都是从十三个章名中提取出来的字 。”

他最后的话被突然掀起的音浪盖了过去。那不是惊愕的尖叫，也不是喝倒彩的嘘声，而是椅子打翻的声音，简直跟滑稽剧的终幕一模一样。可惜，这出史上最糟糕的谋杀喜剧，还得稍等片刻才能落幕。

サ	谋杀课堂第一课	チ（第八章）
ク	投落在黑暗中的阴影	ノ（第三章）
シ	献给死者的搜查笔记	モ（第七章）
ヤ	搜家大扫除	ジ（第六章）
ハ	筷子、火锅和圣诞节	ヲ（第十章）
ト	遥远时刻表的彼端	カ（第四章）
ヌ	泥泞庄验尸官法庭	イ（第二章）
マ	命丧毒枕	タ（第五章）
キ	怪胎云集的爱之乐园	ノ（序章）
ヨ	翼手龙嘶吼之夜	ハ（第一章）
ウ	空洞是尸体的脸	オ（第九章）
イ	走狗要用力鞭打	レ（第十一章）
チ	留下血字的人是谁	ダ（终章）

“大致就是这样。顺便一提，虽然他非常执着于‘用假名来写都是十三个字’，但是作为密码而言可谓幼稚到家了。”

大概是太没劲了，很久都没有一个人开口说话。森江再次将仓促写完的纸条向他们展示了一圈，继续说道：

“首先，我想提醒你们，执着于13这个数字、千方百计将一系列案子往13上靠的人，是作者十沼京一本人，而非凶手。还有，这次的这个荒谬绝伦的案子，不是也莫名带有一些老套的恐怖风格吗？

“你们看，关键词和那部自费出版短篇集一样，都是‘作者是十沼京一’[1]。不过，这一次不是把收录短篇的标题，而是把十三个章节的标题排列起来，调整次序后，再提取末尾的字，代替‘本格侦探小说’出现的句子如你们所见，就是‘留下血字的那个人就是本大爷’。这种密码可谓是入门中的入门，跟直接把人领到正确答案的大门口没两样。”

“而且又是他擅长的排除法！”蚁川嘲讽道，“要是我们这帮蠢货能够排除那些陷阱，自然就能找到正确答案了。”

“可恶！谁能想到他会这么简单粗暴地把剧透耿直地放在第一章到第十三章的标题里啊！”

野木不甘心地咋舌道。

蚁川也附和：“是啊！而且还不是藏在正文的犄角旮旯里，而是索性堂而皇之地……对，就是因为目标太大了，我们反而上了他的当！”

“太大了……吗？”

森江突然像好莱坞电影中出现的东方贤者一般喃喃自语。

“的确，有的东西确实因为太明显，反而更能迷惑人的眼睛……”

“所以……这十三个字……”

堂埜一副没有斗志的样子眯起眼睛。如果是欧美作家，估计会以“像

1　即上述章节标题按首字母相连出现的句子。

释迦牟尼一样面无表情”来形容他吧。

“究竟是什么意思？”

“就是字面意思。”森江立刻回答，“十沼借终章的标题发问——留下血字的人是谁？然后又用密码的形式回答了这个问题。留下血字的那个人就是本大爷……为了让密室更加彻底，也为了否定凶手是从外部进出的。”

“可是，为什么连他都……”野木搔了搔头发，“……连他都干出这种包庇凶手的事啊？除了成为推理作家的奢望以外，他根本无欲无求，怎么会去勒索？而且他有堀场，应该不会对水松美里动什么歪心思……”

“他就是为了假装侦探，引诱凶手上钩！真是个笨蛋！不，我更不明白的是……”

蚁川焦躁地砸了一下桌子。

“既然他铤而走险，应该有十足的把握。但十沼究竟是什么时候，又是如何猜到真相和凶手的？他再怎么自称是未来的推理大作家，可是，牵扯到谋杀背后的隐藏关系，他应该跟我们一样……不，他应该比我们更不清楚才对啊！难道说他像海渊或日疋一样有什么特别的……”

“有一件事很有意思。”

森江将那沓原稿拿在手上，淡淡道：“他在第九章的开头提到，凶手用海渊的头堵住密室的洞时弄出了声音，他被那个声音吵醒之前，一直在做关于那篇密码文的噩梦。那一段乍看起来是一处胡言乱语，但如果用‘切换Shift键’的方式破解一下，就会变成这样：‘你以为我连这种密码’‘都解不开吗’‘你们这些蠢货’……别急，继续听我说嘛！如果你们有和十沼同样的条件，你们也会发现破解密码意外地简单。

“十沼罗列了江户川乱步划分的几类密码记法，即密码棒法、表形法、

寓意法、置换法、代用法，还说这些方法都不适用。可奇怪的是，这里独独缺了在侦探小说中最流行的‘媒介法’——用书籍页码、乱步举例的盲文等各种东西为媒介传递信息的方法。顺便一提，乱步在论述媒介法时举的第一个例子就是打字机。没错，哪怕十沼并不是密码专家，也非常有可能当晚就猜到了诡计在于打字机的键盘设置，并且成功地破译了出来——只要他知道密码是由打字机打出来的。

“十沼在手记中特别提到他‘手抄了一遍’，既然如此，不就证明了原文并不是手抄的吗？关于铺田的遗书，他一次也没有说过是手写的，毕竟他根本没有那个闲工夫。如果手记里记载的是实物的话，估计你们也能破译出来。总之，十沼知道了铺田、加宫以及后来一系列死亡事件背后的真相。他绞尽脑汁，基本上逼近了真相。

“……与此同时，十沼开始记录这些案件，就像许多经典推理小说中的角色一样。蚁川，你在他奋笔疾书的时候，曾经谴责过他还有心思写小说。可是，那时的他正在将我刚刚提到的真相，悄悄地藏在当时的原稿，即这份手记里。

“比如在他本人临死前写的一段里，他说明天要去京都站十几号站台，给加宫放一束花祭奠他云云。可是在京都站，编号是两位数的不是新干线的站台吗？也就是说，他已经明白了加宫不是乘坐‘彗星 3 号’，而是乘坐新干线从京都出发的。

“另外，我之所以觉得他好像也意识到了铺田的死是自杀，是因为第十一章末尾的那句——‘第七桩谋杀案’发生了！他刻意将这句心中的呐喊加上了双引号。在前一章的蚁川 VS 十沼的打架场景中，他也用过 <“第七桩谋杀案”发生了> 的写法，但是，像这样在一个词上加双引号，不是常常用来表示‘实际上并非字面意思’吗？

“还有一个细节，在他提到去祭奠朋友之前的段落里，也就是他列举问题①到⑬时，说到的⑤和⑥的地方。他讨论濑部谋杀案时，新拆了一包烟，本来以为他只抽了一支，但是当他开始讨论小藤田谋杀案的时候，却扔掉了空烟盒。

“我莫名觉得，他说到这里时正在犹豫要不要调整顺序。也就是说，他讨论小藤田谋杀案时一直在猛抽烟，而与此案相关的问题正是⑤和⑥，说完这两个问题，他便将空烟盒扔进了废纸篓。他开始讨论濑部谋杀案时，又从口袋里拿出一盒新烟，并叼了一支在嘴里，这时是问题⑦。也就是说，在某个时间点，十沼知道了谋杀顺序并不需要调换，小藤田之死仍旧发生在濑部谋杀案之前。而且，这个发现令他怀疑起了水松美里。

“那么，十沼有没有将这些直接写下来呢？我想，他实际上应该比锖田还要纠结。这份手记最奇怪的一点是他将最后一章命名为‘终章’。明明没有任何一件事告终，也没有任何一件案子解决，为什么要叫终章？他那支寄托了万千情怀的笔，有可能只写到这里，留下一句‘晚安好梦’，便再无后文吗？恐怕令人难以置信吧？”

“……那你倒是说说，怎样才可信啊？”

蚁川冷嘲热讽地催促道。森江一时无言以对，但终于克制住痛苦的情绪，道：“是的……就像刚刚某个人说过的那样，十沼是个无欲无求的人。但唯有一个梦想除外，那就是成为推理作家。在这本手记里，他也一直在不厌其烦地强调这件事。我知道，哪怕只有一丁点儿希望，就算出卖自己的灵魂，他也心甘情愿。堀场估计也知道吧。水松美里的父亲，新闻报道中只是轻描淡写地介绍他为‘公司董事’，但是，他是哪方面的重要人物，如今已经不用我多言了吧？

“好吧，都到这时候了，我就不藏着掖着了。实话实说，他打算用自

己找到的真相，当成自己成为推理作家的敲门砖。从那一个瞬间开始，他就丧失了将这份手记作为一篇以他本人为主人公的本格推理小说来完成的资格。”

森江拿起原稿，找到接近文章末尾的一页。

“下面这一段，说得夸张一点，就是他出卖自己灵魂的一幕，可是他描写这个场景的时候反而充满自豪——

分别之际，暮色四合，我突然回头看她。

“对了，说这个或许有些突然，我必须找时间见见你的父母，尤其是令尊。不过，就别介绍我的梦想是成为侦探作家了。”

“我明白。我会说你是个作家，有前途的大好青年，而且雄心勃勃……”

仔细想想，这个无比爽快的回答可以说是我当时唯一的收获。……

就这样，十沼与她——水松美里缔结了秘密契约。就在她住院的地方——大阪北郊那座洋气的私人医院、那间我也去探视过她的宽敞的单人病房。……哎呀，怎么了？你们觉得她——和他讨论①到 ⑬ 的杀人问题的人，除了美里以外还能是谁？”

听到他们惊愕的声音，他不知所措地停下正在搅咖啡的手。

“那个秘密契约的协调结果，正是我上面提到的内容。话说，刚刚野木说了一半的那个平时被迫负责打电话联系她的人，应该就是十沼吧？毕竟加入社团的时候，她第一个遇到的人就是他，估计他早就因为种种事宜，跟她那位罗里吧嗦的母亲混熟了。

“告诉我美里的住院地址的女孩也说过，这种类型的父母，对于熟人和非熟人会区别对待，哪怕对象是子女的朋友。总之，十沼利用特权，打听出了私人医院的地址，并去探视她了……在聊了一些无关痛痒的话题之后，他应该是向她寻求了关于从那个房间脱身的方式——尤其是杀害日疋之后。美里当然佯装不知，而他立刻亮出自己手里的牌——这是我猜的。

“于是，谈判开始……协议缔结。十沼答应她，关于她制造的谋杀案，他会对知道的一切守口如瓶。作为交换，她必须利用她父亲的人脉帮助他步入作家生涯……他由此拿到了光明正大地逃离求职战场的许可证。

“但是，十沼从医院‘返回书桌前’之后，依然没有停止书写这份已不可能发表的文稿。他没有胆量记下自己不要脸的行径，也做不到若无其事地继续往下写。于是，他表面继续扮演着一名无辜的记录者，却又试图将‘这不是真相’的证据、通往真相的踏脚石散布在字里行间。面向并不存在……不，是不能存在的读者。但是，他也不能无限度地暗示。他无法忍受自己‘绝不能写案件解决篇’，最终不得不将第十三个章节的标题命名为‘终章’……”

“然后，不久之后……”蚁川喃喃道，“美里写下了‘终章’二字……在十沼的脑门儿上。”

“那……后来怎么回事？”过了一会儿，堂埜开口，“她是在进行那场‘交易’的时候，趁机往十沼的烟里投毒的吧？”

“不。”

森江轻咳一声，摇了摇头。

“就算美里身上当时偷偷带着设法搞到的毒药，可是当着毫无征兆地冒出来的十沼的面，她恐怕没有那么麻利的手法吧？不，就算她能做到，既然他走时才刚‘暮色四合’，说明他去的时候最晚也是天黑之前。这么一来，应该就是二十七八号中的某一天。但是，即便毒香烟是二十八号中午混进去的，恐怕也留不到半夜吧。他是个烟鬼，又正好处于写作状态。”

“——你是说。”蚁川的眉毛轻轻动了动。

“她又到这儿来了？”野木继续，“但是，那天晚上，这里是一种密……”

“是的。”

森江打断他的后半句话，神情苦涩地点点头。

“美里来了……为解决那纸契约而来。不过，对十沼来说那却只是单方面的毁约通知，而且是一种暴力毁约行为。会长，你是什么时候去确认庄内的上锁情况的？”

“啊？当然是二十八号深夜。”

堂埜有些困惑。

“凌晨零点左右，也就是发现十沼尸体的几小时前。不过，我从里面确认过大门是锁着的。至于后门的那个木门，因为在日疋的案子发生之后，大家几乎不用浴室，所以一直都是锁着的。”

“那二楼那个通往室外楼梯的门呢？

“话说，她应该就是从那个门逃出去的吧？”

在堂埜回答之前，蚁川一副尽在掌握的神情点点头：“在任务完成后，她应该会以最短的路径快速逃出去。”

然而，堂埜却毫不在意他的干扰，仍旧冥思苦想：“二楼的门……嗯，插销插上了，我在睡前也确认过一遍，当时并没有异常。”

“也就是说，”野木身体前倾，“无论是美里进来还是出去，都是在此之前喽？”

“不……”森江却摆了摆手，“我认为未必如此。”

“未必？怎么可能！”蚁川挑起眉头，“难道是十沼本人打开锁，把专程赶来杀自己的女人请进屋的吗？”

“还有一种可能……二十八日晚上，她离开那间白色的病房，乘坐阪急京都线，二十几分钟后，又换乘其他交通工具赶到了这里。尽管不知道她是不是回收了十沼‘用连自己都觉得很优美的姿势，将空烟盒丢进废纸篓中”的空烟盒，不过，当时她肯定偷偷带着掺有吸入性毒素的七星，去了他的房间。——遗憾的是，关于这一次见面，十沼什么也没有记录下来。所以，也不知是美里趁他不在留下了一支毒香烟，还是十沼在跟美里对峙的过程中，手伸向已经被偷偷换掉的烟盒，当着她的面痛苦地倒下。说不定当时他还挺感激她的。”

“这些姑且不论，她为什么要选择在烟里投毒呢？”野木道，“后头就更别提了，她明明可以痛快地干掉他的！”

“请你考虑一下地点。那里跟阁楼和一楼不同，所有人的房间都在二楼。更何况那个时间段大家很有可能在房间里，她也不能在偷偷溜进庄内以后，再去找菜刀之类的凶器，不是吗？”

森江确认他没有反驳之后，立刻继续：“那么十沼呢？面对一个迄今为止轻而易举地屠杀了那么多朋友的人，他自然不会放松警惕。所以，让她进来是他本人的决定，他自负地想，为了唯一的梦想，如果他连这种危险的赌都不肯下注，还配当什么男人？但是，其实他错了。明明还在‘缓刑期’内，他却自暴自弃地认为自己实现不了作家梦，从那一刻起，他就被从一个冷静的赌徒打回原形，变成了一个糟糕、懦弱的业余人士。”

一时间无人说话。他们不知道是不是应该与十沼产生共鸣，还是应该一笑置之，空气中被迷茫与沉默占据。这时，有个身影像一只灵活的猫一样，轻盈地闯入这片充满倦怠气息的静寂中。

那个身影自然是乾美树。而且，从她手上那本二十年以前的周刊杂志

可以看出，在男人们讨论期间，她在候诊室度过了一段更有意义的时间。美树无视那些带着着淡淡讶异的目光，走到森江身边，对他一阵耳语。

他向她做了个委以重任的手势，同时低声回应了她几句。她再次恢复一贯的神情，无精打采地走开了。

他目送她的背影远去，冷不防开口："好了！"

森江春策猛然撂下手记，原稿合上时发出的巨响令所有人都竖起耳朵。对，那简直像是一阵突如其来的风把门关上的声音……

——陈旧的门吱吱作响，正在被缓缓关闭。

四个年轻人死死地盯着它。他们神情专注，仿佛被任命为某个极其重大瞬间的见证人。

门终于彻底闭合，一个诡异的机关暴露在他们面前。一根鱼线从下面的门缝向上延伸，又绕回门下。这根鱼线便是整个把戏的主角。

黯淡无光的黄铜门把手上方有一个门闩，或者说横向滑动的插销，更上方钉着一个锈迹斑斑的图钉。

鱼线从下端延伸到右斜上方的图钉上，掉头向下，在插销的把手上绕一个小绳结，将其挂住后，又绕过门把手底部向门下延伸。没错，这正是在推理小说黄金时代中暗自发光的"鱼线与插销的密室"。

"准备好了吗？我开始了。"

自门后传来一个含混不清的嗓音。

"开始吧。"

四人异口同声地应道。少顷，鱼线的两侧被缓缓拉动。连接图钉、门闩与门把手的"く"字形的鱼线渐渐被拉直，插销在鱼线的推力下开始向右滑动。

在“く”字形即将被彻底拉直时，插销缓缓插入门框的插孔中，最终静止不动。

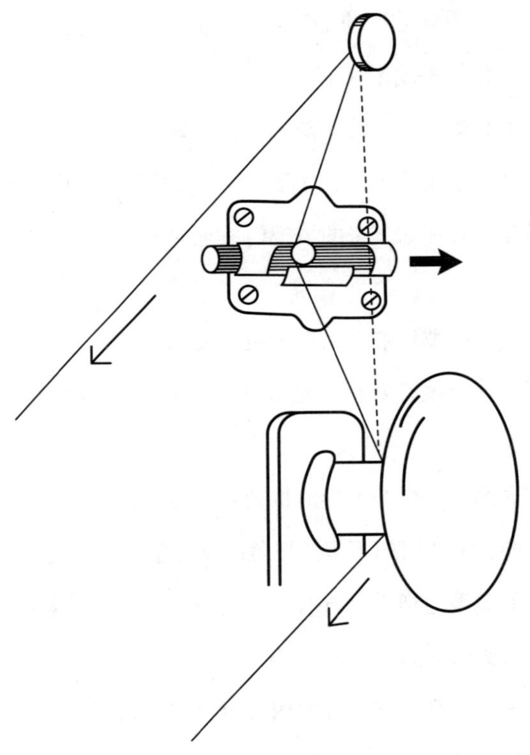

就在这时，绕过门把手的那端的鱼线突然被用力一拽，插销的把手瞬间嵌入门锁前方的缺口里。

图钉那端的鱼线蓦地一松，门把手上的绳结松开了，然后被徐徐地往下拉去。片刻后，鱼线自门下露出一端，经过图钉与门把手消失不见……

一时间无人出声。门这边冷不防有人凉凉一笑，打破沉默。

“也就是这房龄好几十年的破房子，才能搞这样的把戏。你说呢，堂埜？”

“蚁川说得对，如果房子建得严丝合缝，大概就不能实施如此巧妙的机关了。总而言之，这就是……”被问者摸着下巴，继续道，“这就是第七桩谋杀案的机关。那么，剩下的图钉……”

“第七桩谋杀案啊……”

蚁川用戏谑的语调重复了一遍，突然从门后传来不耐烦的敲门声。

“喂，赶紧给我开门啊！你们打算把我一个人关在外面吗？你们让我出主意我才帮忙的……快把门闩拿下来。听到了吗，野木！”

“其实被关在门外的人才更幸运吧……”

第三个年轻人的嗓音里带着半分认真，有些羡慕地对门后的人说道。

美树说完就走了。刚刚她接受森江的嘱托，跟在男人们的身后，为“鱼线与插销的密室”的架构担任监工。任务一结束，她就头也不回地离开了。

“那么，图钉的处理呢……”

堂埜却毫不关心她的离去，耐心地重复了一遍待确认的事项。

“不需要处理。别说处理了，甚至不用准备图钉。对了，十沼自己也曾经清楚地提到过它，说它从很久以前起就已经在这里了。不过，这当然只是一个小巧合。是在哪里来着……”

“就是那一段嘛！那小子被赶出濑部的阁楼电影会时，下到二楼的那一段。就是那里！”

蚁川兴奋地用手指在门板上依次点出来。

首先是<上个时代的大小姐风格的美女>露出微笑的<保健报纸之类的>海报，接着是海报一角的<一圈霉斑>，然后是那根钉在褪色的绒边上的旧图钉。

“原来……”蚁川继续道，“第八个人的死就是这样拉开序幕的……十沼想必也心满意足了吧？他自己将双引号拿掉，成了真正的第七桩杀人案的主人公。”

对于他这句感慨，众人纷纷点头，完全忽略了在破旧的海报的背后，有个人正在苦苦哀求：“喂，我说……你们还没闹够吗？赶紧开门！”

森江春策一直被他们关在室外楼梯狭窄的平台上。隔着眼前的门，传来他们你一言我一语的讨论，在凛冽的寒风中，他握拳朝门砸去。

但是，那只拳头却突然停在距离目标五毫米的地方。他往楼下望去，只见乾美树经过一楼走廊，出现在了楼梯的下方。他向她挥了挥手臂，做了个口型之后，再次转向眼前的门。

“这样有意思吗？好吧，我从一开始就没指望你们能够感激我。不管你们了，我继续说我的了。无论是声音，还是我接下来要说的内容，可能都会有些难懂，就麻烦你们忍耐一下吧！”

对面的说话声戛然而止。

森江对着看不见的听众，轻轻行了个礼，道：“感谢你们赏脸……不过，现在的情况可真有意思。我这个局外人在外面，而你们在里面——在我刚刚制造的这座大型密室内部。”

“大型密室？”从里面传来反问的声音，森江向他们点了个看不见的头，应道：“不错，记得在我解释藏在十三个章节标题里的信息时，有人无意间提到，‘就是因为目标太大了，我们才会上了他的当’，我就借用一下这个‘大’字吧。一个大型且无人察觉到的密闭空间——也就是这一整栋楼。不过，还是先来考虑一下更容易注意到的‘小型密室’吧！

“小藤田、海渊、日疋……这几名死者和你们这些活人虽然都生活在同一栋楼里，却一直被上锁的门隔开。但是，迄今为止出现过的所有密室，没有一个是凶手凭自己的意愿制造的。因为对于美里而言，关闭这栋楼内侧的出入口，就会暴露‘她是从外部闯入的’这个事实。所以，她就只是煞费苦心地关闭了那扇她进来的、与外部连接的‘窗户’。如果说小藤田将自己的房间锁上是出于私人目的，那么日疋拼命匍匐前进，拿下浴室的门闩，则显然是为了粉碎她的企图。

“不过，这些违背凶手的意愿形成的密室，却产生了令人完全意想不到的效果。凶手是怎么样、又是出于什么样的目的关闭了一个个房间？大家绞尽脑汁地思考进出这一个个‘小型’密室的方法，却忘了怀疑泥泞庄这座建筑物本身的密室性。不是吗？”

——所以是“大型密室”？

“没错。”

森江回答。刚刚那个声音正是从那座密室里传来的。他又看了一眼楼梯下方。

“所以……你们还没有吃够苦头吗？”

他一边分神去听她慢条斯理地登上楼梯的脚步声，一边继续说：“大是大了点，但是，你们打算屏息凝神地待在这座伪造的密室里多久啊……”

这个臭小子，让他说……咬牙切齿的声音隔着门传来。——混账东西，说得好像他尽在掌握似的！

“言、言重了。”

森江脸颊的肌肉僵硬地颤了颤，不仅仅是因为风太冷了。

“你们对我的评价太高了。我的话说完了，不过还有很多事情没搞明白。没错，比如说……”

他说着，缓缓抬高右腿。感觉到她的气息正在靠近，他立刻用上浑身力气，向门上踢——不，是试图踢去。

他的鞋尖才刚碰到那扇门，它就缓缓地、伴随着轻微的“嘎吱”声打开了……涌入房间的光线勾勒出几尊僵立在那里的“雕像”，狂风从他们中间呼啸而过……

森江回头看向身畔的她，手放在她的背上，将她推到门口。然后不理会惊愕的他们，说：“我第二次逃出‘法庭’的时候碰到了她。在哪里？就是诊室里面的那个小房间啊！不，与其说是碰见，倒不如说是被我找到了吧。那就……请你……”

她不知为何一脸疲惫，看起来非常憔悴。森江有些不忍心，却仍旧毅然问道：“你遭遇了那样的不幸，还请你过来，实在抱歉。但是，有件事无论如何都得请你回答——你曾经在某个人的强迫下读完十沼的手记，又突然被迷晕，并且被监禁在了治疗室，对吗？”

她——已不在人世的十沼京一的恋人、堀场省子脸色苍白地点了点头。

× ×

照着脖子毫不留情的一击，从口鼻处灌入的甜腻的药味……以及黑暗。

救命！空气黑暗而混浊，她躺在冰冷的地板上睁开双眸。然而，嘴被堵住了，呐喊被封在口中，无论如何挣扎麻木的身体，紧紧捆绑住她的绳子都不愿施舍她哪怕一厘米的自由。

耳边突然响起有节奏的声音，唤回了她远去的意识。脚步声远了，不，近了。地板突然亮起一线白光。隔壁的灯开了。终于，敲门声响起，震动声愈来愈大，并且有力……

× ×

“在‘旁听席’上，我一直很好奇，”森江春策继续说，“如果是堀

场的话，她会如何解读手记呢……最重要的是，她到底为什么不在这里。你们说复印件是按照庄内的人头数准备的，可如果是省子的话，一读就会知道与十沼谈论问题①～⑬的‘她’并不是她自己。明白了这件事，只需要几步就能锁定凶手。她确实亲眼看到了手记，并且读懂了十沼的信息。但她万万没有想到的是，那个将自己叫出来，让她提前阅读恋人遗稿的男人，竟然会将她绑起来，还无计可施之下将她丢进了治疗室。”

森江搀扶着省子的手臂，摇摇晃晃地跨进门。

“那小子估计没料到她会这么轻易就被找到，要是想埋怨的话，就去埋怨十沼吧。因为，我对那个小房间的描写印象非常深刻，想亲眼过去看看。然后，我就把她托付给了乾同学，听说她终于恢复了意识，我就请她过来了。为什么？当然是为了检举凶手啊。堀场同学，我刚刚说的这些有什么需要更正的地方吗？”

省子浑身颤抖，在灼灼的目光的注视下，她终于用微弱、沙哑的声音打破沉默：“……没有。完全正确。”

“所以，那个人就在这里吧？那个主动动手、试图掩盖真相的……”

他一边嗤之以鼻地说着，一边窥探她的神情。然而，省子却有些讶异地眯起眼睛：“不。”

她虚弱地摇了摇头。

“不在这儿……那个……那个人现在不在这儿。”

“什、什么？”

森江瞠目结舌，慌忙顺着省子的目光看去，这下更加惊愕了。过了一会儿，美树上来了，他把省子交给她之后，怒道：“会长……堂埜跑哪儿去了！”

蚁川、野木慌忙回头，只听走廊深处传来匆匆远去的脚步声。

“堂埜！”

他们异口同声地喊出他的名字。下一刻，所有人都气冲冲地追了上去。追捕？不，他们的样子倒更像是在试胆大会的晚上，因为看不惯那些被作为开胃菜的鬼故事吓跑的朋友，而蜂拥追上去的小孩子。

下楼梯的脚步声就如同连续敲打的鼓点，周围的建筑物像是猛然转了个圈，他们争先恐后地跑到一楼。

这时，大门突然被人踢开了，一帮体格健硕的男子蜂拥而至。

他们怔怔地望着眼前的光景，呆若木鸡。与此同时，诊室的门“砰”的一声关上了。接着，里面响起虫子爬行般“窸窸窣窣”的声音……没错，那是从里面上锁的声音。

就这样，两拨人在紧闭的门前对峙，气氛有些诡异。

“你们什么时候……而且是怎么……”

蚁川愕然道。其他人也都目瞪口呆地立在原地。那帮体格健硕的人对他们视若无睹，在门前排好阵型。其中有个格外显眼的彪形大汉，森江像是突然反应过来一般，问道：“请问……您就是‘希斯警探’吗？”

“那是谁？”

彪形大汉翻了个白眼。

“啊，我是说，您是贺名生警部吧？”

森江忙纠正自己的说法，彪形大汉气定神闲地点了点头。在他们说话期间，门后不时传来“咣当咣当”的声音，里面的人似乎正在将家具堆起来当屏障。

“已经被逼得走投无路了。”

从他手下的刑警之间传来幸灾乐祸的声音。

“就算他想在里面自杀，也找不到工具。不过，他最缺的估计是去死的勇气吧。”

“这究竟是……”

蚁川半分茫然，半分愤慨地回过头，目光突然定在闯入者的手上。无线接收机、录音机、耳机……下一个瞬间，抱着那些东西的刑警们便轻蔑地望向这些年轻人。

与此同时，有一个浑身颤抖的人影怯生生地出现了。

“不会吧……”

森江傻眼了，缓缓地转向刑警们视线尽头的那个人。

“等、等等……野木……”

森江难以置信地喃喃着，走到野木身边，将手伸到他胸前的口袋和领口处。野木的脸和四肢都很僵硬，却没有反抗，任由他在自己身上摸来摸去。

森江的手顺利地扯出了一根电线似的东西，随着他的动作，一个小小的圆形设备——类似麦克风的物件出现在那根电线的末端。

“怪不得呢……”片刻后，蚁川嘲讽道，“原来是窃听器！”

“‘窃听’这个词太难听了。”

贺名生警部豪放的声音打断他。

“我们都称它为‘监听器’。可爱的学弟赌上命运的推理，我等岂有不‘旁听’一下的道理？”

蚁川的粗眉微微颤抖，带着怒火咬牙切齿：“某人用报复的口吻说了警察那么多坏话，却在背地里干着告密的勾当！”

“你、你、你懂什么！”野木战战兢兢地反驳，“你去接受一次审讯试试！释放的时候不光被威胁，还被跟踪，而且凡事都必须向他们汇报，最后还被强行装上了监听器……”

他最后的控诉被一声闷响打断了。蚁川的拳头连带着他的眼镜一起砸到他的肉里。

贺名生警部对此毫不介意，冷不防将短粗的脖子扭向森江。

“你是森江同学吧？我好像在警署见过你……刚刚我一边等待时机，一边听了你的高见，很有意思哦！”

“多谢。”

森江冷淡地回答了一句，便转向双膝跪地的野木。然而，蚁川却抢先一步揪住他的衣领。

“究竟是怎么回事！须藤、日疋、十沼，当然还有你，野木！你们这帮出卖朋友的混账！可是，为什么连堂埜都干起了这种蠢事！”

“那是因为……”

森江总算沉声开口。

他拉开蚁川的手：“你自己不是已经一语道破了吗——‘在场的诸位，哪个人对水松美里没有想法？’难道你觉得会长是例外吗？”

当然，堂埜也是在不久之前才得知真相的，可是他的行为充满矛盾，比如他一直肯定地说凶手是从庄外来的，但是又采取了注意门锁、“管理凶器”等措施。

简直像是希望凶手是内部人员似的……

蚁川怔了半晌，终于回过神来。

“喂，这么一来，堂埜他现在……”

“嘘，安静。”

“什么？”他号了一句，森江慌忙制止。他对刑警们视若无睹，走到门口，直接将耳朵贴在了门上。不知何时，堆屏障的声音听不见了。

“滋——滋——”能听到断断续续的旋转声。森江忽然离开那里，与此同时，从诊室内侧传来大声说话的声音。

——你仔细听好我接下来要说的话……对，是我。你现在立刻离开那里……喂，喂？

森江转身跑到餐厅。他没空对正在那里休息的省子和美树解释什么，匆匆拿起角落里的电话机。

堂埜拿起诊室里的听筒转动拨盘。打给谁？那还用说，自然是打给那个须藤郁哉曾经用这部电话联系过的对象。

（原来如此……他是社团的会长，想知道暗恋对象的疗养地应该很容易，至少比我和十沼容易。）

他后悔莫及地拿起听筒，只犹豫了片刻，便将旁边墙上的转换开关扳了下来。正如十沼在锖田上吊的那场骚乱中写的那样，如此一来，就能将通到诊室的电话线接到这里。

他冷不丁一回头，发现“希斯警探”已经来到他旁边——森江莫名想用十沼取的这个绰号称呼他。

虽然他没有说出“您请”两个字，却示意了一下听筒，把它举到他们的脸中间。两只耳朵像是两把不相上下的刀，都磨得锃光瓦亮。但是——

听筒中一片寂静……能听到的只有涟漪一般的杂音，不过，电话似乎并没有挂断。

短短数秒宛如永恒。森江很想呼唤不知是否在电话线那端的人的名字，但是，他必须克制住那股冲动。

“你的观点，我只有一个地方不够满意。”

地震一般浑厚的声音传入森江敏锐的耳朵里。

“美里到底有没有进入庄内，取杀害日疋的凶器呢？当然也有那个可能。但是，你没有怀疑过堂埜的那句证词的真实性吗——那把西式菜刀，真的是这里的东西吗？”

太离谱了！森江为这个讨厌的指责惊愕地回过头，就在这时——

玻璃碎裂的声音沿着又长又脏的电话线传来。森江的脑中瞬间浮现出那座私人医院的画面——风吹进纯白的房间，银色的碎片四处飞散。就在这个瞬间，他听到一声格外清晰、短促的尖叫。

森江春策和“希斯警探”交换了一个无比古怪的神情，然后陷入无尽的沉默……

忘记装订的最终章

——新春。

——D** 大学，驫龘馆 21 号教室。

在大阶梯教室里，“正月病”[1]还没好的学生们，全都是一副无精打采的神情。

今天既不是本年度第一次上课，也不是考试前一天，这里却盛况空前。聚在这里的显然都是四月份即将顺利升入大四的学生。

在“春天”的派对上，须藤郁哉曾经无比天真地——不，大概带着一些对自己的老毛病的自嘲吧——提到一个名词，瞬间驱散了男人们的醉意。没错，这一天正是举行“年后首次就业指导”的日子。

森江春策的身影自然也在其中。他跟在叽叽喳喳的女生们身后走进教室，一脸厌倦地从讲台旁边走了过去。

他走上一级级台阶，在中间一列找了个中间的位置坐下，然后抬起眼在宽敞的空间里不安地东张西望。

他看到了几张熟悉的面孔，却没有闲情逸致过去跟他们寒暄。是的，他正在找的是其他成员。蚁川、野木……说不定堂埜也在，他的警察梦估计已经破灭了吧。

他脖子都酸了，仍然一无所获。难道他们打算参加其他日期的指导会？

自除夕那天起，他就几乎没有见过“ON THE ROCK”的成员们。不

1　指春节期间因过度玩耍、熬夜、饮食节奏紊乱等，导致节后回到学校或职场后出现的各种不适症状。

过就算见到了，他估计也不知道该跟他们说些什么。

是的，只要不曾发生那种事的话。当时，他们被无罪释放，蚁川和野木为了能赶上回老家的长途列车，在闯入诊室的闹剧结束后，还不得不忍受接下来那令人反感的一幕。

根据蚁川的推理，十沼之所以在发现海渊尸体的段落提到花坛，一定有他的用意。

十沼无论如何都想在作品中提到花坛。在询问原因之前，有件事情请你回忆一下。

那个被加宫他们的汽车撞飞的“幼小生命”，被锖田丢弃在了某个地方。而且，他估计是当着濑部和小藤田的面，把那孩子埋在了附近某个地方的土里吧。

森江有些窒息，不禁站了起来。无论他多少次告诉自己，此刻他所在的并不是现场，而是光明正大“等待卖身”的学生们的“集货场”，然而那份厌恶感依旧久久萦绕不去。

距离指导会开场还有些时间。在开场之前一直坐在坚硬狭窄的座位上，于他而言无疑是一种煎熬。于是，他留下随身物品走到窗边。冬日的阳光毫不吝啬地洒落在他身上。

从窗口俯瞰，校园的主街道跃然入目。和一年前的他们一样，相信“缓刑期”永远也不会结束的学生们，正在上面愉快地昂首阔步。

在他们的心头，估计也和那场谋杀喜剧的演员们一样，笼罩着一层“刑期将近”的阴影吧。也许有人会选择逃避，也许有人会选择努力获取更有利的底牌，但是哪怕选择不同，也不会有人甘于将难得的自由贱价抛售。

不会像聚集在这里的他们那样轻易地……那件事已经毁掉了他们的人生。

（咦？）

森江突然凝视下方的风景。街对面的红砖校舍前的公告板前，有一名少女伫立在那里。那是……没错，是省子。

“好久不见，堀场同学。”

他自言自语般轻轻点了下头。对方不可能听到，但这样就好。没有哪个人比她更令他不知道该聊些什么好了。聊十沼吗？不，绝对不能！

“是啊，就算我再怎么旁若无人……可是，关于十沼，我却有件事忘了告诉你。你知道他为什么会取《谋杀喜剧之 13 人》这个书名吗？”

森江双唇紧抿，默默地对她讲起那番在他心头激荡的话。

“十沼是为了向你提议的《13 之谋杀喜剧》致敬，才取了这个标题，这是自然。可是，请你数一数在那本手记中登场的人物数量。”

堀场省子看了一眼腕表。片刻后，她的身子歪了一下，似乎在轻轻地叹气。然后，她离开了公告板。

森江目送她的身影，喃喃道：“首先是加宫、锖田、濑部、小藤田、海渊、须藤、日疋、十沼这八名死者。然后是幸存组的堂埜、野木、蚁川，还有我。女生则是你、乾美树……以及水松美里。哪怕除去‘希斯警探’等警方人员，也有十五人。如果忠实于这个标题，减去两个人的话，那两个人应该就是先从舞台退场的我以及接下来的美里吧。”

此刻，省子已经完全放弃了等人，无精打采地逆着人流往前走。森江在窗口旁的过道上，亦步亦趋地随着她的身影移动。

“那大概是这个标题字面上的意思。实际回顾一下的话，你难道不觉得，喜剧演员指的是除美里和加宫以外的十三人……也就是我们这些被那对恋人摆弄的木偶吗？当然，这也不是十沼的本意。那么，他藏在《谋杀喜剧之 13 人》中的真正含义，究竟是……”

森江不知何时跑了起来，脚步声在阶梯教室上回荡。他一路小跑冲到外面校园的大道上。

“十五人减去他自己，再减去……堀场省子。他是想和你一起在安全的地方，一起欣赏那些杀人者、被杀者张皇失措的样子。就连凶手都是你们二人的踏脚石……他们会为未来的推理作家夫妇提供那样美好的‘未来’。省子，这些事你知道吗……”

他在熙熙攘攘的人群里奔跑，焦急地四处寻找。但是，她早已不见踪影。森江只能沮丧地掉头，一边苦涩地咀嚼着没能传达出去的信息，一边返回原来的那座巨牢。

他拼命爬上教室后的楼梯，从后门悄悄地回到座位。讲台上，负责就业的教授正在十年如一日地讲那个以成绩表的“优、良、及格”为段子的老笑话，学生们连笑都懒得笑了。

教室里已经挤了120%的人，但是幸好原来的座位还空着，铅笔盒和那个田野调查笔记本也还在。他对坐在同一排的椅子上的同学们连连道歉，回到自己的座位。

但是几秒后，森江却神色奇怪地抬起刚坐下去的屁股，拿起那个放在他椅子上的奇怪的箱子。有一瞬间他以为这是谁遗忘在这里的，但是，箱子的表面却有一样东西证明并非如此。上面刻着 Shunsaku MORIE[1]。

“……？”

他格外轻易地就打开了那个箱子，伴随着一声让人不禁想环顾四周的轻响，里面的东西暴露在他的面前。可是，那宛如玩具盒一般的内容却令他更加困惑。

1　即森江春策的罗马读音。

一大一小两个放大镜、金属卷尺、红蓝黑三个颜色的蜡笔和铅笔、石蕊试纸、一捆透明信封、两根试管、装有黑白粉末的小瓶各一个、各种钢钉和钢针、图章印泥、测径器、制图圆规、折叠式探针、多功能刀、小钳子、罗盘、红白绿的捻线、火漆、软毛刷、款式陈旧的打火机和秒表……

没错，这正是某位署长或市长先生为了表彰那位伟大的名侦探而赠送给他的探案工具。尽管眼前的这个箱子里掺杂着一些便宜货和假货，但完美而齐全地还原了那个工具箱。除此以外，和埃勒里·奎因先生不同，赠送者还特别为他附上了一张问候卡。

这时，学生们屈服于教授的冷笑话，发出自暴自弃的笑声，只有森江攥紧那张卡片僵在那里。

愤怒与另一种情绪令他满脸通红，终于，他像是突然想起来什么似的，动作粗暴地将手头的东西收拾起来，在笑声的余波里站起来。

突然有人拍了下他的后背，他转过头，看到隔壁的同学一脸讶异地将他遗留在那里的东西递过来。

森江春策犹豫了一两秒，将它——上端有个开口的卡片接过来，塞进口袋里，然后再次连声道歉，从一双双膝盖前挤了出去。

（那是什么……）

学生发出片刻的无语和纳闷，但是很快便又专心致志地听起访问公司的心得来。至于消失在后门的隔壁座位的古怪学生，以及他差点忘记带走的卡片上的古怪内容，则被彻底抛在脑后。

（致名侦探先生：对于阁下的足智多谋和多管闲事，鄙人带着发自内心的轻蔑，致以最诚挚的谢意。——一位相关人士）

（正文完）

写给创元推理文库版的后记

这是业余侦探（学生、后任新闻记者、再任律师）森江春策登场的第一部作品。

当时——我说的是在故事中——互联网还没出现，8bit 的个人电脑也才刚刚问世。电话亦用电线连接到墙壁上，无法携带，普通家庭就连传真都用不了。距离家用录像机进入人们的购物清单也还有一段时间。

Comic Market[1] 已经开始举办了，但书里的角色们似乎并不知道它的存在。虽然有专用的文字处理机，但是年轻的创作者们并没有能力购买，至于表达观念并出版的权利，还掌握在商业媒体手中。看到主人公肆意抽烟、大三结束还没有开始求职活动，有些读者或许会觉得很奇怪吧。

与今天不同的是，所谓的本格推理小说，在同时代的作品中几乎绝迹。接触到鲇川哲也老师的作品，想要阅读更多同类的作品，自己也想写给大家看——至少在那个时代，这还是不切实际的愿望。

《谋杀喜剧之 13 人》正是那个时代的产物。

在本作品问世之前，我只有一个愿望——希望有机会让鲇川老师过目。于是，我擅自虚构了一个“鲇川哲也奖”，奋笔疾书，结果没想到鲇川奖竟然真的设立了——此事的来龙去脉我已在其他场合说过，就略去不表了。但是，重新翻阅，我深切地感受到世界已经发生翻天覆地的变化，而我却依然初心未改。无论是当时，还是现在，我想写的都是同样的东西。

说实话，这部作品毁誉参半。更不走运的是，内容还停留在初版，时

1　日本最大的同人志展会。第一届于1975年举办。

间却在流逝，作品中的元素也逐渐过时。有段时期，我甚至不愿重新阅读。但是，我要提前坦白，这一次浏览完校样，我不由得自言自语："过去的我，不是挺努力的吗？"如果您肯抱着确认"这人是不是自恋"的目的，赏脸一读，我会感到无比荣幸。

值此文库版付梓之际，除了要感谢为本书付出极大努力的编辑部的F小姐、古市怜子小姐，还要感谢担任校对工作的新人泉元彩希小姐。另外，作为最了解拙作的人之一，还要感谢千街晶之先生答应担纲解说。感谢负责本书装帧并绘制了年轻的森江侦探的画师六七质，为这个故事赋予全新的生命，并架起一座通往新的读者的桥梁。作为大家的成果，希望本书能够给各位读者带来愉快的阅读体验！

二〇一四年十二月

芦边拓

SATSUJIN KIGEKI NO 13 NIN
Copyright © TAKU ASHIBE 1990
Chinese translation rights in simplified characters arranged with
TOKYO SOGENSHA CO., LTD.
through Japan UNI Agency, Inc., Tokyo

图书在版编目（CIP）数据

谋杀喜剧之 13 人 /（日）芦边拓著 ；李雨萍译 . —
北京 ：文化发展出版社，2020.11
ISBN 978-7-5142-3196-0

Ⅰ . ①谋… Ⅱ . ①芦… ②李… Ⅲ . ①推理小说－日
本－现代 Ⅳ . ① I313.45

中国版本图书馆 CIP 数据核字 (2020) 第 199532 号

版权合同登记号 图字：01-2020-6222
Copyright © TAKU ASHIBE 1990

谋杀喜剧之 13 人

[日] 芦边拓 / 著
李雨萍 / 译

出 版 人：武 赫　　特约策划：于 潇
责任编辑：周 蕾　　责任校对：岳智勇
责任设计：郭 阳　　责任印制：杨 骏

出版发行：文化发展出版社（北京市翠微路 2 号 邮编：100036）
网 址：www.wenhuafazhan.com
经 销：各地新华书店
印 刷：嘉业印刷（天津）有限公司
开 本：880 mm × 1230 mm 1/32
字 数：284 千字
印 张：12
印 次：2021 年 3 月第 1 版 2021 年 3 月第 1 次印刷
定 价：65.00 元
I S B N ：978-7-5142-3196-0

◆ 如发现任何质量问题，请联系 010-57735441 调换。